KB013080

우리를 다시 살아가게 하는 시간

Heartworking

우리를
다시 살아가게
하는 시간

Heartworking

이정민(데비 리)

amStory
All about Making Story

It is not about Hardworking but Heartworking.
It is not about Networking but Heartworking.

마음으로 일하고

마음의 소리에 귀를 기울이고

마음과 마음이 연결되는 시간 …

우리를 다시 살아가게 하는 시간입니다.

차 례

Ⅲ 우리를 선하게
하는 시간 *Be imitators of the good*

Ⅳ 우리를 실패하지
않게 하는 시간 *Love never fails*

'그 후로 그들은 행복하게 잘 살았답니다'라는 동화의 끝은 어쩌면 '운명의 모래바람이 몰아치는 어떠한 순간에도 행복하기'를 혹은 '긍정적인 방향으로 선회하기'를 선택할 때에만 우리에게 주어지는 보상과도 같은 결말인지 모른다. 삶은 우리가 회복되기를 기다렸다가 다시 뼛속까지 시련을 줄 준비를 항상 하고 있기 때문이다. 살다보면 누구에게나 예상하지 못한 순간에 징검다리의 중간 지점에서 여지 없이 차가운 물에 발을 빠뜨리고는 세상을 다시 바라봐야 하는 시간이 생기고야 만다. 그것은 마치 노래를 부르는 가수가 목소리를 다쳐 소리를 낼 수 없게 되는 시간일 수도, 운동선수가 부상을 당해 경기장을 뛰지 못하는 시간일 수도, 아픈 가족을 돌보며 세상의 즐거운 일을 잠시 잊어야 하는 시간일 수도, 혹은 자신의 재능과 사랑을 나눌 터전을 잃어버린 시간일 수도, 혹은 역사적 아픔을 견

더내는 시간이기도 하다. 상실의 시간을 거치지 않고는 생을 살아갈 수 없는 모두에게 그 의미는 다르게 다가온다.

그런 시간은 외부적으로 주어지기도 하지만 때로는 아무런 물리적인 압력 없이 내부적으로 주어지기도 한다. 불현듯 인생의 키를 지금까지의 방향과 다르게 틀고 싶은 내면의 꿈틀거림이 있을 때, 그동안 살아온 시간의 양만큼 많은 물건과 데이터들이 무질서하게 쌓여있는 방을 바라보며 한 번은 정리를 하는 시간을 가져야 한다는 생각이 들 때, 사회나 일터에서 요구하는 모습으로 반듯하게만 살아가다가 어느 순간 나는 누구인지 되돌아 보고 싶을 때, 이 또한 그 이유들은 지문만큼이나 세세하게 저마다 다르다. 어쩌면 그런 시간은 다른 사람들은 여전히 그 징검다리 사이를 여유롭고 재치 있게 경중경중 잘 뛰어다니고 있을 것 같은 시간에 잠시 혼자 앉아서 하늘을 바라보고, 그간 괜찮은 척 하면서 살아낸 세월들을 잠시 돌아보는 시간이며 앞으로의 삶을 천천히 내다보는 시간일 것이다. 하지만 그 시간을 갖는 게 그리 생각만큼 쉽지 않기도 하다. 우리는 행복한 사람으로 사는 법을 잘 배우지 못했던 것처럼 잠시 멈춰 서서 돌아보고 충전하는 법도 그리 잘 배우지 못했으므로. 주어진 사회적 시계는 그 어느 곳보다 엄격하여 그 시계에 맞는 모습으로 있지 않으면 앉아 있는 의자 귀퉁이에 이내 가시가 돋아나고, 시계 바늘이 잠시 멈추는 것은 무척이나 불안한 일이 되어 배터리를 다시 끼우는 시간마저도 견디지 못해 이 모양저 모양으로 나가 떨어지기도 한다.

주섬주섬 여기저기에 적어 둔 글이 '우리를 다시 살아가게 하는 시간'
이라는 말로 압축된 것은 어쩌면 지금의 나에게 가장 적절하고 잘 어울리
는 의미가 되었다. 나를 다시 살아가게 하는 시간을 가지는 것이 서서히
필요한 시점이 되고 있었고, 게다가 그것은 누구에게나 인생에 한 번 혹은
여러 번 찾아온다는 사실을 더욱 가슴으로 깨닫고 있기 때문인지도 모른
다. 긴 의미의 인생에서뿐만 아니라 짧은 의미의 시간에서도 우리는 끊임
없이 다시 살아가게 하는 시간을 갖고 그 다음에 주어지는 시간들을 살아
내고 있다는 것을 종종 잊고 산다. 오늘 밤 잠을 잘 자야 내일 하루를 살아
갈 수 있고, 지금 당장의 끼니를 잘 먹어야 다음 끼니까지 이어지는 그 짧
은 시간을 다시 살아낼 수가 있는, 바로 그 법칙 말이다. 얼마나 심플한 인
생의 법칙인지.

영어로 '다시 산다'는 의미이리라 생각되는 'relive'라는 단어는, 실은
상상 속에서 다시 체험하고 다시 살아보는 일, 즉 회상을 의미한다. 나를
다시 살아가게 하는 시간은 나에게 주어졌던 수많은 '시간의 선물'들을
떠올려 하나하나 인덱스를 붙여 표시해두는 시간이 되고 있었으니, 언어
의 국적을 떠나서 그 의미가 서로 일맥상통하는 신통한 일이 생기기도 하
였다. 회상(reliving)을 통해 다시 살아가는(re-living) 시간이다.

열살 난 아들은 어느 날 이런 이야기를 들려주었다.

"엄마, 솔개는 40살이 되면 그동안 썼던 자신의 부리와 발톱을 바위에 쳐서 다 깨뜨려 없애야 된대요. 그래야 새로운 부리와 발톱이 나서 나머지 40년을 살아갈 수 있게 되거든요. 엄청 고통스럽대요 그 과정이. 그런데 그걸 하지 않고 옛날 부리와 발톱을 계속 갖고 있으면 40살부터 서서히 죽어가게 된대요. 그러니까 엄마도 지금 힘든 시간이 지나면 튼튼하고 새로운 부리와 발톱이 생겨날 거예요."

아이가 들려준 이 이야기는 마치 엄마의 상황을 다 알아챘다는 듯 나에게 깊은 연결감을 주는 어느 동화 속 이야기로 다가왔다. 삶의 한 챕터가 끝나 사라져가고 다음 것이 올 때, 부대낌의 시간은 생기기 마련이다. 그 시간에야말로 진정한 내가 드러나기도 하고, 내가 어떤 모습으로 살고 싶은지 알게 되기도 한다. 또한 남겨진 시간을 다시 살아갈 재료가 주어지기도 하고, 어떠한 상황에서도 어그러지지 않는 자신을 만들어가기 위해 꼭 필요한 시간이 되기도 한다. 생각해 보니 나를 다시 살아가게 만들어주었던, 수많은 황금 같은 시간의 선물들이 내 생애에 있었다. 다만 지나치게 빨리 달려온 듯한 삶 속에서 스쳐 지나가 꺼내지 못한 채 잊고 살고 있었을 뿐. 그리고 그 시간 안에는 주옥 같은 등장인물들이 있다. 우리 모두의 삶이 그러하듯이.

이 책은 나를 다시 살아가게 했던 많은 시간들로 독자들을 초대하는 짧은 스토리 모음집이기도 하다. 경험하지 못한 세계로 누군가를 인도하는 것이 스토리텔러이기에, 그 역할을 충실히 해볼 생각으로 이 책을 쓰기 시작했다.

인생의 징검다리를 건너다 잠시 저마다의 이유로 물에 발을 빠뜨린 우리들이 놀라지 않고, 그 시원한 물에 발 담그고 하늘 보며 잠시 쉬다 다시 앞에 놓인 그 다음 돌을 힘차게 내디딜 수 있게 하는 글이 되길 바라며, 단 한 번밖에 주어지지 않는 이 소중한 삶을 수고로이 살아가고 있는 모든 분들께 이 글을 바친다. 그 창조적이고 긍정적인 변화 속에 다시 기쁨과 행복이 찾아오기를!

행복한 사람은 막대기를 심어도 레몬나무가 자란다.
  - 이탈리아 속담 -

I

우리를
순수로 되돌리는
시간

Keep yourself pure

삶은 한 사람이 살았던 것 자체가 아니라

현재 그 사람이 기억하고 있는 것이며

그 삶을 이야기하기 위해 어떻게 기억하느냐 하는 것이다.

- 가브리엘 가르시아 마르케스 『이야기하기 위해 살다』 중 -

사람이 예술이 됩니다

　세상을 살아가면서 몇 번, 아주 나이가 많이 든 사람의 눈동자를 보면서 어떻게 이렇게 순수하고 맑을 수 있을까, 생각한 적이 있다. 나만 그런 생각을 하는 줄 알았는데 친한 지인도 어느 날 같은 이야기를 건네었다. 긴 세월이 가득 담긴 사람에게서 소스라치게 놀랄 만큼 순수함을 느끼는 때가 아주 간혹 있는데 그건 마치 예술작품을 감상하고 나오는 길에 느끼는 감정만큼이나 기분 좋은 느낌이라고 말이다.

　'아, 사람 자체가 예술이 될 수 있다니!'

　그것은 아마도 가장 높은 경지의 사람을 일컫는 것인지도 모르겠다. 비단 모습 하나만이 아니라 품성이 전해지는 듯한 목소리, 부드러운 미소, 정제되어 흘러나오는 단어들, 그리고 긴 시간 동안 조금씩 쌓여온 그만의 퇴적물이 집계할 수도 없이 단단하게 그 영혼을 타고 나에게 전달되는 그 어떤 것일 수도 있다. 단편적으로 보이는 그 얼굴 안에는 얼마나 많은 입체적인 시간의 셈과 이야기가 비밀스럽게 들어있을지 감히 상상할 수도 없다. 분명히 그 삶 역시 많은 전쟁을 치렀을 텐데, 어떤 사람들은 오랜 세월이 흘렀을 때 정반대의 느낌과 영향을 주기도 한다는 사실을 기억하면 '나는 어떻게 나이의 숫자를 내 안에 채워가야 하는가'를 생각하게 된다.

"나는 말이에요. 별이 한껏 흐드러지게 보이는 제주도의 푸른 언덕 위에 작은 고흐의 박물관을 짓는 게 꿈이에요. 그 노란 별들의 붓 터치에 나는 정말 빠져버렸거든요. '박물관을 언제 지을 수 있을까'라는 생각만 해도 행복해요."

작은 고흐의 박물관을 짓는 게 꿈인 그의 나이는 이제 여든을 훌쩍 넘긴다. 한평생 기업을 이끈 그의 입에서 나오는 이 꿈 이야기는 듣기만 해도 덩달아 행복해진다. 지어지지도 않은 그 박물관이 이미 머릿속에서 벽돌을 쌓고 지붕을 얹어 집을 짓기 시작하고, 만년 소년처럼 꿈을 이야기하는 그 모습은 보는 이에게 어김없이 카타르시스를 주고 마니까 말이다. 삶의 마지막 날까지도 그 다음 이루고 싶은 꿈을 이야기하며 사는 것이 성공한 인생이리라.

"계속 생각해왔거든요. 나는 헤르만 헤세를 사랑하는 사람이니까요. 헤세의 정원을 만들어보고 싶었던 그 꿈 말이에요. 『지와 사랑』을 닮도록 읽었던 소년 시절이 없었다면 지금의 나도 없을 거 같네요. 정말 지금도 잊을 수 없는 책이에요."

그는 은발의 머리카락에 감추어진 열정으로 헤세와 정원 관련 책들로 빼곡한 서재를 보여주며 천천히 그간의 이야기를 털어놓았다. 그 이야기는 듣는 것만으로도 기다리던 정원에 어느 날 새싹이 돋아나는 것만큼이나 은은한 미소를 퍼뜨려준다. 그 역시 평생 생업의 압박 속에 있었을 법한 분인데, 그의 꿈은 재무제표 속에 있지 않고 소년 시절 읽은 소설 속에 있었다. 평생 성장을 거듭하고, 자신에게 영감을 주었던 원천을 잊지 않는 사람은 다시 다른 사람에게 성장을 안겨다 주고 영감의 원천을 제공하는 사람이 된다.

"탑 하나를 찍으려면 정말 많은 공이 들어간답니다. 탑을 각도에 맞춰 사진 한 장에 들어가게 하려면 그 앞에 건축물 수준의 카메라 장비를 세워야 하죠. 그래서 사진을 전공하기 전에 토목공학을 공부한 것은 정말 잘한 일이었어요. 바로 이 일을 위해서요. 배워둔 건 버릴 게 없이 제때에 힘을 발휘하죠. 아름다운 모델들을 찍는 것보다 탑을 찍는 이 고된 작업이 지금의 저에게는 훨씬 의미가 있어요. 물론 살아가기 위해 계속 그들도 찍어야겠지만."

저마다 '살아가기 위해 하는 일'과 '다시 살아가기 위해 하는 일'이 다르다. 그것이 같을 수 있다면 참으로 좋으련만. 그게 일치하기란 그리도 힘들다고 어느 예술가도 나에게 푸념을 늘어놓은 적이 있었다. 그리고 나 역시 얼마나 크게 공감했는지 모른다. 그런데, 세상이 알아채지 못하는, 자신만의 예술과 꿈을 꺼내며 살 수 있다는 자체만으로도 삶은 무채색에서 자신이 선택한 색깔이 입혀지고 기분 좋은 빛을 발산하게 되는지도 모른다.

대학 공부를 마치고 처음 세상으로 나와 다녔던 직장에서 나는 참으로 신기한 일을 겪은 적이 있었다. 대학이라는 상아탑 안에서 심오한 프로이트의 세계나 셰익스피어, 미시경제나 거시경제를 논하고 교육철학의 역사에 관한 리포트를 쓰다가 처음 일터에 가서 하는 일이란 복사를 하거나 팩스를 보내고 봉투를 뜯는 일이라는 것쯤은 이미 어느 정도 들은 풍문으로 알고 있던 터였다. 그런데 나의 업무는 그런 일을 하면서도 상당한 액수의 돈을 다루어야 하는 일이었다. 시시각각 변하는 환율과 금리, 주식의 변동 속에서 의연하게 큰 금액들을 처리하다가 다시 봉투를 뜯거나 복사 심부름을 하는 알쏭달쏭한 부조화의 세계 같아 보였다. 그래도 일자리를 찾기 어려운 상황에서 유럽계 회사의 안락한 사무실에서 일할 수 있다는 것에 감사했고, 생각보다 이 정도면 존중 받는 분위기라고 스스로 생각하기도 했다. 어느 날 대량으로 발송되어야 하는 시스템메일이 한꺼번에 해외 고객들에게 발송이 되지 않아 비상이 걸린 일이 있었다. 원인을 조사한 결과 꼭 들어가야 하는 점 하나가 들어가지 않아서 시스템 오류가 발생한 것이라는 게 담당 기술 부서의 설명이었다. 뾰족한 대책도 없어 원래는 자동으로 발송되는 메일들을 일일이 하나하나 열어서 밤새 점을 찍기 시작했다. 모든 팀원들이 남아서 이 일에 매달렸고, 시간은 새벽을 훌쩍 넘어 이른 아침을 향해 달려가고 있는데도 여전히 찍어야 하는 점들이 많이 남아있었다. 나는 이제 거의 눈이 떠지지 않는 지경에 이르렀고, 체력은 바닥나기 시작했다. 그렇지 않아도 밤샘 일이 잦았는데, 점을 찍으며 밤을 새워야 한다는 사실이 이제 상아탑을 갓 빠져 나온 나에게는 이해하기 어려운 일이었다. 함께 일하던 남자 동료들은 밤새 수염이 차츰차츰 자라 산적처럼 변해가기 시작했고, 나는 무엇이 점인지, 무엇이 모니터인지 분간할 수 없는 무아지경의 상태에서 그저 시키는 대로 반복적인 일을 계속했다. 과연 내가 지금 무엇을 위해 이 일을 하는 건지 그 목적을 찾지 못하는 자괴감으로 더욱 그 시간을 견디기가 쉽지 않았다. 이런 의미 없는 일을 하기 위해서 그렇게 열심히 공부를 했던가 하는 생각부터 모두 기계처럼 그 일을 하고 있는 사람들의 모습이 우스꽝스럽게 느껴지기도 했다. 그 이후로 나는 점을 찍으며 밤을 새웠던 그 일을 가끔 에피소드처럼 이야기하며 직장생활의 허무함에 대해 지인들과 쓸쓸한 마음을 나누곤 했었다. 그러던 어느 날 나는 어떤 그림들을 보게 되었다. 어떤 그림은 〈10만 개의 점〉이라는 제목이 붙어있기도 했고 어떤 그림은 아예 제목도 없이 〈무제〉라고 붙어 있기도 했는데, 작품들의 가격이 상상을 초월할 만큼 비쌌다. 그것은 온통 점으로 이루어진 김환기 화백의 '전면점화(全面點畵)'였는데, 그 그림을 본 순간 나는 잘못을 저질러놓고 마침내 들킨 어린 아이처럼 발길을 떼지 못하고 한참을 그 앞에 머물렀다. 내가 밤을 새워 찍었던 점, 그것은 그냥 기계 대신 인간이 했던 하나의 행위에 불과했고 그 누구에게도 아무런 의미를 부여하지 않았기 때문에 어떠한 가치도 부여되지 못했었다. 마이너스 상태로 있던 것을 0의 상태로 만드는 정도의 일이었다. 그런데 김환기 화백의 작품 속에 있는 점들은 세상의 다른 점들은 절대 가질 수 없는 정도의 값어치로 팔리는 예술이 되어 있었다. 나는 사소했던 '점'이라는 도형에 내밀한 경외심을 갖게 되어 그림 앞에 멈춰 서서 점을 찍던 나의 밤을 떠올렸다. 점을 찍는 행위는 같았으나, 밤새 찍었을 것만 같이 보이는 것 또한 비슷해 보였으나, 그 결과는 비교가 불가능할 정도로 달랐다. 김환기 화백에게는 그 점을 찍으면서 바라보는 청사진이 있었고, 목적과 의미가 있었으며, 완성된 화폭은 감상하는 사람에게 행복이나 위안, 기쁨, 혹은 설명할 수 없는 인간의 어떤 오묘한 감정을 불러일으키는 위대한 힘을 지니고 있었다. 그렇기에 그의 그림은 예술이 되었다. 그렇다면 삶의 청사진을 가지고 있는가, 목적과 의미가 있는가, 누군가에게 도움이 되는 영향력을 가지는가 하는 것은 삶을 예술로 만들지 아니면 점을 찍다가 그냥 흘려 보낼지를 결정하여 매우 다른 결과물을 만들어낼 것이다. 나는 그때서야 '마음을 다해서 일한다'는 것이 어떤 것인지를 어렴풋이나마 알게 되었다. 사소한 일에도 최선을 다하는 마음가짐 같은 것이었다. 그리고 나는 이런 이야기를 또한 듣게 되었다.

옛날 어느 마을에 한 소녀가 길을 걷다가 세 명의 벽돌공이 벽돌을 쌓고 있는 모습을 보았다. 소녀는 첫 번째 벽돌공에게 물었다.

"아저씨, 아저씨는 무엇을 하고 계신가요?

첫 번째 벽돌공이 답했다.

"응. 나는 벽돌을 쌓고 있단다."

"아, 그렇군요."

소녀는 다시 길을 걷다가 두 번째 벽돌공에게 물었다.

"아저씨, 아저씨는 무엇을 하고 계신가요?

역시 똑같이 벽돌을 쌓고 있던 두 번째 벽돌공이 답했다.

"응. 나는 벽을 만들고 있단다."

"아, 그렇군요."

소녀는 또 다시 걸어가다가 세 번째 벽돌공에게 물었다.

"아저씨, 아저씨는 무엇을 하고 계신가요?"

첫 번째, 두 번째 벽돌공과 다를 바 없이 벽돌을 쌓고 있던 세 번째 벽돌공이 답했다.

"응. 나는 성당을 짓고 있단다."

똑같은 일을 하고 있는데, 세 사람의 머릿속에 그리고 있는 비전과 목적이 전혀 다르다. 세 번째 벽돌공이 사그라다 파밀리아와 같은 대성당을 건축하고 있는지 누가 알겠는가. 지금 아무리 점을 찍는 것과 같은 작고 단순한 일을 하고 있는 것처럼 보여도 그 안에 있는 청사진은 우리가 알 수가 없으니, 그 누구에게도 함부로 '작다', '하찮다'라고 말할 수 없는 것이다. 어쩌면 첫 번째 벽돌공은 두 명의 벽돌공들을 관리하고 있는 책임자이자 세 번째 벽돌공의 상사였을지도 모른다는 생각을 해본다. 그러니 누가 더 큰 미래를 가슴 속에 지니고 있는지는 직책으로 구분할 수 있는 것이 아니다. 똑같아 보이는 일을 하고 있지만, 어떤 삶은 시키는 일이라 여기며 벽돌만을 쌓고 있는 불평하는 벽돌공이 되기도, 어떤 삶은 역사에 길이 남는 대성당을 짓는 꿈으로 행복한 벽돌공이 되기도 한다. 의미 없는 점을 계속 찍기만 하다가 일터의 생활을 마감하는 사람이 있는가 하면, 그 점들을 모아 거대한 작품을 일구며 일터의 생활을 집대성하여 세상을 바꾸어가고 주변에 행복을 전하는 사람들도 있다. 그리고 가끔은 그 차이가 왜 발생하는지조차 알지 못하며 작품을 이루는 사람들을 비난하는 사람들도 보인다. 우리는 같은 일을 했을 뿐인데 '왜?'라고 반문하면서 말이다. 심지어 점을 찍는 일이 뭐 그리 대단한 일도 아닌데 그걸 모아 세상에 선보이냐며 비아냥거리기도 하는데, 그럴 때 삶의 목적이 흔들림 없이 뚜렷한 사람은 여유로운 미소를 지어 보이는 꼭지점에 다다른다.

무엇이 사람을 예술이 되게 하는가. 오랜 시간 험한 생의 파도 속에서 살아남는 것만도 힘든 마당에 어떻게 이들은 성공을 뛰어 넘어 예술작품과도 같은 삶을 만들어내는 것일까. 어른이 되는 길에는 수많은 좌절과 실패의 시간들을 다시 살아가게 하는 시간으로 되돌리는 법을 배우고, 어떤 일이 주어지더라도 대성당을 그리며 할 수 있는 마음을 배우는 '마법 학교'가 필요하다. 그런데 세상이 세워둔 성벽을 넘어 나가보기 전까지는 아무도 그것이 필요하다고 말해주지 않았고, 오직 좋은 내신성적과 대학의 이름, 어학 성적, 직장의 이름이 필요하다고만 입을 모아 말했다. 그러니 삶은 계속 좌충우돌의 시간을 면치 못하고, 간혹 스스로 깨우치는 몇몇 사람만이 어두운 세상에 켜진 조명처럼 빛나게 살아가고 있는 듯했다.

행복했던 시절만 기억의 서랍장 속에 넣고 살 수는 없기에 나에게 일어나는 예기치 않은 수많은 스토리들에 어떤 인덱스들을 붙여 내 안에 개켜 넣으며 살아갈 것인가에 대한 물음이 내 앞에 남겨졌다. 분노할 만한 일들을 같은 이름으로 저장하지 않고, 실패하거나 좌절했던 일들 또한 열등감이라는 이름으로 저장하지 않는 것이 특히나 나에게는 중요했다. 행복하거나 힘들었던 추억은 모두 이내 스토리가 되어서 그것이 누군가에게는 책이 되고, 음악이 되고, 그림이 되고, 결국 그것은 다시 삶이 되는 스토리 라인 안에 우리는 모두 발을 딛고 있다. 그리고 그 스토리의 구석구석을 들여다보면 그 안에는 항상 향기 나는 사람들이 있는데, 어느 때 어느 사람이든 그들과의 만남은 큰 기쁨을 가져다 주고 그 관계는 작은 씨앗이 되어 물을 주면 퉁퉁 불은 씨앗이 되었다가 마침내 싹을 틔우고 초록빛 풍성함이 지붕을 엮어 한때를 쉬어갈 뭉근한 그늘을 만들어준다. 아주 가끔, 관계에서 벼락을 맞는 일이 있을 때 떠올리면 더 없이 치료가 되는 이들이다. 덴마크의 작가 카렌 블릭센(Karen Blixen)은 '모든 슬픔은, 그것을 이야기로 만들어내면 견딜만하다'고 말한다. 나에게 폭넓은 인간관계란 애당초 쉽지 않은 일이라 그런 재주가 있는 사람들 축에는 끼지도 못하고 혼자서 글을 끄적이는 것이 더 편한 사람이지만, 그 얼마 되지 않는 관계들이 나에게는 더없이 깊고 푸르다. 그리고 그것이 국경을 넘어 어딘가에서 불쑥 나타날 때는 어떻게 이 만남이 이렇게 멀리에서부터 예정되어 있었을까 신기하기만 하다. 매일 만날 수도 없고 일부러 만들 수도 없는 추억이기에 서랍 속에 깊이 간직해두어야만 하는 두툼한 보물과도 같은 것이다. 그리고 그것이 전해주는 무한히 기품 있는 기쁨의 정서는 나를 다시, 살아가게 한다. 끝이 가느다란 가시가 수없이 솟아나있는 장미처럼, 아름답지만 언제 찔릴지 한 치 앞을 알 수 없는 이 지구별에서 살아가는 동안 말이다.

삶에는 두 가지의 선택이 있다. 성장하거나 혹은 아니거나.

'나'를 잊은 그대에게

그 사진작가는 나에게 이야기하기 시작했다.

"그러니까 그 분은 말이에요. 충분히 자기 자신을 숙성시키는 시간을 가진 분이라서 그런 거예요. 6개월 동안 온전히 혼자 있는 시간을 가진 적도 있었고, 책과 함께 자기 자신을 들여다보는 '책 읽는 휴가'를 갖기도 하죠. 보통 사람이 하기 어려운 일이에요. 아무도 긴 호흡의 인생에서 자신에 대해 생각해보는 시간을 가지려 하지 않아요. 그래서 다들 붕붕 떠있는 거예요. 인물 사진을 찍어보면 그런 것들이 사진에 묻어나 느껴지기도 하지요. 그 시간을 가진 사람들의 얼굴에는 보통 같은 나이대의 사람들 얼굴에서 자주 보이는 욕심이나 은근히 쌓여온 분노, 경쟁에 익숙해서 생기는 전투적인 눈빛 같은 것이 느껴지지 않아요."

나와 사진작가는 우리가 함께 알고 있는 어떤 분에 대해 이야기하고 있었는데, 그 분을 늘 대할 때마다 깊은 통찰의 말들, 그리고 삶을 꾸려 가는 새로운 방식과 질박한 멋에 놀라곤 했던 경험들을 이야기하다가 나온 그의 답변이었다. 한평생 얼굴 사진만을 찍어온 인물 사진 전문가다운 말이었다. 밥 먹고 매일 하는 일이 사람의 얼굴을 들여다 보는 일이라니…. 그런 직업을 가진 사람들은 그들만의 관찰점이 있다. 과연 어떻게 하면 그가 말하는 그런 얼굴을 가질 수 있는 것인가.

　가슴 가득 모멸감과 베인 감정을 안고 토론토로 가는 비행기에 몸을 실었던 날이었다. 작은 완두콩 한 알만 한 일 때문에 나는 몇 주간 침대 위에서 잠을 설쳐야 했고 사진작가와 나누었던 말들은 나를 비껴가고 있는 듯한 느낌이 들었다. 누가 뭐라 하지 않아도 밭에 씨를 묵묵히 뿌리듯 열심히 살려고 애썼고, 맡겨진 일들을 최선을 다해 준비하려고 노력했으며, 어떠한 상황에서도 상한 속내를 드러내지 않고 미소를 머금은 채 답변하고자 했을 뿐이라고 나는 믿었지만, 예상치 못한 지뢰는 인생의 밭 어디에나 숨겨져 있었다. 이제 웬만한 상황에는 놀라지도 않고 담담한 마음으로 그것을 흘려 보낼 수 있는 나이도 되었다고 생각했다. 이 세상에 얼마나 많은 사람들이 그렇게 단순하고도 평범한 마음가짐으로 살아가고 있는가. 그럼에도 불구하고 존중의 농도가 옅은 세상의 모퉁이에서 가끔 만나게 되는 돌부리에 걸려 치통 같은 앓이의 시간을 보내야 하는 순간이 생긴다. 뺄 수도 없는데 다시 기능을 작동시켜 보려니 생각보다 상처가 꽤 크게 생겨 마음이 삐그덕거리는 것을 숨길 수가 없다. 다행스럽게도 이제는 사람과 그의 행동을 분리해서 생각할 줄 아는 정도의 지혜는 가진 나이가 되었고, 감정의 지배를 받는 일도 흔치 않아 사람을 미워하지 않을 자신도 있다고 생각했었다. 하지만 벼락을 동반한 계절은 꼭 찾아오며, 뜨거운 난로에 데인 고양이는 차가운 난로만 봐도 겁이 난다는 건 변하지 않는 진리이기에 잠시 사람을 만나는 것마저 겁이 나기도 했다. 막아낼 방패를 준비할 시간도 없이 날아오는 언어 미사일이 오랜만이었다. 언젠가 전투비행기에서 날아오는 미사일을 감지하여 따돌리는 시스템을 연구하는 회사를 만나 해외 시장 진입에 대해 논의한 적이 있었는데 왜 언어의 미사일을 미리 감지하는 시스템은 만들 수 없는 걸까. 단어들을 험하게 조합해서 상대방에게 자신의 힘을 과시하려고 하는 사람을 만나거든 측은히 여겨야 한다고 스스로에게 속삭여주는 일이 최선이다. 자신의 상처를 이겨내지 못하고 살아온 어른들이 '빛나는 별'이 되지 못하고 '뾰족한 별'이 되어 사방으로 찌르는 사람이 되어버릴 때 겪는 비애이니….

하지만 아무리 이 감정을 무디게 만들어보려고 하나 잘 되지 않는다. 브르네 브라운(Brene Brown) 박사님의 강연을 통해 알게 된 가르침은, 감정이란 결코 선택해서 취할 수 없다는 사실이었다. 모멸감이나 수치감을 선택해서 느낄 수 없게 만들 수 있다면 행복이나 기쁨, 감사와 같은 감정도 선택해서 느낄 수 없게 할 수 있다는 것이니 말이다. 그나마 안도할 수 있는 것은 이런 어리둥절한 일이 아주 자주 일어나지는 않으며 일어나

더라도 여전히 그것을 압도할 만큼 좋은 일들이 더 많이 존재하고 있다는, 그 한 자락의 긍정성이다. 내가 꿈꾸던 그런 어른이 되지 못한 사람들이 — 나 자신을 포함하여 — 세상에는 생각보다 많을 수 있다. 그걸 깨닫는 데까지 진정 오랜 세월이 걸리지만 가끔 그것을 깨닫는 날이 오기도 전에 그 부정적 언어의 몸살을 이겨내지 못해 또 다시 같은 일을 답습하거나 상처를 오래 남기지 않도록 늘 주의를 기울여야 한다. 그러나 이번엔 아무리 생각해도 새삼 신기한 것은 마치 나에게 무슨 일이 일어날지 알기라도 했던 양 내가 미리 토론토행 티켓을 끊어두었다는 사실이다. 아픔 뒤에 치료제로 쓸 행복을 미리 준비해두었던 셈이다. 이런 선견지명이 나로부터 나오는 것 같지는 않다. 『마당을 나온 암탉』의 주인공 '잎싹'이 아카시아의 푸르른 나뭇잎을 보면서 자신의 인생도 뭔가 푸르르게 싹을 틔워보고 싶었던 것처럼, 남은 인생에 대해 무언가를 하고 싶은 마음이 한소끔 끓어오르는 때가 되어서인지도 모른다.

7월의 토론토는 생각보다 내리쬐는 햇빛이 뜨거웠고 밟고 있는 땅은 이글거리는 듯했지만, 정갈하고 반듯한 모양의 집들이 질서정연하게 늘어서서는 그 앞에 장미 덩굴과 노란색의 이름 모를 꽃들을 한아름 품고 반겨주었다. 이번에는 호텔이 아닌 가정집에 머물기로 했는데, 처음 만나는 이 집주인은 잠시 외출을 했다는 메시지를 남긴 채 열쇠를 봉투에 넣어서 문 앞에 두었다. 하트와 웃는 얼굴의 그림을 어찌나 크게 그려놓았는지 열쇠 봉투를 한눈에 찾을 수 있었다. 내가 머물 방은 집의 앞쪽에 별채처럼 위치해서 따로 떨어진 둥지처럼 고즈넉했다. 팥죽색 벽에는 세월의 때가 묻어 광채가 사라진 금색 프레임을 두른 오래된 그림들이, 창문 틀 위에는 한 송이씩 식물의 잎을 머금고 있는 화병들이 바깥의 꽃들과 구분할 수 없이 어우러져서 한 폭의 유화와 같은 풍경을 만들어냈다. 그리고 작은 테이블에는 환영의 초콜릿과 깨끗하게 닦인 찻잔이 놓여있었다. 처음 가는 낯선 도시인데도 숙소의 느낌이 차갑지 않았고 집에 다시 돌아온 듯한 편안함마저 들게 했다. 나는 이 방에 한참을 앉아서 그 낯설지만 묘한 편안함과 긴 여행의 고단함을 한꺼번에 느끼며 내가 이곳에 왜 있는가를 가만히 생각했다. 인간이 만들어놓은 서열의 세계에서 빠져 나와, 나에게 주어진 모든 책임의 족쇄도 잠깐 풀어놓고, 온전히 나 자신이 되어 보는 시간… 이 시간을 가질 만한 충분한 가치가 있다고 스스로 되뇌며 더없이 소중한 시간을 보내기로 나 자신과 약속하고 있는데, 그러기도 잠깐, 집주인의 딸이 문을 똑똑 두들겼다. 정신을 차리고 문을 열었더니 쿠키가 담긴 접시를 든 아가씨가 쏟아질 듯 큰 눈동자를 하고서는 나를 쳐다보고 있었다.

"환영해요! 저는 니콜이라고 해요. 엄마가 아직 돌아오지 않았지만 이건 제가 구운 쿠키예요. 맛있게 드시면서 피곤함을 좀 풀고 계세요."

이 발랄한 아가씨 니콜은 이제 중학교 2학년이란다. 땅콩과 초코칩이 경쾌하게 콩콩 박혀있는 제멋대로인 모양의 쿠키 한 접시를 들고 반가운 표정으로 한껏 웃고 있는 이 소녀의 얼굴을 보니 지쳤던 몸이, 혼자 앉아 괜히 심각했던 분위기가 한순간에 내달려 달아난다. 나에게 그녀의 들뜬 미소와 한 접시 가득 메운 쿠키는 그동안 어른들의 세계를 살아내느라 잠시 잊었던 레몬 같은 미소를 다시 짓게 했다. '쿠키 한 입의 인생 수업'이라고 했던가. 아직 나에게는 먹을 수 있는 쿠키가 많이 남아있다는, 번뜩이는 재치를 담은 인생 수업을 그녀가 한 접시 배달해 준 것만 같았다. 가끔 지뢰가 터지면 좀 어떠한가. 미처 캐내지 못한 아름다운 사람들이 아직도 이렇게나 많이 한가득 쌓여있다. 나는 다시 훌훌 먼지를 털고 그 사람들의 틈으로 저벅저벅 걸어 들어가면 되는 것이었다.

내가 머무르는 곳에서 수업을 받을 곳까지는 트램이 운행하고 있었지만 나는 걷는 노선을 택했다. 뙤약볕 아래에서 오븐 속의 모차렐라 치즈가 되어 녹아내리듯 사오십 분 정도를 걸었나 보다. 여기서는 온전히 혼자가 되니 시간은 훨씬 더 여유롭고, 이렇게 걸으면 나에게는 새로운 도시를 탐험할 수 있는 기회가 주어진다. 다시 방랑자가 된 것처럼 운동화를 신고 배낭을 메니 상상할 수 없는 크기의 자유감이 느껴졌다. 도시에서의 하이힐과 정장 그리고 서류 가방 같은 것은 비행기에 오르기 전에 이미 장롱 깊숙한 곳으로 들어갔다. 그렇게 걸어 다다른 곳은 고풍스러운 벽돌과 창문이 나있는, 결코 현대적이지 않은 건물과 시계탑, 보라색 잔꽃잎들이 일렁이는 정원이 있는 곳이었다. 쉬엄쉬엄 사진을 찍으며, 왼쪽과 오른쪽을 연신 두리번거리며 걸어갔는데도 내가 가장 먼저 도착했다. 나이가 꽤 지굿해 보이는 할머니가 동화 속에서 튀어나온 것 같은 건물의 부엌 안에서 커피와 차, 쿠키를 준비하고 있었다. 그리고 나를 보더니 "아, 혹시 당신이 데비인가요?"라고 귀가 서걱거리는 부드러운 음성으로 물었다. "네 맞아요. 제가 서울에서 왔답니다. 뭘 좀 도와드릴까요?" 했더니, 그녀의 얼굴에 있는 모든 주름살이 이내 하늘로 올라가며 웃음을 만들어냈는데 마치 색소를 타지 않은 아이스크림처럼 시원하고 해로움 없이 맑아 보였다. '아, 이런 것이 디톡스인가' 할 정도로 그간 내 몸에 박혀있던 독소가 빠져나가는 듯한 느낌이 들었다.

"오, 정말 환영해요. 긴 여행에 피곤하지는 않은가요? 잠시 앉아 차 한 잔 해요. 여기 일은 내가 잘 할 수 있어요. 내가 메릴린이랍니다."

'이번 일주일간의 수업을 해주실 그 선생님이 바로 이 분? 하루 종일 이어지는 워크숍을 매일 하는데, 이렇게 나이가 많으신 분이 과연 하실 수 있단 말인가….'

순간 믿기지 않았지만 믿어보는 수밖에 없었다. 여기 오기 며칠 전까지만 해도 비즈니스의 현장에 있었던 나는 완벽히 다른 이 광경에 새삼 감동을 했다. 나를 살아가게 만들어주었던 그 일터에서는 아무도 함박웃음을 터뜨리며 반기거나, 명함 없이 이름을 불러주거나, 먼 길을 왔으니 잠시 쉬어가라는 이야기를 해주는 법이 거의 없었으니. 지긋한 나이를 믿을 수 없을 만큼 그녀가 순수하게 느껴지는 것은 비단 그녀의 눈이 호수 빛을 닮은 하늘색이라서만은 아니다. 또한 그녀의 머리카락이 마치 광선이

투과하기라도 할 듯 밝은 은빛으로 나의 시선을 화사하게 만들어서도 아닐 것이다. 그저 그녀의 사뿐사뿐한 말솜씨와 행동, 그것을 둘러싼 공기가 감히 오염된 사람은 곁에 가기도 어려운 무균지대처럼 보였다. 그리 현대적이거나 혁신적으로 보이지도 않고, 오히려 시간을 거슬러 올라간 것 같은 이곳에서의 수업이 나에게 변화의 순간을 가져다 주고 있다는 게 어쩌면 아이러니하게 느껴질 정도였다.

한 사람, 두 사람, 사람들이 모여들기 시작했다. 영국에서, 아르헨티나에서, 캐나다에서… 컴퓨터 프로그래밍 박사님부터 심리학자, 예술학교 선생님, 영화제작자에 이르기까지 다양한 나라와 다양한 직업군이 모였다. 향긋한 티가 든 컵을 들고 서로에게 첫인사를 시작했다. 이곳이 캐나다라는 사실을 더욱 상기시켜주듯 『빨간 머리 앤』을 쓴 캐나다 태생의 작가 루시 몽고메리(Lucy Montgomery)의 이야기로 대화를 열었다. 토론토는 루시 몽고메리가 최후를 맞이한 곳이라 그런지 이곳 사람들에게는 특별한 동경의 상징인 모양이었다. 그들이 얼마나 실감나게 앤에 대한 대화를 이어가는지, 마치 옆집에 아직 살고 있는 소녀를 이야기하는 듯했다. 세계 어디에서도 경험하지 못할 아침의 수다였다. 나 또한 앤을 생각하면 없던 긍정성도 살아나고 세상을 바라보던 렌즈를 잠시 그녀처럼 바꿔 끼우게 된다. 게다가 에피소드 하나하나까지 나의 일처럼 기억해낼 수 있으니, 앤은 아직도 모두의 심장에 살아있는 주인공이었다.

메릴린 선생님이 스토리를 말하는 것으로 수업이 시작되었다. 언제나 파워포인트나 칠판을 향해 앉아 수업을 듣는 것이 익숙한 우리들에게 동그랗게 둘러앉아 서로의 눈을 바라보며 진행되는 수업은 조금 어색하게 느껴졌다. 우리는 첫 번째 활동으로 자신의 이름에 대해 이야기하는 시간을 가졌다. 나의 이름에 대해 별로 깊이 의식해 본 적이 없다고 생각하고 있는데 벌써 수업 참여자들은 자신의 이름에 얽힌 이야기들을 꺼내 들고 있었다. '이름이란 그냥 내가 선택할 수도 없이 주어진 것 아닌가. 그 안에 무슨 대단한 스토리가 담겨있을까' 했는데, 모두 자신의 이름에 대한 이야기를 쏟아내기 시작했다. 어릴 적 기억 속에 묻혀있던 다양한 에피소드들, 그리고 다 자란 지금에 이르기까지의 스토리들을 나누며 어느 누군가는 눈가에 눈물이 고이기도 하고, 이야기를 듣다가 폭소가 터져 한참을 데굴데굴 구르기도 한다. 이름도 알지 못하고 앉아있던 이 사람들, 국적도 직업도 다른, 서로 처음 보는 사람들이 옛 친구보다도 더 많이 나를 알게 되는 순간 같았다. 내 이름에는 내가 가진 상처도, 그리고 내가 가진 꿈도 같이 들어있다는 것을 문득 깨닫게 되기도 하고 말이다.

"저는 이정민이라는 한국 이름이 있고, 글로벌 세상에서는 데비라는 이름을 가지고 있죠. 한국 이름은 한자로 빛날 정(涏), 가을하늘 민(旻), '빛나는 가을하늘'이라는 뜻을 가지고 있어요. 한국 이름에는 대부분 뜻이 들어있거든요. 그런데 저는 제 한국 이름을 들을 때 기분이 그리 좋지 않았어요. 제 이름을 불렀던 누군가에게 좋지 않은 기억을 가지고 있어서인지, 좀 더 여성스럽고 귀여운 이름을 원해서였는지 모르겠지만요. 제 한국 이름이 그런 느낌을 주진 못한다고 생각했거든요. 그리고 한국에서는 태어난 아이의 이름을 지을 때 점쟁이와 같은 사람에게 의뢰하는 풍습이 있는데, 그것도 썩 마음에 드는 부분은 아니었어요. 데비란 이름은 아주 오래 전, 제가 막 알을 깨고 국제 사회에 나오려고 하던 열아홉 살 때쯤 친구가 지어준 이름이에요. 성경에 나오는 여자 사사(士師) 데보라를 줄인 이름이죠. 왕이 없던 혼돈의 시대에 남자 사사들 속에 있었던 단 한 명의 여자 리더였는데, 그녀는 시와 스토리를 말하고 노래를 부르는 사람이기도 했어요. 그때는 그 의미를 잘 몰랐는데 친구는 제가 데비 같은 사람이 될 거라고 했어요. 열아홉 살에 그런 깊은 눈을 갖는 건 정말 쉽지 않은데, 그 친구는 그런 눈을 가진 모양이에요. 수십 년이 흘러 되돌아 보니, 신기하게도 저는 정말 그렇게 되어가고 있는 것 같거든요. 그러니까 데비는 제가 개척해가는 저의 꿈이 담겨있는 이름이고, 원래 한국 이름은 주어진 운명의 이름이에요. 운명이 그리 녹녹했던 건 아니지만 불평 없이 받아들이면서도 거기에 지지 않고 앞으로 나아가려는 게 제 모습이 아닐까 하는 생각을 제 이름을 보면서 문득 하게 되네요."

나뿐만 아니라 모두 저마다 이름에 얽힌 이야기들이 있다. 가족의 이야기, 자신의 삶과 생각 그리고 자신이 태어난 나라의 문화와 얽힌 이야기들 말이다. 이름은 그냥 이름인 줄 알았는데 그 안에 각자의 장면이 들어있다니….

메릴린 선생님이 말했다.

"스토리텔링이란 참 상처받기 쉬운 일이에요. 글을 쓰는 스토리텔러든 말로 전하는 스토리텔러든 말이죠. 이야기를 전하는 과정에서 자신을 드러내야 하고, 또 저절로 드러나게 되기 때문에 두려운 일이기도 하지요. 그런데도 스토리텔링을 하는 이유는 지혜를 전하는 일이기 때문이랍니다. 그리고 스토리텔링은 사람과 스토리를, 그리고 사람과 사람의 마음을 연결하기 때문에 이건 순전히 '연결'에 관한 일인 거예요. 스토리로 지혜를 전하지 않았다면 어떻게 되었을까요? 인류는 지금껏 연결되어 존속할 수 없었을 거예요."

나 역시 상처받고 싶지는 않지만, 누군가에게 지혜를 전하고 사람과 사람의 마음을 연결하며 세상에 평화를 남기는 일은 충분히 가치 있는 일이라고 느꼈다. 사랑은 두려움을 이긴다. 상처 받기 쉬워 연약하다는 뜻인 'vulnerable'이란 단어 하나가 머릿속에 다시 형체로 남았다. 그렇게 연약한 사람에게도 지혜를 전하는 힘이 숨어있을 수 있다는, 이 생각지도 못한 발견의 순간이 저 멀리 캐나다 토론토의 오래된 동화 속 헛간 같은 건물에서 있을 줄은 미처 알지 못했었다. 동화 속 일곱 난쟁이들이 죽을 끓여 나누어 먹으면 딱 좋을 만한 이런 곳에서 말이다.

"스토리가 바로 당신이거든요. 스토리텔링은 바로 당신이 누구인지를 말하는 거예요. 오랫동안, 나는 당당히 일어서서 진정한 내 자신으로 서고 싶다는 생각을 해왔어요. 그리고 무대에서 나의 스토리를 말하는 순간 그렇게 되었다는 느낌을 받았지요."

자넷이 말했다. 학자로서 이미 자신의 길을 오래 걸어와 충분히 그 가치를 발휘하고 있는 것 같은데, 신기하게도 그녀는 나와 같은 생각을 하고 있었다. 누구나 이 세상은 진정한 나 자신으로 살 수 없게끔 그렇게 만들어져 있는 거구나. 그것이 한국이든, 캐나다이든, 어느 나라 어느 곳에서든지 간에. 순간 느껴지는 동질감은 사람에게 무한대의 위로와 안도의 숨을 내쉬는 전율 같은 것을 가져다 주었다.

얼마 전 일터에서 들었던 비슷한 이야기가 떠올랐다.

"요즘은 제 자신이 지우개가 되어가는 거 같아요."

"네? 어떤 지우개? 무슨 의미인가요?"

"오랫동안 조직에서 일을 하다 보니까요. 내가 누군지 잘 모르겠어요. 점점 제가 지워지는 듯한 느낌이 들죠. 이쪽으로 가라면 이쪽으로 가고, 저 일을 하라고 하면 저 일을 하며 공중에 떠있는 풍선처럼 살아가고 있어요. 저는 대체 누구일까요?"

또 다른 대화가 머리를 스쳐갔다.

"TV 드라마를 볼 때만 '내가 아직 감정이 살아있는 인간이구나' 하고 느껴요. 먹고사는 일은 감정을 빼고 해야 하는 거라 내가 인간인지 기계인지 헷갈릴 때가 있거든요."

어느 동료의 푸념 같은 이야기였다. 그때 나는 이렇게 대답하곤 했다.

"마음을 따뜻하게 해주는 책을 도서 목록에 반드시 넣는 게 중요해요. 인간다움을 유지하기 위해."

나는 다시 자넷을 보며 말했다.

"맞아요. 저도 그랬거든요. '세상이 원하고 요구하는 나'로 끼워 맞춰 사는 것보다 진정으로 자연스럽게 '나'라고 느껴지는 그것을 만들어가고 싶었지요. 그런 나를 세상이 원하는 때가 함께 맞아진다면 그게 제가 있어야 할 지점일 거예요."

우리는 '내 꿈의 수수께끼 풀기'라는 스토리를 가지고 한참 동안 이야기를 나누었다. 내 꿈의 수수께끼 풀기란 죽기 전에 반드시 해야 하는 일이 아닐까 생각했다. 인간으로서의 나를 찾는 시간이다.

우리는 다시 짝을 지었다. 평생을 살아오며 가장 평화로움을 느꼈던 인생의 한 장면을 떠올려 옆의 짝에게 이야기하는 활동을 시작했다. 이내 모두가 여기저기로 흩어졌고, 나는 메릴린 선생님만큼이나 나이가 지긋해 보이는 마거렛과 짝이 되었다. 이곳에서 수업을 듣는 학생들은 대학에서 아직 공부를 하고 있는 사람부터 일흔이나 여든이 다 되어가는 사람까지 연령대가 아주 다양했다. 나이의 스펙트럼이 이렇게 큰 수업은 아마도 나에게 처음인 것 같았다. 마거렛과 나는 정원의 종탑 아래 자리를 잡았다. 온 천지는 햇빛으로 노랗게 물들어 우리의 무대는 자연의 조명 아래 준비되어 있었다. 머리 위로는 불기만 하면 후드득 날아갈 것처럼 엷은 연보라색 꽃잎들이 쏟아졌고, 거기에 마거렛의 머리카락은 온통 은회색이라 나는 이 모든 것들이 도무지 정신을 차릴 수 없을 만큼 눈이 부셨다. 찬란한 행복감으로 충만한 내 인생 소설 속의 한 순간이었다.

나를 평화롭게 만들었던 순간을 생각해보니 넬슨 베이에서의 밤이 떠올랐다. 여러 나라에서 모인 기숙사 친구들과 함께 한참을 운전해서 도착한 그곳에서 우리는 진실 게임을 했었다. 진실 게임이래 봐야 아침에 쓰는 치약이 콜게이트인지 아니면 혹시 다른 브랜드인지 따위의 시시콜콜하고 시답지 않은 이야기들이었다. 그런 우스운 대화들을 뒤로 하고 나에게 평화를 준 것은 아무런 가로등도, 그 어떤 인간이 만들어낸 빛도 없는데 저 멀리 위에 동그랗게 푸른 빛을 내며 떠있는 달이었다. 달이 그렇게 아름답고 밝은지 처음 알았던 순간이었다. 그리고 그 달 아래에는 아무 일 없다는 듯이 파도가 자연의 리듬으로 만들어진 메트로놈처럼 박자를 잘 맞춰 바다에 안기려 다가가고, 바다는 자꾸 그를 밀어내고 있었다. 그 하얗게 부서지는 파도의 거품이 해안가의 선을 따라 어둠 속에서 지독히도 선명한 영상을 만들어냈다. 그 파도 곁에는 단 한 쌍의 연인이 손을 잡고 걷고 있었는데, 어쩌면 이렇게 기막히게도 멋진 자연의 한끝을 데이트 장소로 고른 건지. 언젠가 나도 사랑을 한다면 꼭 이런 배경 속에서 걸어보고 싶다는 생각을 하게 했다. 그 이후에도 멋진 세상의 모습을 곳곳에서 보았지만 그날의 감동은 결코 지워지지 않았다. 가끔 마음이 복잡해져 평화의 균형이 깨질 때 떠올리는 기억 속의 장면이고, 달을 무척이나 사랑하게 된 결정적인 순간이었다.

이제 마거렛의 차례. 그녀는 눈을 살며시 감고 그녀가 기억하는 가장 평화로웠던 인생의 한 장면, 한 순간을 천천히 읊기 시작했다.

"길고 추운 겨울을 보내고 드디어 봄이 찾아온 어느 날, 우리는 푸른 잔디 위에 함께 손을 잡고 앉아 있었어요. 바람을 타고 그의 숨소리가, 그리고 우리를 둘러싼 들꽃, 풀꽃들이 뿜어내는 잔잔한 향기가 이내 나에게 전해져 왔죠. 잔디밭 건너편에는 코발트빛 바다가 빛을 반사하며 반짝이고 있었고, 그 순간 나에게는 아무 부러울 것이 없었어요. 주위는 모든 것들이 마치 우리를 위해 숨을 죽인 듯 고요하고, 맞잡은 손은 말하지 않아도 서로의 마음을 잘 읽고 있었죠. 그리고 우리는 결심의 순간을 맞이한 거예요. 서로에게 이렇게 약속했지요. 남은 인생을 영원히 꼭 함께 하자고…."

그리고 그녀는 잠시 아련한 미소를 머금고는 '후'하고 깊은 숨을 내쉬었다.

'아, 젊은 시절 남편과 나누었던 사랑의 한 장면이구나. 인생을 함께 하자고 약속했던 바로 그 순간.'

그녀가 읊조리는 장면을 상상하고 있던 찰나 마거렛은 다시 입을 열어 이야기했다.

"그래요. 내가 예순다섯이었을 때 있었던 일이지요."

순간 고루한 고정관념으로 가득 찬 내 상상의 스크린은 멈칫하고 깨어져 파편들이 우수수 떨어져 내렸다. 20대의 청춘 남녀의 모습을 상상했던

나는 급히 배역을 수정해야 했기 때문이다. 흠칫 속으로 놀랐지만 나는 티를 내지는 않았다.

"그런데 우리가 인생을 영원히 함께 하자고 약속한 뒤 얼마 있지 않아 그는 비행기 사고로 하늘나라를 가고 말았답니다. 하지만 그 순간은 나에게 영원히 기억되는 인생에서 가장 평화롭고 안락했던 시간이에요. 우리는 진정 행복했지요."

『아웃 오브 아프리카』와 같은 이야기는 더 이상 소설이 아니었다. 데니스 같은 사람은 그때도 존재했고, 지금도 존재하는 현실의 이야기였다. 생에서 쓰라리고 번민케 하는 상실을 족히 몇 번은 겪고도 남았을 이에게 스며진 아우라는 순탄한 인생길을 걸었기 때문에 나오는 것이 아니다. 그것이 남녀 간의 사랑이든, 여든이 될 때까지도 놓지 않고 불사르고 있는 일에 대한 사랑이든, 생명에 대한 것이든 말이다.

크리스틴 한나(Kristin Hannah)는 그녀의 소설 『나이팅게일』의 서문에서 이렇게 말한다.

'사랑에 빠지면 우리가 어떤 사람이 되고 싶은지 알게 되고, 전쟁에 휘말리면 우리가 어떤 사람인지 알게 된다. 그리고 가끔씩은 살아남기 위해 우리가 원하지 않는 일을 해야 할 경우도 있을 것이다.'

그래서 사랑에 빠지는 건 지나가던 서점에서 인생을 바꿀 만한 책을 우연히 집어 들게 되는 것만큼이나 의미가 있다. 전쟁에 휘말리는 건 슬픈 일이 되어도….

우리는 다시 정원을 떠나 제자리로 모였다. 짝에게 들었던 이야기를 마치 자신의 이야기인 것처럼 청중들에게 다시 하는 것이 미션이기 때문이다. 아직 여든 살이 되는 것도, 예순다섯 살이 되는 것도 한참 남은 듯한 내가 마거렛의 장면을 마치 나의 것인 양 스토리로 읊는 일이 가당치도 않게 느껴졌지만, 나는 그녀가 느낀 그 순간을 간접적으로 체험하며 아름답게 엮어 청중들에게 스토리를 들려주고자 했다. 다른 사람의 관점 속으로 들어가는 것, 도덕적 잣대나 수년간 움직이지 않던 나만의 관념들을 제치고 넘어 그 사람의 상황과 마음을 알고 느끼며 이해하게 되는 것, 그것이 스토리의 힘이었다. 그러면서 내 자신은 왠지 더 커져가는 것을 느꼈다. 난생처음 만나 삶의 스토리를 나눈 사람들은 각자의 장면을 다른 사람의 재해석으로 다시 들으며 눈가에 이슬이 맺히기도 했고, 말하는 이가 눈물을 삼키기도 했다. 누군가는 이런 모습을 보며 마치 신파극 같다고 불평을 할지도 모르지만, 우리는 기꺼이 살아있는 인간의 감정을 그대로 받아들였다. 눈물을 흘리는 것은 나의 성장에 '물을 주는 방법' 중 하나일 뿐이니 완벽히 괜찮은 일이라고 나의 멘토가 이야기해 준 적이 있으니까 말이다.

젊고 유쾌하지만 어딘지 모르게 눈동자 깊숙이 묵직한 느낌을 전달하는 헬렌이 나에게 다가와서 말했다. 살아가기 위해 몇 가지 일을 하고 있지만 단편 영화를 만드는 일은 포기하지 못한다는 그녀다.

"요즘 친구들을 만나면 말이에요. 온통 집을 사는 이야기나, 패션 이야기, 갖고 싶은 물건 이야기들로 가득 차거든요. 물론 뭔가를 갖는 건 즐거운 일이고 그런 이야기들이 재미있긴 하지만, 이런 삶의 지혜에 관한 이야기는 누구도 하질 않았어요. 누군가의 스토리에 귀를 기울이고, 깊이 공감하고, 그러면서 내가 만들어놓았던 고정관념의 세계가 깨지고, 작았던 나의 세상이 점점 커지는 느낌. 여긴 정말 딴 세상 같아요. 그런데 이렇게 행복한 느낌은 처음이에요. 다시 친구들과의 일상적인 대화로 돌아갈 수 있을까 싶을 만큼."

우리가 그곳에서 나눈 대화는 심장을 나누는 대화였다. 공식적인 대화나 비즈니스를 위한 대화와는 전혀 다른….

우리는 마지막 날 발표할 스토리를 골랐다. 책상 위에는 터키, 한국, 스웨덴 등 다양한 나라에서 온 스토리들이 놓여있었고, 그 중에서 각자 자신의 발표 스토리를 고르는 것이었다. 각자 고르는 스토리는 예외 없이 자신의 상황과 연결점을 갖고 있는 스토리인 경우가 많다. 나와 같은 상황을 맞닥뜨린 주인공들은 이미 아주 오래 전 책 속에도 존재했기 때문이다. 거기서 해결책을 얻기도, 용기를 얻기도, 위로를 얻기도, 행동으로 옮길 영감을 얻기도 한다. 나는 아프리카 아이티의 스토리를 골랐다. 뉴욕의 전설적인 스토리텔러 다이앤 울크스틴(Diane Wolkstein) 선생님이 1960년대에 아이티에 직접 가서 캐냈던 스토리들을 담은 책 『The Magic Orange Tree』라서 저절로 손이 갔는지도 모른다. 다이앤 선생님은 나에게 스토리텔링이라는 예술 장르를 처음 가르쳐주신 분이다. 우리는 멀리 떨어져 있었지만 화상 통화를 통해 소통했고, 나는 그녀에게 스토리텔링의 의미와 테크닉에 대해 배웠다. 그녀는 책을 출판하기 위해 타이페이에 가서도 화상을 통해 나와 만나곤 했는데, 그날은 무슨 일인지 만나기로 한 시간에 나타나질 않으셨다. 그럴 리가 없는데 이상하다는 생각, 왠지 걱정이 되고 불길한 생각을 떨치기가 어려웠다. 한 시간 내내 컴퓨터를 켜둔 채 기다리다가 결국 그녀를 만나지 못하고 컴퓨터를 끌 수밖에 없었다. 그리고 다음 날, 다이앤 선생님이 나와 수업을 하기로 했던 바로 그날에 타이페이에서 심장마비로 돌아가셨다는 전갈을 그녀의 딸인 레이첼 선생님으로부터 받고 말았다. 마지막 날까지 자신의 소명이라고 생각하는 일을 하다가 하늘나라로 갈 수 있는 것은 비극보다는 축복이라고 생각하지만, 한동안 충격과 먹먹함 속에 지냈던 기억이 그 책을 보며 다시 떠올랐다. 『The Magic Orange Tree』의 첫 장을 펼치니 뜻밖에도 다이앤 선생님의 손글씨가 적혀있었다. 메릴린 선생님에게 보내는 서신이었다. 뉴욕과 토론토 그리고 서울, 말도 안 되게 그 모든 것이 연결되어 만나는 순간이었다. 인생은 정말이지 절대로 무슨 일이 일어날지 한 치도 알 수 없는데, 그런 경이로운 인연의 순간이 나타난다면 그 순간을 충분히, 천천히 즐기고 감상하면 된다. 게다가 그 옛날, 나는 아직 가보지도 못한 아프리카 아이티에도 나와 같은 아이가 살았다는 사실을 이렇게 발견하는 것은 우연히 들른 어느 나라의 앤틱 벼룩 시장에서 내가 쓰던 스푼과 비슷한 모양의 스푼을 발견하는 것만큼이나 신기한 일이었다. 어쩌면 그것이 스토리가 주는 위대한 보편성일지도 모른다.

우리는 캐나다식 퍼지(Canadian fudge)를 먹으며 수업을 마무리했다. 캐나다에 와서 이걸 먹지 않으면 안 된다는, 메이플 시럽이 잔뜩 들어간 퍼지는 얼마나 달콤한지 머리카락이 하늘로 쭈뼛 솟을 뻔 했다. 이날 우리들의 마음처럼 말이다. 그러니 토론토에 오기 전 나에게 일어났던, 맥박 수가 하늘로 치솟았던 일은 나 자신에게로 돌아가는 길로 들어설 수 있게 해준 터닝 포인트의 순간이자 고마운 선물이라는 생각이 들었다. 그리고 나에게 상처와 수치심을 남겼다고 생각한 사람도 인생 최고의 스승으로 변신해 나의 역사 속에 남았다. 상대방에게 부정적인 말을 쏟아내는 사람은 그 자신이 부정적인 생각과 분위기에 사로잡혀 있어 그 안에 담긴 말이 흘러나오는 것이지, 그것을 듣고 있는 사람과는 아무 관련이 없는 일이라는 것을 그제야 터득하게 되었다. 그런 상황에서 나의 심장이 부정적인 감정으로 내달리기 시작하더라도 말하는 그 사람 또한 여전히 좋은 구석으로 가득 찬 사람이라는 사실 역시 변하지 않는 진실이다. 그리고 직감적으로 나에게는 그런 부정적인 말들이 '이제 인생의 다음 단계로 나아가야 한다'라는 말로 들렸다. 이제 인생의 어떠한 변화나 나쁜 일도 그다지 놀라지 않고 담담히 받아들일 때가 된 모양이다. 갑자기 인생에 예기치 않은 사람을 만나 상처를 입거나 수수께끼 같은 고통 속에 빠지는 일이 생긴다면, 내 인생의 동화 속에 등장한 그의 역할에 대해 생각해봐야 한다. 그걸 나는 한참이 지난 뒤에야 깨달았다. 왜 하필 나에게 이런 일이 일어나는지, 그 사람을 어떻게 질책할 것인지를 고민하지 말고 이제 나에게 어떤 새로운 일이 일어나려고 하는지를 알아차려야 한다. 그리고 내 안에 다시 들어가서 그동안 잊고 있었던 나에게 주어진 재능의 선물은 무엇인지, 그것을 나눌 수 있는 새로운 방법은 없는지, 나는 이 지구에 왜 와있는지를 되돌아봐야 하는 시간이 찾아온 것이다. 가끔 악역처럼 등장하는 이들은 삶의 다음 단계로 나를 밀어 넣는 역할을 하고, 나에게 일어나는 비극적인 슬픈 일들은 삶의 목적을 알려주는 역할을 한다. 과거는 조금 더 시간이 흐른 뒤에야 재구성되고, 삶은 이야기하기 위해 다시 새로운 방법으로 기억된다.

서로를 잘 알지 못할지라도

　　나이의 숫자가 하나씩 더해질수록 지구 반대편의 마을에 잠시 머무르는 일이 조금씩 버거워진다. 밤낮이 바뀐 시간에 나의 머리가 예전만큼 똑똑하게 반응하지 못하고 그 속도가 점점 느려지더니 급기야 이제는 일주일은 지나야 새로운 땅에 적응하게 된다. 나에게 새롭게 찾아온 낯선 땅에서의 밤과 낮이 자신의 위치를 찾지 못하고 전전긍긍하다 보니 하루 일정이 끝나고 숙소로 돌아오면 바로 침대 위로 기어 올라가기 바빴다. 그렇게 토론토 가정집의 집주인과도 제대로 만나지 못한 채 며칠이 흘렀는데, 이 집의 가족은 나를 홀로 두고 모두 캠핑을 떠나고 말았다.

　　집주인 지젤은 내게 메모 하나를 남겨두었는데, 지구 상에서 가장 맛있는 아이스크림 샌드위치를 파는 가게가 있으니 꼭 들러야 한다는 내용이었다. 거꾸로 돌아간 반대편 시간에 매여 있을 수만도 없으니, 그녀의 당부에 따라 그 가게를 찾아 나섰다. '지구 상에서 가장 맛있는 아이스크림 샌드위치를 파는 가게'라고 그녀가 이름 지은 가게의 글씨가 산뜻하고도 재치 있게 디자인된 오렌지색 토론토의 지도 위에 적혀있었는데, 마치 그림책의 제목처럼 느껴졌다. '이 제목으로 동화책을 써볼까?' 아니면 '아이스크림 샌드위치 가게를 내볼까?' 하는 즐거운 몽상을 하며 길을 걸었다. 하지만 던컨 스트리트를 모조리 헤매고 다녔는데도 지도에 적힌 그 그림책과 같은 가게가 나오질 않았다. 보물섬 지도를 들고 헤매고 있으나 보물이 묻힌 곳을 찾지 못하는 아이가 된 것 같았다. 그림책의 제목 같은 내 인생의 다음 목적지를 찾아 부푼 마음으로 거리를 걸어가고 있으나 그것이 어디에 있는지 제대로 알지 못하는 지금의 나처럼 말이다. 지젤에게 문자를 보냈다. 그 가게는 대체 어디 있는 건지, 표시가 되어있는 곳에서 열 번을 뱅뱅 돌아도 그런 곳은 정말이지 없다고. 그녀는 분명히 며칠 전에 친구들과 다녀왔다고 답변을 보내왔다. 다시 미궁의 마법 소설 속으로 빠져버렸다. 며칠 전에도 있었던 지구 상에서 가장 맛있는 아이스크림 샌드위치 가게가 내 앞에서만 사라지는…. 가끔 그렇게 애타게 찾는 목적지가 눈앞에서 사라지는 일이 생기더라도 너무 당황하거나 실망해서는 안 된다. 새로운 목적지를 찾는 길에 더 운명적인 일들이, 생각지도 못하게 오아시스처럼 물을 대주는 사람들이 생기기도 하니까 말이다.

나는 잠시 아이스크림 샌드위치를 먹는 꿈을 접고 바닷가로 방향을 틀었다. 버스에 올라 차비를 내려는데 정확한 값의 동전을 투명 박스에 넣어야 하는, 실로 오랜만에 만나는 방식에 당황하며 지폐를 꺼냈다. 거슬러 줄 잔돈이 없다는 버스 기사와 어떻게든 버스를 타야 한다는 나 사이에 아주 잠시 동안 실랑이가 있었다. 큰 단위의 지폐밖에 없으면 죽어도 버스를 태워주지 않을 작정인 듯 보이는 버스 기사 아저씨 앞에 서있는데, 정류장에서 같이 서서 기다렸던 청년이 선뜻 버스 토큰을 나 대신 투명 박스에 넣었다. "자, 이 분 건 여기 있어요"라고 기사 아저씨에게 외치며 말이다. 평생 한 번 만난 적도 없는 청년의 이 작은 선행이 얼마나 감동이었던지, 나는 큰 지폐로라도 갚고 싶었지만 청년은 괜찮다며 나를 더욱 미안하게 만드는 큰 미소를 지어 보였다. 그리고 토론토가 처음인 나에게 버스에 붙어 있는 노선표를 보며 바닷가로 가는 길을 일일이 일러주었다. 자기는 그 근처 갤러리에서 일한다며, 어느 요일은 관람이 무료이니 꼭 들르라는 팁도 아끼지 않았다. 청년은 먼저 버스에서 내리고 나는 한참을 타고 가고 있는데 내릴 정류장이 가까워오자 미소를 띤 아주머니가 나에게 짧은 한마디로 말을 걸었다.

"다음 정류장이 당신이 내릴 곳이랍니다."

"아, 그래요? 정말 감사합니다. 제가 내릴 정류장을 어떻게 아셨어요?"

"아까 청년과 이야기하는 걸 들었거든요. 깜박하고 놓치기 쉽답니다. 내릴 채비를 하세요."

이것이 바로 밑도 끝도 없이 행복한 느낌이구나 싶었다. 서로를 잘 알지 못할지라도, 이방인을 챙겨주고 도와주며 자기 것을 나누어주는 사람들 때문에 아이스크림 샌드위치 가게를 찾지 못한 아쉬움은 온데간데없이 모두 사라졌다. 덕분에 나는 하늘과 바닷가, 이 두 가지로 나뉘어져 이루어진 그 선명한 바다색의 거리를 걸을 수 있었고, 생각지도 않았던 갤러리에서 캐나다 사람들의 정신세계를 예술을 통해 들여다보며 예상치 않은 기쁨을 누릴 수 있었다.

다시 수업으로 돌아가니, 린다가 핸드폰에 잔뜩 저장해온 사진을 보여주기 시작했다. 그녀의 조카가 원주민 출신의 아이를 입양했는데 우리에게 꼭 보여주고 싶었단다. 그녀의 조카는 아시아인처럼 생긴 캐나다의 원주민이었다.

"우리에게는 대단한 '잘못의 역사'가 있지"라며 자신들의 잘못에 대해 잔잔히 고백하는 린다. 원주민들의 역사와 문화에 관심이 많아 대학교 때는 청강수업에 몰래 드나들기도 했건만, 캐나다에도 원주민이 있었다는 것은 그제야 알았다. 아직도 이 세상에는 내가 모르는 것이 은하수만큼이나 널려있으니 지루하지 않게 삶을 살아갈 수 있는 것이리라.

"하지만 내가 사는 마을은 말이야. 온통 사랑스러운 말들로 덮여있거든. 동네 사람들을 부를 때에도 sweetheart, honey, darling 등 온갖 달콤한 단어들로 서로를 부른단다. 잘못의 역사가 있기는 하지만, 우리의 현재는 얼마든지 다시 아름답게 만들 수 있는 거잖니. 그래서 나는 이 마을을 떠나지 못해. 이렇게 사랑스러운 사람들을 어디에 가서 또 만날 수가 있겠니.”

나는 린다가 산다는 그 마을에 가보고 싶어졌다. '말'은 내가 살고 있는 세계의 형태를 만들어내고 유지하며 이끌어간다. 가보지 못했지만 아마 그 마을은 린다의 '말'처럼 사랑스러운 곳일 거다.

세상에는 잘 알지 못하는 사람에게도 말을 걸고 자연스럽게 친절을 베푸는 문화가 있고, 잘 알지 못하면 인사를 하거나 말을 거는 일이 좀처럼 없는 문화가 있다. 나는 후자에 가까운 문화에 살고 있지만, 그 문화의 장점은 한 번 알게 되면 한 번의 친절과는 비교할 수 없이 깊은 나눔과 공유가 있다는 것이다. 보통 한 번의 기회밖에 존재하지 않는 여행지에서 만나는 이런 사람들과의 교감은 그것에 익숙지 않은 나도 얼마든지 누릴 수 있는 행복감 그 자체다.

오늘은 모두 며칠간 준비해 온 공연을, 자신의 스토리를 소박한 무대에 올리는 날이다. 나와 똑같이 생긴 사람이 한 사람도 없듯, 우리의 스토리는 모두 다르게 생겼다. 그러니 이 무대에서 한 사람의 가치는 조직에서 필요한 일의 한 부분을 해내는 것과는 다르게 독특하고 희귀하다. 박수를 칠 의미가 충분히 생기는 것이다. 내가 있던 사회의 조직에서는 내가 쓰는 마켓리포트나 내가 하는 비즈니스 프리젠테이션이 누가 해도 같은 결과물을 만들어낼 수 있는지를 검증하곤 했다. 그만큼 객관적이어야 하고, 사람이 바뀌더라도 같은 것을 보여줄 수 있어야 타당성이 있다고 판단되는 일이었다. 그렇다면 그 일은 내가 아닌 다른 사람으로 대체되어도 괜찮다는 것을 의미했고, 결국 그것은 인공지능으로도 충분히 대체될 수 있다는 의미였다. 지금 여기서는 인공지능 따위는 생각하지 않는다. 우리는 인간이 할 수 있는 일을 하고, 인간이 느낄 수 있는 일을 함께 하고 있었으니까.

나는 아이티의 한 소녀가 되어 스토리를 들려주었다. 그녀는 역경을 딛고 문제를 하나하나 해결해가며 마법의 노래를 불러 오렌지나무를 키운다. 그녀는 결국 그 오렌지를 팔아 부자가 된다는 스토리다. 가보지도 못한 나라 아이티, 상상의 뜨거운 모래밭 위에 발을 딛고 서서 마법의 노래를 부를 때는 청중들의 눈이 동그래져서 나를 쳐다보았다. 그리고 부자가 되어 기세등등해진 소녀가 마지막 대사를 날릴 때는 모두 함께 폭소를 터뜨렸다. 이야기를 마무리하면서 '내 안의 오렌지나무도 그렇게 무럭무럭 자랐으면, 한 뼘 더 성장했으면, 차근차근 결실을 맺었으면, 그리고 나에게도 부르는 대로 이루어지는 그런 마법의 노래 하나가 있었으면' 하는 마음이 들었다. 무대를 내려오자 자넷이 내게 말했다.

"네가 그 노래를 여러 번에 걸쳐 부를 때, 마음 속으로는 같이 따라 부르고 싶다고 생각했는데, 너의 목소리가 나를 완전히 무장해제시키는 듯한 느낌이 들어서 마치 마법에 걸린 사람처럼 꼼짝없이 그냥 듣고 있을 수밖에 없었어. 원래 이 스토리는 다 같이 따라 부르는 방식으로 공연을 하기도 하는데 네가 할 때는 그렇게 하지 않는 게 낫겠어. 뭔가 눈밭에 있는 듯한 그 맑고 평화로운 느낌이 깨져버릴 테니 말이야. 그리고 또 네가 오렌지나무에게 명령할 때는 정말 대단한 카리스마와 단호함이 느껴졌어."

누군가에게 이런 이야기를 들어보기는 난생 처음이었다. 아, 어쩌면 내 안에 그동안 미처 알아보지도 못하고 발견하지도 못했던 — 사람을 무장해제시키는, 평화를 가져다 주는, 노래를 불러주어 오렌지나무를 키우듯 누군가의 삶을 성장시키고 일으켜 세울 — 마법의 노래가 있을지도 모른다. 그리고 내 안에 숨겨진 카리스마와 단호함도 혹시 있을지 모른다. 나에게는 없다고 여겼던 그런 것들을 스토리가 나 대신 꺼내어 주었다.

메릴린 선생님은 체리색 입술이 더욱 길어 보이게 웃으며 나를 보았다. 그러고는 말했다.

"계속 노래하세요. 그리고 계속 이야기를 들려주세요. 세상에 나의 목소리가 아직 들리지 않을 수도 있고, 너무 작게 느껴져 저 멀리까지 도달하지 못할 거라고 생각할 수도 있지만, 결코 멈추지는 마세요."

운명 같은 말 한마디를 그녀가 나에게 남겼다. 피드백을 받는다는 것은 무언가를 시도했을 때에만 주어지는 것이다. 아이오와 대학에서 이런 연구가 있었단다. 창의적 글쓰기 수업 시간에 글을 쓴 두 그룹에 대해 한쪽은 비판적인 견해만 잔뜩 주었고, 다른 한쪽에는 긍정적인 피드백을 주는 실험이었다. 10년 후 연구 결과를 보니, 비판적인 의견만을 받았던 그룹의 사람들은 한 사람도 글쓰기를 계속 하는 사람이 없었고, 긍정적인 의견을 받았던 그룹의 사람들은 모두 계속, 어떤 형태로든지 글을 쓰고 있었다고 한다. 그러니 나는 계속 삶을 노래하고 이야기를 들려줄 가능성이 커진 것이나 다름없었다. 조용히 용기를 내어 나의 목소리로 노래를 하고 나의 이야기를 들려준 날, 그렇다면 다른 사람도 그렇게 자신의 목소리를 찾도록 도울 수 있지 않을까 하는 생각이 들었다.

이제 모두 집에 돌아갈 시간이 되었다. 아침과 마찬가지로 나에게는 여전히 지폐 한 장만 지갑에 덜렁 있었다. 시간이 늦어 토큰 가게는 이미 문을 닫았을 게다. 이번엔 리사가 토큰 한 개를 꺼내 내 손에 쥐어준다.

"어머나, 이건 내가 꼭, 아이스크림을 사먹어서라도 동전을 만들어서 갚을게요."

나는 아이스크림 샌드위치 가게를 떠올리며 이렇게 말했지만, 리사는 절대로, 절대로 받지 않겠다며 이건 '우정의 토큰'이라고 했다. 오늘 나에게는 나를 부자로 만들어줄 마법의 오렌지나무는 나타나지 않았지만, 주저 없이 베푼 친절의 토큰 두 개가 생겼다. 누가 아는가. 잭과 콩나무도 콩두 알로부터 시작되었으니, 나는 토큰 두 개로 시작될지. 친절이 황금알을 낳는 거위의 시작이다.

가는 길, 돌아오는 길을 잘 모르면 어떤가, 혹은 그 길을 갈 여비가 없으면 어떤가. 그 길을 가겠다는 의지만 있으면 세상에는 가끔 나에게 그 길을 찾아 토큰을 쥐어주는 사람들도 나타나고 못 이기는 척 그들에게 가는 길을 맡겨두는 날도 생긴다. 토큰, 이 작은 동그라미 안에는 또 얼마나 큰 추억이 저장되는 건지. 하루 내내 가슴 한 켠이 미세한 진동의 감사함으로 메워진 토큰의 감동이 있던 날이었다.

집에 돌아오니 욕실 거울 앞에 하얀색과 갈색이 섞여있는 수제 초콜릿과 작은 쪽지가 사뿐히 놓여있었다.

'데비, 이번 캠핑에서 우리가 사온 캐나다의 초콜릿이야. 네가 맛있게 먹어주면 기쁘겠어. 오는 길에 좀 녹아서 모양이 그리 예쁘지는 않지만 못생겼어도 맛은 일품!'

집주인 지젤의 손편지가 또 한 번 나를 살아가게 한다. 이제 종이에 쓴 손편지는 잊혀가는 예술작품과도 같으니, 이 희귀한 작품은 부스러질까 조심스럽게 접어 간직한다. 별다른 주변 장치가 없어도 이 땅에 살아있는 것만으로도 그 행복의 값어치가 충분했던 날, 그래서 나도 아무 이유 없이 모르는 사람들에게도 사랑을 나누는 것이 마땅하다는 것을 알게 된 날이었다. 그런 날이 자주 오지는 않으니 수첩에 깊숙하고도 꼼꼼히 적어두어야 하고, 온 동네에 이야기를 나누며 감탄해야 하는 것은 물론이다. 비록 우리는 서로를 잘 알지 못하는 사이지만, 설령 그렇더라도 세상이 이렇게 서로에게 친절할 수 있다면 삶은 얼마나 맛깔스러워질까. 아스팔트 거리가 회색빛이 아닌 오렌지빛으로 변하고 외로움이라는 단어는 어디로 간건지 떠오르지 않을 만큼 거리의 사람들이 친근하니 오늘의 그림은 성공적이다. 그리고 나는 알게 되었다. 감동은 그 어떤 분노도 무력하게 만든다는 것을, 나를 잠시나마 지배했던 아픈 감정도 그 앞에서 눈 녹듯이 사라져간다는 것을 말이다.

폴 고갱의 1897년

　호주는 아주 짧은 일정으로 다녀올 수 있을 만큼 가까운 나라는 아니지만, 시차가 거의 나지 않는다는 점에서 마음의 짐이 한결 가벼운 나라이다. 이번 호주 일정은 주말에 걸쳐서 진행되는 컨퍼런스에 참석하는 거라 물리적으로는 아주 짧은 일정이었다. 하지만 시간의 길고 짧음은 무엇을 어떻게 경험하는가에 따라 주관적인 정량으로 재탄생하게 된다. 즐거운 시간이 짧게 느껴지는 것처럼 말이다. 이번에 호주에서 머무르는 동안 배우고 경험한 것들이 너무나 심오하여 몇 시간이 마치 여러 날이나 되었던 것처럼 길게 느껴지는 진귀한 체험을 했다.

　밤 비행기는 사람을 많이 지치게 하고, 아무리 해도 감출 수 없는 초췌한 모습으로 숙소에 도착하게 한다. 어서 방으로 들어가 쉬고 싶었지만 체크인 시간보다 일찍 도착한 탓에 방을 바로 얻지 못하고 모자란 잠에 겨워 다리를 휘청거리며 숙소의 로비를 서성여야 했다. 그때 복도 저쪽 끝에서 거대한 존재감을 빛내며 한 흑인 여성이 걸어오고 있었다. 활짝 웃으며 건넨 그녀의 이름은 도나 워싱턴. 졸린 기운에 잘못 들은 건지 싶어, 그녀에게 워싱턴에서 온 거냐고 물었다. 그러자 그녀는 여름 날 시원하게 솟아오르는 분수처럼 웃으며 모두가 그렇게들 물어본다고 답했다. 내가 꼭 졸린 것만은 아닌 모양이다. 우피 골드버그를 연상케 하는 그녀는 어떤 스토리이든지 액션영화처럼 보이게 하는 커다란 입과 눈, 손놀림이 매력적이었다. 한국의 이태원에서 초등학교 시절을 보낸 추억이 있는 그녀 덕분에 나는 어젯밤을 새운 것도 잊고, 처음 본 그녀와 함께 끝을 알 수 없는 수다를 풀어놓았다.

'딩동!' 나의 몸을 누일 수 있는 방이 마련되었다는 소리가 들렸다. 우리의 스토리는 여기서 잠시 멈추었고, 나는 방으로 들어가 잠시 기절에 가까운 잠에 빠졌다. 저녁이 되어 다시 눈을 번쩍 뜬 것은 환영파티 '웰컴 수아레'가 있었기 때문이다. 리코더팀의 연주가 울려 퍼지는 파티장에서는 각 나라에서 온 스토리텔러들과 작가들이 모여 인사를 하기 시작했다. 어릴 때 억지로 불던 리코더로 이렇게 다양한 소리의 멋들어진 연주를 할 수 있다니, 처음 보는 악기를 대하는 것처럼 새롭게 감상하며 처음 보는 사람들과 인사를 나누었는데, 어쩐지 처음 보는 사람들 같지 않게 대화가 이어졌다. 평생을 녹슬지 않게, 순수함을 간직한 사람들이어서 그럴까, 나는 잠시 이상한 나라에 온 앨리스가 된 것 같았다. 이렇게 아이 같은 눈동자를 간직한 사람들이 한 공간에 이렇게나 많이 모여있는 것을 본 적이 없었기 때문이다. 그들의 입에서 나오는 말들은 세상에서 자주 듣지 못하는 아름다운 단어들로 이루어져 있고, 그것을 듣고 있는 것만으로도 감탄을 금치 못하는 밤이었다.

그 다음 날 아침, 첫 발표는 데이빗 교수님의 차례였다. '칼림바'라는 아프리카의 악기를 천천히 울리며 시작한 그의 이야기를 듣고 있자니 눈을 가리운 채 요정의 숲 속으로 들어가는 바로 그 기분이었다. 한 소절, 한 소절 영혼이 따뜻해져 녹아내릴 것 같은 거품 가득한 크림향의 목소리가 중간중간에 울리는 칼림바의 음향 선을 따라서 귓가에 신비롭게 맴돌았다. '언어가 음악이구나', '목소리가 평화구나' 하며 연신 감탄하고 있는데, 함께 듣고 있는 사람들도 같은 생각을 하고 있는 듯 눈동자가 고요한 경이로움과 경외심에 빛나고 있었다. 스토리텔러는 다른 사람들이 경험해보지 못한 세계로 사람들을 인도하는 사람이다. 나는 어느 새 그의 목소리 선율을 따라 폴 고갱의 1897년으로 들어가고 있었다. 그의 이야기는 〈D´où Venons Nous? Que Sommes Nous? Où Allons Nous?(우리는 어디에서 왔는가, 우리는 무엇인가, 우리는 어디로 가고 있는가)〉라는 긴 제목을 가진 폴 고갱의 그림에 관한 것이었다. 오랜만에 들어보는 질문이었다. 생계를 유지하기 위해 가는 일터에서 주로 듣는 질문은 '이번 달 매출은 얼마인가', '전략적으로 미션을 수행하고 있는가', '우리의 고객들이 혹시 경쟁사를 향해 가고 있지는 않은가'와 같은 것이지 않았나. 우리가 쓰는 단어가 우리의 세계이다(The word we use is the world we live in). 그래서인지 1897년, 그 옛날에 우리를 향해 고갱이 물었던 그 질문에 잠시 멍해졌다. 사람의 일생이 구석구석에 담겨있는 이 그림은 고갱이 자신의 그림들 중 가장 대작이라고 여기는 작품인데, 그가 인생에서 가장 고통스러웠던 순간에 그렸다고 한다. 왜 위대한 작품은 늘 고통의 절정에서 나오는 것인지 불가사의하다. 베토벤의 교향곡 5번도 그가 청력을 잃어가고 있던 시기에 탄생했으니…. 베토벤이 '운명은 이와 같이 문을 두들긴다'라고 말했던 네 개의 육중한 음표, 그리고 반복. 그에게 음의 높낮이는 상상으로만 들리고 문을 두들기는 울림으로 들렸을 것이 분명하다. 이런 작품을 두고 대개 운명을 극복하는 인간의 의지와 환희를 그리고 있다는 해석을 하곤 하지만, 나에게는 그 의지가 지극히 비장하게만 들릴 뿐이다. 그러니 고통이 찾아오는 순간이 있다면 그것은 위대한 것이 꿈틀거려 그림이 되고 음악이 되고 이야기가 될 채비를 하고 있는 것인지도 모른다. 데이빗 교수님은 이걸 말하고 있는 것일까. 우리는 어디서 왔는지 뒤를 돌아보는 시간, 그리고 우리는 어디로 향하고 있는지 앞을 내다보는 시간을 통해 성장하는 것이다.

마지막에 데이빗 교수님은 "당신은 누구인가요? 이야기해보세요!"라고 외쳤다. 고갱의 세 마디와 데이빗 교수님의 한 마디가 너무나 강렬해 다들 자리를 뜨지 못하고 한참을 생각하고 음미하는 듯했다. 나에게도 고갱과 교수님의 질문이 깊게 발자국을 남겼다. '칼림바'의 신비로운 음색과 함께 말이다. "당신은 누구인가요?"라는 질문에 어떻게 대답해야 할까. 이런 질문을 받으면 대개 자신이 다니는 회사의 이름을 자신이라고 착각하거나, 아이의 이름을 자신의 이름으로 착각하기도 한다. 아주 소수의 사람들만 자신의 이름을 실제 자신이라 믿으며 살아간다. 내가 왜 살아가고 있는지 그 목적을 명확하게 알지 못한 채 취업과 집 장만, 아이들 교육, 노후 준비에 사생결단을 하듯 살지만, 겨우 그 시기를 무사히 넘기며 살아가는 데에 그치기도 한다. 나의 꿈은 다른 무엇도 아닌 '나 자신'이 되는 순간이다.

우리는 다시 마치 강강술래를 하듯 동그랗게 모였다. 안쪽 동그라미의 사람이 멘토가 되고, 바깥쪽 동그라미의 사람이 멘티가 되기로 하고 짝을 지었다. 그런데 느닷없이 나는 안쪽도 바깥쪽도 아닌 옆에 서있는 한 아가씨와 눈이 마주쳤다. 그녀와 나는 그렇게 사전 약속도 없이 눈빛의 동의만으로 멘토와 멘티가 되었다. 그녀의 이름은 사만다. 이제 대학을 갓 졸업했다는 그녀는 취업 준비를 하지 않고 있다고 했다. 그렇다고 창업 준비를 하고 있는 것도 아니었다. 지금 그녀가 하고 있는 일에 대한 이야기를 들으니, 자기 삶의 리더가 될 준비를 하고 있다는 생각이 들었다. 그녀는 밴을 장만해서 1년째 혼자 호주 전역을 돌며 필요한 공부가 있을 때마다 워크숍에 참여한다고 했다. 그러면서 스스로 배우고 느낀 것을 어떻게 자신이 생각하는 세상을 만드는 데 접목할 것인지를 연구하고 있다고 했다. 그러고 나서는 그녀가 타고 다니는, 아니 살고 있는 밴을 구경했는데, 이 작은 캠핑 생활을 1년째 혼자서 하고 있다니 그녀의 의연한 결심의 온도가 어느 정도인지 짐작이 가고도 남았다. 집시라고 부르기에는 그녀 스스로의 연구과제가 너무나 먹고사는 세상사와 맞닿아 있었고, 그렇지 않다고 보기에는 그녀의 패션과 영혼이 너무나도 자유로워 보여 잠시 혼란에 빠졌다. 그동안 나는 네모난 울타리 너머를 내다보며 살려고는 부단히 노력했으나, 실제로 그 너머에서 살아보려는 시도는 한 번도 해보지 못했기에 사만다의 삶은 나에게 다소 신선한 충격이었다. 그녀는 아침에는 새로 떠오르는 태양에 감격해 그것을 엄지와 검지 사이에 넣어 보석처럼 간직하고, 밤이면 총총 박힌 별에 눈부셔 하며 한기를 달래는, 그저 그렇게 감사하는 나날들을 보내고 있단다. 그녀가 나에게 보여주며 뽐내는 세간들이란 얼마나 작고 세련되지 않은 투박한 것인지. 호주의 부모들도 예외는 아니어서, 그녀는 온 가족의 걱정을 한 몸에 받고 있다며 멋쩍게 웃었다.

"이제 곧 이 생활을 정리할 때가 오겠죠? 내가 무엇을 하고 싶은지, 내가 무엇인지, 내가 어디로 가고 있는지 정리되는 날이 곧 올 테니 말이죠. 오, 나의 멘토 데비. 당신을 만나게 돼서 정말 기쁘지 뭐예요."

누가 멘토이고 멘티인지 잘은 모르겠다. 다만, 그녀의 미래가 자기 안에서 서서히 빛날 것임을 나지막하게 예견해보는 정도가 내가 할 수 있는 일이랄까. 고갱의 질문을 이미 스스로에게 하고 있었던 그녀가 오늘의 주인공 같았다.

이어지는 작은 워크숍에서는 릴리와 울프 부부를 만났다. 릴리는 벌써 여러 편의 동화를 쓴 작가인데 이런 말을 했다.

"내가 쓴 책의 주인공들은 다 다르지만, 결국은 그 모두가 전부 '나'라는 사실은 부인할 수가 없어요."

작가는 자신을 숨기고 싶은 소심하기 짝이 없는 사람들이라 스토리 안으로 숨어 들어가 자신이 만들어낸 주인공의 이름과 그의 입을 빌려 말하려고 한다. 하지만 결국은 그것이 자신일 수밖에 없음을 시인하게 된다. 나이가 지긋해 보이는 부부가 서로 아직도 애틋하게 바라보는 모습이 수수하게도 아름다워 보였는데, 뜻밖에도 그들은 만난 지 오래 되지 않은 사이였다. 그들은 2년 전 런던의 스토리 스쿨에서 만났다고 했다. 나도 오래 전부터 가고 싶다고 버킷리스트에 넣어두었던 바로 그 학교였다. 릴리는 호주에서, 울프는 노르웨이에서 왔는데, 그곳에서 그들은 3개월을 같이 공부하며 연인이 되었고 남은 생을 함께 하기로 했단다. 그건 한 치도 계획에 없었던, 운명이라고 일축했다.

"그곳에서 배우고 느끼는 삶의 심오함, 깊이, 그리고 그것을 같은 정도의 부피로 느끼며 나누는 사람들과 함께 하는 시간. 뭐라고 묘사해야 할까요? 그냥 삶이 변해요. 그래서인지 많은 사람들이 그 안에서 사랑을 만난답니다. 전혀 의도치 않은 일이에요. 그런데 누구보다도 서로를 깊이 이해할 수 있는 사람을 만나게 되지요. 그러니 나에게는 삶만 변한 것이 아니라 운명이 바뀌게 된 거죠."

릴리와 울프 부부는 이렇게 이야기하며 나에게 책 한 권을 건네주었다. 『평화로 가는 길목의 스토리』라는 책이었는데, 지은이의 직업이 '평화를 위한 스토리텔러'였다. 세상에는 이런 일로 삶을 영위하는 사람도 있구나…. 아이덴티티(identity)는 얼마든지 창조적일 수 있는 것이었다.

이번에는 쥘이란 친구가 나의 소매를 잡고 여러 명을 불러 모았다. 동그랗게 서로를 마주 보고 앉아 우리는 스토리를 나누기 시작했는데, 쥘이 갑자기 사과 한 알이 필요하다며 카페테리아로 사라졌다. 이 스토리를 말하려면 사과가 꼭 있어야만 한다. 그녀는 어딘가를 뒤져서 찾아낸 사과를 꼭 잡고 솜털처럼 나긋나긋한 목소리에 미소를 얹어서 이야기를 시작했다.

"거대한 오크나무 숲에는 나무들이 크고 웅장하게 자라나고 있었죠. 그런데 그 사이에 작은 사과나무가 있었어요. 단 한 그루밖에 없는 사과나무라 외롭게 서있었답니다. 겨울이 왔어요. 눈이 내리자 이 작은 사과나무의 가지는 온통 하얗게 덮여버렸지요. 숲은 고요하고 평화로웠어요. 하루는 사과나무가 하늘을 올려다 보았는데 놀라운 광경을 보게 되었어요. 오크나무 사이로 별들이 걸려있는 게 아니겠어요? 그건 분명히 오크나무 가지 위에 걸려 있는 별들이었어요. '오, 하나님!' 사과나무가 속삭였어요.

'자신의 가지 위에 별들을 가진 오크나무들은 얼마나 행복할까? 저는 뭐니뭐니해도 별을 갖고 싶어요. 그럼 제가 정말 특별하다고 느끼게 될 테니까요.'

그러자 하나님이 사과나무를 보고 말씀하셨어요.

'사과나무야, 인내심을 가지렴, 인내심을 말이야.'

어느덧 시간이 흘러 눈이 녹고 봄이 찾아왔지요. 작고 하얀 사과 꽃봉오리가 가지의 이곳저곳에 솟아나기 시작했어요. 새들이 와서 노래하고, 사람들은 사과나무 옆을 지나며 꽃들을 감탄하며 바라보았지요. 하지만 사과나무는 하늘을 흐드러지게 수놓은 수백만 개의 별들만 바라보며 오직 별들이 자신의 가지에 맺히기만을 간절히 바랐어요.

'오, 하나님. 저는 다름 아닌 별을 갖고 싶다구요. 별….'

그런 사과나무에게 하나님이 말씀하셨어요.

'이미 너는 재능을 가졌잖니. 사람들에게 그늘을 제공하고, 새들이 노래할 수 있는 무대를 펼쳐주고, 향기로운 꽃봉오리를 가지고 있는데, 그것으로 부족한 거니?'

사과나무가 속삭였지요.

'제가 꼭 감사하지 않는다는 건 아니에요. 다만 저는 별, 별을 갖고 싶은 거예요. 그럼 정말 특별하다고 느끼게 될 테니까요. 저 오크나무처럼 말이에요.'

그 순간 바람이 불어왔어요. 거대한 오크나무도 흔들리기 시작하고 작은 사과나무는 더욱 더 세게 흔들렸지요. 사과나무의 꼭대기로부터 사과 하나가 땅으로 떨어졌어요. 그리고 땅에 부딪치는 순간 양쪽으로 쪼개졌지요."

그 순간 쥘은 손에 쥐고 있던 사과를 반으로 잘랐다. 그런데 보통 우리가 자르는 수직의 세로 방향이 아니라 수평의 가로 방향으로 사과를 잘랐다. 그리고는 다시 이야기를 이어나갔다.

"다시 하나님이 말씀하셨어요.

'사과나무야, 보렴. 네 안에 무엇이 있는지 말이야. 무엇이 보이니?'"

쥘은 자른 사과의 단면을 우리에게 펼쳐 보여주었다. 우리는 모두 눈이 두 배는 커져서 외쳤다.

"별!"

사과 안에는 씨앗이 별 모양으로 들어있었던 것이다. 이 단순한 사과나무의 이야기에서 우리는 다시 폴 고갱의 질문을 보았다. 우리에게는 이미 별이 들어있다는 사실을…. 그런데 그것은 우리가 평소의 움직임이 아니라 다른 각도의 움직임으로 우리 자신의 단면을 드러내는 시도를 할 때 나타날 수 있다는, 작고 짜릿한 깨달음을 안겨주었다. 왜 나는 태어나서 한 번도 사과를 저런 방향으로 잘라볼 생각을 하지 않았던 걸까. 왜 다른 사람들이 하던 방식으로, 그렇게 따라 하고 있었을까. 세상을 꽤 오래도 살았고 사과도 흔히 먹는 과일인데 그 안에 씨앗이 저런 모양으로 들어 있다는 건 전혀 몰랐다. 어쩌면 유심히 본 적이 없었는지도 모르지만, 국적을 불문하고 누구나 놀라는 스토리이니 하나같이 그렇게 살아가고 있다는 뜻이기도 하다. 스토리를 듣고 있던 우리 모두는 마치 "유레카!"를 외치는 소크라테스처럼 "별!"을 외치며 '우리는 무엇인가'에 대한 대답을 서로에게 하고 있었던 것인지도 모른다. 그것을 발견하는 순간 우리는 더

없이 행복한 사과나무가 되니까 말이다. 수평으로 세상을, 자기 자신을 잘라 보면 누구에게나 빛날 수 있는 분야가 하나씩 들어있다.

이윽고 저녁 콘서트 시간이 되었다. 나는 스토리 무대에 오르기로 한 터라 옷을 갈아입으러 방으로 들어갔다. 평소에 나를 자르던 방향이 아닌, 다른 각도의 방향으로 나를 잘라보는 도전을 해보기로 한 것이다. 삶을 유지하기 위해 했던 일들, 비즈니스를 설파하고 고객들을 설득하는, 지난 20여 년간 해오던 방향이 아닌, 새로운 각도로 나를 쪼개보는 실험을 하는 시간이다. 그래서 오늘의 의상은 비즈니스 정장이 아닌 초원의 거리에서 마주칠 만한 보헤미안 여인의 드레스로 골랐다. 이 한 순간만은 나에게 붙어있는 다른 역할의 이름들을 모두 떼어버리고 울타리 밖으로 벗어나 진짜 내가 되어보는 일이다. 방의 창문 너머로 보이는 시드니의 석양빛이 하늘을 진한 자몽색과 카푸치노 위의 크림색으로 물들이며 그 아래 초록 잎사귀들마저 타들어 가는 촛불색으로 바꾸어 놓고 있었다. 그것이 나에게는 한 폭의 응원가로 느껴졌다.

한국에서부터 들고 온 스토리와 노래를 무대에서 꺼내 들었다. 푸른색, 초록색 눈동자들이 전부 나를 향해 있다. 그리 낯선 광경은 아닌데도 불구하고, 나 자신으로 선다는 것이 조금 긴장됐는지 다리가 잠시 흔들리고 심장은 시계추처럼 똑딱거렸다. 그리고 나는 한 단어 한 단어, 나의 감정을 조였다 풀었다 하며 말을 하기 시작했다. 나의 말들은 날개를 달고 언어의 음악이 되어 청중들 사이로 날아갔고 나는 더없이 자유로워졌다.

현실 속으로 돌아가면 다시 나를 묶을 것들이 나타나겠지만, 지금은 스토리 안에 있고 그 안의 나는 자유로운 의지를 가진 주인공이기 때문이다. 청중들은 스토리의 감정에 따라 아쉬움의 목소리, 놀라움의 목소리, 안타까움의 목소리들을 내며, 나와 함께 호흡으로 리듬을 맞추고 있었다. 스토리의 중간에 한국의 클래식 노래인 〈기다리는 마음〉을 영어로 부를 때는 사람들이 숨을 참고서 들어주는 듯한 느낌을 받기도 했다. 서로를 치료하기 위해 우리가 할 수 있는 가장 가치 있는 일은 서로의 이야기에 귀를 기울여주는 일이라고 했던 말이 스크린의 자막처럼 머릿속에서 지나갔다. 무대가 끝나고 나서는 다시 현실 속으로 돌아와 많은 사람들과 포옹을 나누었는데, 릴리안은 나에게 이런 이야기를 남겼다.

"한국의 클래식 노래를 듣는 것은 난생 처음이에요. 노래를 들을 때 왠지 마음이 애잔하고 뭉클한 느낌을 감출 수가 없었어요. 그리고 당신의 스토리를 듣고 있으니 또 한 가지가 느껴졌어요. 용기는 조용하다(Courage is quiet)는 것을요."

그 짧은 문장 하나가 나에게는 마치 섬광처럼 다가와 번쩍였다. 마치 별을 보게 된 순간만큼이나 말이다. 뮤지컬 〈모차르트!〉에서 남작부인이 말했던가. 황금별을 찾길 원한다면 성벽을 넘어서 아무도 가보지 못한 곳으로 그 별을 찾아 떠나야 한다고…. 나는 내 주위를 둘러싼 두꺼운 성벽을 힘겹게 넘어 떠났고, 결국 황금별을 바로 내 안에서 찾은 것이었다. 다시 나 자신으로 돌아오더라도 떠남이 필요한 발견이었다.

스토리 콘서트가 끝나고 우리는 모두 명함이나 연락처를 주고받았는데, 그들의 명함은 한 명도 예외 없이 자신의 이름이 제일 처음에 나오고 그 외에 다른 이름은 없는 명함이었다. 명함에는 그를 대변해줄 회사의 이름이나 직함 등이 앞에 붙어있지 않았고, 그저 그의 이름 하나가 명함에 온전히 새겨져 있었다. 이름만 들으면 알 수 있는 대단한 유명인이라서가 아니었다. 그들은 자신을 의사, 변호사와 같은 직업으로 설명하지 않았고, 단지 자신의 이름으로 되어있는 웹사이트와 자신이 누구인지, 자신이 스스로 창조해놓은 정체성만이 그 명함 안에 들어있었다. 그들은 마치 바람막이 점퍼도 입지 않은 채 세상의 바람을 등에 지고 살아가는 사람들처럼 보였다. 이중 삼중으로 안전망을 치고 자신을 안락한 성 안으로 집어넣기 위해 애쓰는 사람들에 비해 그들의 용기는 얼마나 조용하고도 놀라운지. 그런데 그들은 그들 자신이라서 행복하고 그런 독특한 방법으로도 자신의 빵을 벌어 경제활동을 하고 삶을 책임지며 살아가고 있었다.

"우리는 무엇인가, 어디로 가고 있는가. 이야기해 보세요!"

데이빗 교수님이 다시 어딘가에서 나에게 외쳤다.

II

Love must be sincere

우리를
진실하게 하는
시간

당신 마음 속에 사랑을 간직하십시오.

사랑 없는 삶은 해가 들지 않아 꽃들이 죽어버린 정원과 같습니다.

사랑하고 사랑 받는다는 자각은 우리 삶에 그 어떤 것으로도

대신할 수 없는 따뜻함과 풍요로움을 선사해줍니다.

– 오스카 와일드 『오스카리아나』 중 –

3만불짜리 하루

그 해는 호텔 위에 배를 얹은 대담한 도시, 싱가포르에서 크리스마스를 기다리게 되었다. 그리고 생각하지도 못했던 크리스마스가 주는, 잔잔히 잊어지지 않는 또 하나의 의미가 나를 기다리고 있었다.

싱가포르 친구 가브리엘은 내가 메이메이(언니)라고 부르는 20년지기다. 그녀는 매년 우리 집의 산타 이모가 되어주는데, 우리는 함께 공부를 했던 시절 이후 지난 20년간 단 한 번 만난 게 전부였다. 그것도 무려 12년 전에 말이다. 하지만 그녀는 20년간 한 해도 거르지 않고 세계 각지를 다니며 사서 모은 기념품과 자신이 만든 선물들을 나의 생일날에 보내주었다. 핸드폰에 생일 알람이 울리면 생일 축하 메시지를 또르르 적어 보내는 요즘의 축하법과는 사뭇 다른 그녀만의 방식이었다. 덕분에 나의 보물 상자에는 그녀가 만든 다양한 주제의 변주가 있는 액세서리와 에스닉 문양의 갖가지 선물, 아이들을 위한 가방이며 작은 소품들이 들어있다. 그녀의 선물에 담긴 의미는 다름 아닌, 세계 어디를 가더라도 항상 잊지 않고 우리의 우정을 기억하고 있다는 징표였다. 이번에 내가 싱가포르에 가는 날짜를 그녀에게 알려주었더니, 공교롭게도 그녀의 말레이시아 여행 일정과 겹친다는 메시지가 도착했다. 그런데 곧이어 그녀는 아무렇지 않은 듯 자신의 말레이시아 여행을 취소하겠다는 메시지를 다시 내게 보냈다. 여행을 취소하겠다는 말에 놀라긴 했지만, 별로 중요치 않은 사사로운 여행이었나 보다 싶어 대수롭게 생각하지 않았다. 싱가포르 사람들은 점심을 먹기 위해서도 말레이시아를 오고 가니 말이다.

그렇게 우리의 두 번째 만남은 이루어졌다. 나는 비즈니스 회의를 끝내고 호텔 앞에서 기다리고 있던 그녀를 만나 함께 차를 타고 시내로 나왔다. 여전히 더운 여름의 날씨지만 크리스마스 장식으로 덮인 거리를 걸으니 더위와 상관없이 크리스마스의 기분이 제법 났다. 우리는 현지 가게에서 케동동 주스를 함께 마셨고, 흐르는 물 위에서 배를 타고 다니는 사람들이 상점 옆을 지나는 쇼핑몰 안을 함께 걸었다. 내가 좋아하는 티(tea) 가게에 도착했을 때는 티의 향을 하나하나 일일이 맡으면서 이름을 물어 보느라 한 시간도 넘게 머물렀는데, 나중에는 후각이 무뎌져서 향의 차이를 알 수 없을 만큼 되었지만 그녀는 불평 한 마디 하지 않고 나와 함께 티를 공부하다시피 했다. 결국 백과사전만큼 적힌 티 중에서 아주 작은 소량의 티백만 사고 나왔는데 어찌나 눈치가 보였는지 모른다. 여행자는 가끔 얼굴이 평소보다 두꺼워진다. 내가 눈이 건조하고 가끔 아파 고생한다는 사실을 알고 있는 그녀는 눈에 좋다는 중국의 약재를 사기 위해 나를 약재상으로 데려갔고, 치킨 수프에 넣어서 먹으면 눈을 맑게 하는 데에 효과가 좋다는 말린 중국 체리를 한가득 샀다. 온갖 종류의 견과류와 말린 과일들의 무게를 달아서 파는 상점에서는 마치 젤리를 고르는 아이들처럼 갖가지 색깔을 신나게 골라 담으며 잠시 착각 속에 빠진 나이가 되기도 했다. 어느덧 우리는 처음 알게 된 20년 전으로 거슬러 올라간 것처럼 그때의 느낌이 고스란히 전해져 왔다. 지하철을 타고 마리나 베이 샌즈에 도착한 우리는 호텔 위에 얹혀있는 그 배를 배경으로, 혹은 명품회사의 로고와 하늘이 맞닿은 곳 또는 연못의 수련을 배경으로 함께 사진을 찍으며 이 짧은 시간을 만끽했다.

해가 뉘엿뉘엿 질 때 즈음 우리는 크리스마스 만찬을 위해 현지에서 제일 유명하다는 베이징덕 요리를 하는 곳에 다다랐다. 고급스러운 분위기와 함께 전채로 나오는 작은 요리들마저 눈을 휘둥그렇게 만들었고 다소 생소하지만 먹음직스런 음식들로 식탁이 풍성해졌다. 이어서 베이징덕이 나왔는데, 이전에 먹었던 베이징덕은 전부 가짜라고 느껴질 만큼 어디에서도 먹어보지 못한 그런 맛이었다. 가장 정수는 오리의 껍질이었는데, 와인색으로 구워진 바삭하고 얇은 껍질은 따로 떼어서 하나의 다른 요리처럼 이루어져 있었고 설탕에 찍어서 먹으면 질감과 맛이 독특했다. 우리는 이 색다르고 꼼꼼히 선택된 만찬을 나누며, 돈을 벌어야 하는 현실과 다른 이들을 돕는 의미 있는 일들 사이에서 시간과 열정의 줄다리기를 해야 하는 상황에 공감하며 이야기를 나누었다. 왜 자기 자신만을 위해 사는 것은 우리에게 충만한 의미를 가져다 주지 못하는지, 우리의 남은 인생은 어떤 활동들로 채워가고 싶은지 등을 이야기하다가 그녀는 나에게 이런 말을 했다.

"사실 이번에 내가 가려고 했던 말레이시아 여행은 나의 고객사와 함께 가는 여행이었거든. 컨설팅비로 3만 불 정도를 받을 수 있는 출장이었는데 네가 온다고 해서 취소했지."

나는 뭔가 잘못 들은 건지 잠시 귀를 의심했다.

"뭐라고? 아니, 나 때문에 지금 그걸 포기한 거야?"

"괜찮아. 네가 자주 올 수 있는 것도 아니고, 건강한 네 모습을 두 눈으로 직접 볼 수 있는 건 그것보다 훨씬 더 큰 가치가 있으니까 말이야."

두 번 생각하지 않고 그 여행을 포기해준 그녀 덕분에 나는 딱 하루하고도 반나절의 시간을 고스란히 즐거운 추억으로 저장할 수 있었던 것이다.

사람을 이용해 돈을 빼내고, 돈을 위한 스캔들이 매일같이 나오는 시대에 그녀는 가브리엘이란 이름 그대로 나에게 보내진 천사였다. 진정한 관계를 위해 물질에 마음을 두지 않을 수 있는 대담함, 마음을 담은 관계에 절대 권력을 두는 것, 그것은 빌딩 위에 배를 얹는 대담함보다도 더 큰 일이다. 사람들이 중요하다고 여기는 것을, 그것보다 훨씬 더 중요하다고 여기는 것을 위해 포기하는 용기…. 그것이 크리스마스의 본질은 아닐까. 그래서 싱가포르의 크리스마스 밤은 잊어지지 않는다.

믿음, 말, 포옹

출퇴근을 하지 않는 일을 선택하는 것은 오로지 아이들을 보는 시간을 더 많이 갖기 위해서이다. 이것은 한창 자라나는 아이들을 둔 여자들만이 느끼고 알 수 있는 선택의 요건이고, 프로답지 못한 생각이라는 핀잔을 들을 수 있는 여지가 충분하다 할지라도 어떤 이들에게는 그것이 아주 중요한 기준일 수 있다. 아이들이 하교를 하고 집에 돌아왔는데 엄마가 있다는, 실로 오랫동안 실현할 수 없었던 일이 이루어지는 일이었기 때문이다. 언젠가 그렇게 할 수 있는 날이 오기를 아주 오래 전부터 수첩에 적어 놓고 바랐더니 그게 가능한 날이 되었다. 마치 지구가 자전을 하는 것과 마찬가지로 자연스럽게 느껴지지만, 저절로 바뀐 것 같은 변화 안에는 수많은 사람들의 연구와 기술의 발전이 있었으니 그 안에 몸을 얹히고 살아가고 있는 나는 어떻게든 감사의 표현을 안고 사는 것이 마땅하다. 그것은 여성들에게 훨씬 더 나은 생활이 가능하다는 뜻이기도 했기 때문이다. 물론 그것이 이루어지기 위해서는 신뢰와 자발성이라는 두 가지가 많은 톱니바퀴 사이를 안정적으로 받쳐주어야 가능한 것이기는 하다. 프랑스의 어느 해변에 앉아 일하든, 동네 산책길 어귀에서 일하든 아무 차이가 없는 날이 왔고, 어디에 가든 모두 연결되어있어 숨을 곳이 없어지기도 했다. 오히려 일터로 오고 갈 때보다 더 많은 시간을 돌부처처럼 꼼짝없이 앉아 일하는 시간이 많아진 것도 사실이다. 집에서 일을 한다고 해서 아이들에게 딱히 더 대단한 일을 해줄 수 있는 것은 아니지만, 한 가지는 꼭 해줄 수가 있다. 바로 학교에서 돌아오는 아이를 반갑게 맞아주며 큰 포옹을 해주는 일이 그것이다.

얼마 전 러시아에서 한국을 방문했던 알버트와는 러시아와 CIS 국가들의 라이프 스타일에 대한 대화를 실컷 할 수 있었다. 그것은 TV에서 늘 보는 러시아의 정세와는 사뭇 다른, 그저 가까운 이웃의 사람 사는 이야기여서 더욱 흥미로웠다. 알버트는 일이 끝나면 가족이 있는 집으로 돌아가 커다란 암체어에 앉아 꿀을 넣은 따뜻한 티를 마시며 아이들과 시간을 보내는 것이 인생에서 최고로 행복한 순간이라고 엄지를 치켜들었다. 그동안 내가 상상하고 만들어놓았던 고정관념 속 보드카를 마시는 러시아 사람들의 모습은 온데간데 없어지고, 우리가 지구의 어디에 있든 가족과 함께하는 그 순간이 사람에게 가장 큰 힘을 준다는 것을 가만히 깨닫게 했다.

그는 미국 회사에서 오랫동안 일했는데, 그 때문에 미국 사람들과 그들의 문화를 지리적 간극, 혹은 심리적 간극 없이 익숙하게 여기는 듯했다.

"그런데 나의 할머니는 말이에요. 내가 미국 회사에서 일하고 미국 사람을 상사로 둔 것에 대해 불만이 많으시거든요. TV에 나오는 뉴스로만 미국을 접하니까요. 저에게 전화를 하실 때마다 그런 이야기를 하시니 이만저만 스트레스가 아니에요. 회사에서 퇴근하면 좋은 이야기를 들으면서 아이들과 시간을 보내며 쉬고 싶은데, 미국에 대한 할머니의 비난을 제가 계속 들어드려야 하니까 말이에요. 그래서 참다 못한 제가 어느 날 할머니한테 물었죠. '할머니, 그런데 혹시 미국 사람 만나보신 적 있으세요?'라고요. 그랬더니 할머니가 그러시더군요. '아니, 만나본 적 없어'라고 말이죠. 그러니까 저희 할머니는 한 번도 만나본 적도, 이야기를 나누어 본 적도 없는 미국 사람들을 TV에 나오는 이야기만 꾹 믿은 채 평생을 그렇게 미워하면서 살고 계신 거였어요. 인생의 그 귀중한 많은 시간을 비난과 비판으로 소모하면서 말이죠. 그래서 제가 말했어요. '할머니, 저는 미국 사람들을 만나본 적이 있는 정도가 아니라 매일 대화도 하고, 같이 일도 하고, 밥도 먹고, 헤어질 때 악수나 포옹을 하기도 해요. 그런데 놀라시겠지만 그들도 좋은 사람들이 많아요'라고요. 그렇게 말했더니 할머니가 갑자기 조용해지셨어요."

미디어를 통해서 아는 사람을 자신이 실제로 아는 것처럼 착각하는 현상, 믿음, 이것에도 이름을 붙여야 할까. 독일의 극작가 베르톨트 브레히트(Bertolt Brecht)가 친숙한 것이 낯설게 보이는 현상을 '소외효과(alienation effect)'라고 한 것처럼, 이와는 반대로 낯선 것을 미디어를 통해 친숙하게 느끼면서 그것에 대해 모든 것을 다 안다고 착각하게 되는 현상을 말이다. 한 번도 가보지도 않았고 만나보지도 않은 나라나 사람을 한쪽으로 쏠린 미디어나 책의 이야기를 통해 강한 선입견을 갖고 평생을 미워하거나 비난하면서 사는 것이 얼마나 부질없는 일인가에 대해 우리는 계속 이야기를 나누었다. 그리고 나는 그것을 '잘못된 친숙함 효과(mis-familiarization effect)'라고 짓궂게 명명해서 알버트에게 들려주기도 했다. 그리고 그렇게 대화를 나누는 시간 동안 나 역시 그동안 가지고 있던 러시아나 러시아 사람에 대한 견해를 와르르 무너뜨리면서 마음 속에 다시 집을 짓고 있었다.

봄에 다녀온 호주의 브리스번에서는 하얀 치아가 마치 피아노 건반처럼 경쾌하게 드러나는 청량한 웃음으로 가득 찬 친절한 사람들을 많이 만났다. 좋은 날씨 때문인지, 푸르른 하늘 때문인지 그들은 곧잘 "We live in a dream(우리는 꿈 속에 살고 있답니다)"라고 말한다고 한다. 가족 중심적인 호주인들의 라이프 스타일이 그들이 말하는 행복의 가장 큰 축에 있다고 하니 이 또한 같은 메시지다. 먹고사는 비즈니스의 순간에는 누구나 예민해지지만, 가족 이야기를 하는 순간에는 솜사탕을 든 소년, 소녀처럼 천진난만 말랑말랑해진다. 며칠 전 터키에서 날아온 오즈게의 메일에는 가족들을 위한 '우주의 수호자'를 자처하는, 사려 깊고 삶의 애착으로 가득한 어느 가장의 오밀조밀한 가족 여행 이야기가 적혀있었다. 치열한 전략과 커뮤니케이션의 전투 끝에 곁들여진 그의 가족 여행 이야기를 읽으며 가족이란 삶을 유지하게 만드는, 얼마나 위대한 정서적 삶의 중심지인가 하는 생각마저 들었다.

내가 사는 곳이 밤이 되면, 그 반대인 지구의 서쪽은 이제 깨어나 왕성하게 일을 시작한다. 그러니 24시간 온라인 연결 상태가 지속되고, 머릿속은 늘 많은 숫자와 '해야 할 일'의 리스트로 인해 불면의 밤을 지새우기가 일쑤다. 그 와중에 아이들에게 지혜를 전하는 일도 빠뜨리지 않아야 한다. 아무리 힘들어도 아이들에게는 웃음 띤 엄마로 영원히 기억되고 싶고, 사회생활에서 얼마나 많은 것을 감내해야 하는지를 잘 알고 있기에 남편에게 바가지를 긁을 수가 없는 아내인 것이다. 아이가 아파서, 혹은 병원에 입원해 간호를 하면서도 아무 일 없는 척 다른 한 손으로는 컴퓨터로 일을 해내는 것도 내게는 일상적이었다. 사람에 대한 존중과 신뢰가 높은 나라가 건강한 나라라는 사실은 다양한 나라들을 접하며 생긴 나만의 일반화인지 모르겠다. 내 경험치의 연구 결과로 보면 성차별, 갑을차별, 상하차별이 줄고 수평적인 구조를 이루는 것은 행복지수를 높이는 또 하나의 요소가 된다.

그런데 어느 순간 보니 함께 일하던 여자들이 많이 사라졌다. 하나둘 어디론가 들어가버린 모양이다. 여전히 견뎌내야 할 인간관계들이 존재하고, 존중과 신뢰, 균형을 맞추는 시간의 헌신 수치가 우리가 사는 세상은 아직 많이 높지 않은 듯하다. 하지만 영화 〈엘리제궁의 요리사〉에서 미테랑 대통령을 위해 요리를 했던 유일한 여자 셰프, 라보리의 스토리는 그 가운데서도 살아가는 지침을 남겨준다. 남자들만 가득한 요리사의 세계를 홀로 견뎌야 했던 라보리 셰프에게 미테랑 대통령이 했던 대사가 가끔 귓가에 울리는 것은 그런 이유일 것이다.

"사람 때문에 힘들죠? 나도 그래요. 그런데 그런 역경이 당신을 계속 살아가게 할 거예요. 그게 인생의 맛이죠."

역경은 우리를 계속 살아가게 하고, 가족은 우리를 다시 살아가게 한다. 여자들끼리 모이면 으레 이런 이야기가 오고 간다. 가정을 위해 일을 포기해야 했던 이들의 남아있는 꿈 이야기, 혹은 그 꿈마저도 사라져 헤매는 이야기, 계속 자신의 일을 지키며 해나가고 있지만 쉽지 않은 현실에서 허덕이는 이야기 등…. 그 농도 짙은 한숨으로 섞인 스토리를 서로 주고받으며 자기 회복을 찾는다.

나의 문화에도 좋은 것들이 많지만, 포옹 문화가 없는 것에 대한 아쉬움이 있었다. 내 나라에 와서는 나조차도 포옹하기가 쭈뼛해지니 말이다. 그렇지만 나는 학교에서 돌아오는 아이들에게 큰 포옹을 건넨다. 나를 행복하게 만드는 일과 중 하나는 가족을 따뜻하게 안아주는 일이다. 포옹을 한 후에는 약 20초간 서로의 심장 박동 소리를 느끼는 시간을 가져야 비로소 세상에서 얻은 스트레스에서 벗어나 마음의 안정을 찾는 호르몬이 나온다고 한다. 그래서 포옹은 그 자체로 하나의 언어가 되고, 나의 약한 심장도 이렇게 가끔은 쓸모가 있게 된다.

"엄마. 믿음, 말, 포옹 중에 가장 중요한 게 뭐라고 생각하세요?"

"응? 사랑….."

두바이 분수의 기도

생활과 관계의 반경이 '지구'라는 단위로 넓혀지는 순간, 시간은 사뭇 다른 속도로 가기 시작한다. 다음 달 글로벌 미팅은 어디에서 할 것인지를 논의하기 시작하면, 스페인의 바르셀로나 혹은 미국의 휴스턴, 아니면 아랍에미리트의 두바이와 같은 이름들이 오고 간다. 마치 101호 방에서 만날지, 103호 방에서 만날지를 논의하는 것처럼 전 세계 나라들을 미팅 장소로 말하다 보면 지구는 마치 집 앞 동네만큼 작게 느껴진다. 곰곰이 이런 대화를 들으면, 비행기는 세상을 뒤집어놓을 만큼 변화시킨 가장 위대한 발명품 중 하나인데 이제는 익숙해져서 그 고마운 마음이 너무 묽어진 것은 아닌가 하는 생각도 든다. 비행기를 타고 그 사이를 뛰어넘으면 하루가 눈앞에서 사라지기도 하고 하루가 더 생겨나기도 하는 판타지 소설 같은 일이 생긴다. 같은 시간이지만 우리는 서로 각각 과거와 현재, 미래에 존재하는 것이다. 이런 삶을 살고 있기에 여행용 가방은 언제든지 들고 뛰어나갈 수 있게 항상 준비된 채 한구석에 놓여져 있고, 하루 단위로 계산하던 나의 시간은 한 달 단위로 획획 지나가버려 1년이 12일처럼 느껴지기도 한다. 그러니 일상에서의 시간을 저축하려면 거의 모든 것을 핸드폰으로 꼼짝없이 앉은 자리에서 처리할 수밖에 없다. 핸드폰은 원래 움직이는 전화라는 뜻인데, 아이러니하게도 움직이지 않고 모든 것을 처리하게 해주었고 비행기와 핸드폰은 그렇게 시간의 균형을 잡기 위해 양 끝에서 존재하고 있다.

이번 글로벌 미팅은 두바이에서 진행하기로 결정되어 그곳으로 향하는 비행기를 탔는데, 그 비행기 칸에 여자는 단 한 명, 나 혼자였다. 남자들 사이에서 혼자 일하는 것은 익숙하지만 비행기 안에서 여자를 찾아보기 어려운 경우는 난생 처음이었다. 여자들은 잘 가지 않는 나라, 여자들에게는 쉽지 않은 나라, 중동으로 향하고 있다는 것을 문득 실감할 수 있었다. 사막 위에 사람의 힘으로 세워진 거대한 도시가 모습을 드러냈고, 눈부시게 흰 옷을 머리끝부터 발끝까지 입고 터번을 두른 남자들과 검은 차도르를 역시 몸 전체에 두르고 얼굴만 내놓거나 가끔은 눈만 겨우 내놓은 여자들을 만나자 나는 분명히 다른 세상에 와있다는 것이 느껴졌다. 북유럽의 친구가 자신의 나라에서 여자들이 남녀평등에 대해 불평을 하면 중동에 한 번 다녀오라고 말해주고 싶다며 농담을 한 적이 있었다. 아직 그것이 무엇인지 몸으로 실감해본 적은 없었는데, 나는 그곳에서 반가운 단 한 명의 여자 동료를 만나게 되어 그 이야기를 간접적으로나마 들을 수 있었다. 아마 클레오파트라가 저렇게 생기지 않았을까 하는 생각이 들 정도로 이목구비가 또렷한 그녀의 이름은 나나. 이집트에서 온 그녀가 처음 나의 귀에 대고 한 말은 "두바이에 오는 것은 막혔던 숨을 쉬는 것처럼 시원해요. 자유가 있거든요"였다. 나에게는 공기처럼 스쳐 지나가는 자유, 그것을 그녀는 만질 수 있는 어떤 물체처럼 느끼고 있었다. 영어가 서투른 그녀와 많은 대화를 할 수는 없어 아쉬웠지만, 그녀의 그 한 마디가 나에게 많은 것을 말해주었다. 그 자유를 위해서 인류가 걸어온 길이 역사이니 말이다. 동료들은 나에게 다음에는 사우디아라비아에 혼자 와야 한다며 장난으로 겁을 주기도 하고, 나는 내가 입을 차도르에 꼭 화려한 스와로브스키를 박아주어야 갈 거라고 농담을 하면서 되받아 치기도 했다. 자유의 한계 안에서도 여자들은 치장하는 방법을 연구하고 그 안에서 즐기는 법을 찾는 중동에서의 농담은 어느 나라의 것과도 비교할 수 없이 독특하다.

긴 회의를 마친 우리는 두바이 거리를 걷기 시작했다. 고급스럽고 화려한 쇼핑몰에는 내가 말한 그 화려한 장식의 중동판 드레스들이 걸려있고, 비싼 초콜릿 가게 같은 상점에서는 중동의 대추 '데이츠(dates)'를 판매하고 있었다. 그 달콤하고 건강에도 좋다는 데이츠를 한 상자나 사서 초콜릿처럼 먹으며 눈이 오지 않는 나라에 만들어진 인공 스키장을 거쳐, 평범한 상인들이 오밀조밀 모인 시장 골목을 다니며 아랍의 장식품, 신발, 옷을 구경하고, 이곳에서만 볼 수 있는 터번을 둘러보기도 했다. 어둠이 내리면 버즈 알 아랍 호텔이 가장 잘 보이는 곳에 자리를 잡고 아랍 사람들이 하는 대로 남자 동료들은 물담배를 시켜 현지 문화 흉내내기 놀이를 했다. 거대한 물담배의 모습도 재미있지만 거기에 사과향, 계피향 등 각종 향을 첨가해서 주문하는 방식도 예사롭지는 않고 마치 음식을 주문하는 것처럼 느껴졌다. 그렇게 동료들이 아랍인들을 흉내 내면 마치 왕족이라도 된 듯 전혀 다른 모습을 보게 된다. 나는 그 남자들만의 문화를 뒤로 하고 음악 분수 앞으로 다가가 앉았다. 내가 정말 좋아하는 노래 중 하나인 〈The Prayer(기도)〉가 흘러나오고 있었기 때문이다. 셀린 디옹과 안드레아 보첼리의 목소리가 분수를 타고 흐르는데 그 음향과 분위기가 그 어디서 들은 것과도 비교할 수 없는 오묘한 광경을 자아내고 있었다. 가슴이 쿵쾅거릴 만큼 아름답고, 선율은 웅장했다. 이 평화로운 밤만큼이나 이 도시와 중동 전체가 평화로워지기를 간절히 바라는 마음이 노래에 실려서 갔을 것만 같았다. 언젠가 나도 이 노래를 공연하고 싶다고 생각했는데, 꼭 2년이 지난 후 어느 날, 나는 정말 그 노래를 어느 공연장에서 불렀다. 여성들에게 자유와 교육을, 그리고 CNN에서 평화의 소식이 들려오기를 기도하며….

무지개가 뜬다, 바로 이곳에

날씨가 화창해서 하늘은 맑고 공기는 청명하여 긴 다리로 자전거의 페달을 밟는 사람들의 모습이 유난히도 멋있어 보이는 여름날의 코펜하겐은 불평할 것이 없다. 약간의 불평은 떠나오기 전에 있었을 뿐이다. 결혼이란 제도가 어찌할 수 없이 여자에게는 단맛보다 쓴맛이 더 많다는 것을 잘 알지만, 가끔 그것이 참을 수 없이 써서 괴로운 순간이 찾아오기도 한다. 아이들을 키우는 일과 자신의 일을 병행하는 엄마는 어느 순간 저수지의 마개가 열린 것처럼 하루 일과를 버티던 에너지가 방울방울 빠져나가고 있다고 느끼는 때가 온다. 게다가 화성에서 온 남자는 자신만의 세계에 숨어있는 때가 많고 금성에서 온 여자와는 영원히 평행선을 달릴 수밖에 없는 운명이니, 살다 보면 교차로에서 만나게 되는 일조차도 참 쉽지가 않다. 자칫 괜한 부부 싸움으로 변할 수도 있는 찰나에, 나는 한 문장을 남기고 떠날 수 있어서 다시 내 자신을 잠시 '얼음' 상태로 만들어둘 수 있었다.

'나… 코펜하겐으로 떠나.'

영화 〈먹고, 기도하고, 사랑하라〉의 줄리아 로버츠나 되는 양 비장하게, 결혼만큼 다시 살아가야 하는 순간을 여러 번 맞이해야 하는 일도 없지 않을까 하고 혼자 되뇌며 말이다. 냉장고에 '잔잔한 음악을 틀 것, 목소리는 낮게, 공기는 평온하게'라는 메모를 붙여두고 그것을 수년째 지키고 있다고 생각했지만 그럼에도 불구하고 빈틈은 생기니 결혼이란 상상보다 어려운 책임이다. 게다가 일주일이 넘는 출장은 실타래처럼 서로 얽혀 있는 상황들을 조절하고 떠나기에는 그 범위를 넘어가는 시간이었으므로 2주간의 출장을 일주일로 줄일 수는 없을지 일터에서 약간의 실랑이가 있었던 터였다.

'이번 출장이 중요하다는 것은 정말 잘 알고 있지만요. 가족들의 식사와 아이들의 학교 생활을 챙겨야 하는 엄마의 공백이 길어지는 것에 대해 태산 같은 걱정이 있는 것 또한 알고 계시겠죠. 물론 이 모든 것을 숨기고 당당히 다녀오는 것이 프로정신이라고 생각한 적이 있었어요. 심지어 사무실에서 아이들 이야기는 꺼내지도 말자고 생각한 적도 있었죠. 하지만 영화 〈겨울왕국〉을 보셨나요? 숨기기보다는 솔직하게 대화하면서 좀 더 나은 해결책을 찾아 보는 것도 나쁘지는 않은 방법이잖아요. 손이 닿으면 모두 얼음으로 만들어 버리는 능력을 약점으로 생각하지 않고 강점으로 여기면, 그 능력은 모든 사람들이 즐거운 시간을 보낼 스케이트장을 만드는 데에 쓰이는 거죠. 저도 아이들을 챙겨야 하는 것이 일하는 데에 참 여러모로 걸림돌이 되는 약점인 것 같지만 엄마의 리더십이 보탬이 되는 일도 있지 않을까요?'

장황한 편지를 쓰고 이런저런 애를 썼지만 출장 일정은 줄여지지 않았고, 나에게는 참으로 길게 느껴지는 장장 2주간의 출장을 떠나게 되었다. 일이 이렇게 되었으니 이제 나머지 가족들은 알아서 생존하는 법을 정글에서처럼 터득하는 수밖에 달리 방법이 없었다. 이번 나의 여행 가방 안에는 미역, 참기름, 돈가스 소스, 오미자차 등을 옷가지 사이사이에 챙겨 넣었다. 첫째 아이를 임신한 옛 동료 베릿을 위한 것들이었다. 베릿은 아주 어릴 때 덴마크로 입양을 간 한국 태생인데, 그녀가 아이를 낳은 후 미역국을 먹을 수 있도록 재료들을 준비한 것이다. 그녀의 남편인 크리스찬이 난생 처음 보게 될 미역국을 제대로 끓여줄 수 있길 기대하며 간단한 요리법도 미역의 옆구리에 꽂아두었다. 일주일의 비즈니스 미팅이 끝나는 저녁에는 옛 친구들과의 소박하고도 깊은 반가움 속에서 식사와 만남이 계속되었는데, 그래서 가끔 머리를 아프게 하는 일들이 있어도 에너지가 떨어지질 않았다. 때론 사람이 자양강장제가 된다.

베릿은 만삭의 몸으로 자전거를 타고 내가 있는 곳까지 왔다. 한국의 문화로는 상상도 하지 않는 일이기에 만삭의 임산부가 자전거를 탄 모습은 그때 본 것이 처음이자 마지막이었다. 그녀와 그녀의 남편 크리스찬은 동시에 '임신은 병이 아니다'라는 말로 설명을 대신했는데, 그 말이 맞기는 하지만 어쩐지 위태해 보이는 마음은 어쩔 수가 없어 나는 겨울이 아니라서 다행이라고만 말했다. 그랬더니 그들은 한술 더 뜬다.

"자전거는 겨울에도 타고, 눈이 와도 타고, 비가 와도 우비를 입고 타지. 임신해도 타고!"

내가 진 기분이다. 춥다는 핑계, 눈이 온다는 핑계, 비가 온다는 핑계, 얼마나 많은 핑계를 대면서 그 일을 못할 이유를 찾는데, 그들은 어떤 가혹한 환경에 처해도 자신이 해야 할 일을 그대로 해나가는 것에 익숙하다. 우리는 베릿의 자전거를 끌고 요즘 뜬다는 코펜하겐의 한 레스토랑으로 가서 그간의 회포를 풀기로 했다. 예전보다 코펜하겐의 외식 인구가 눈에 띄게 늘어난 것 같은 느낌이 들 정도로 레스토랑 안은 북적거렸다. 음식을 주문하려는데 베릿과 크리스찬은 내가 지금껏 먹어보지 않았던 가장 새로운 음식을 시도해 보라고 은근히 권유했다. 나 또한 같은 생각이었는지라 메뉴를 찬찬히 훑어보았는데, 가장 평범하지 않아 보이는 메뉴는 '오리 목구멍 요리'라는 타이틀이 붙은 음식이었다. 늘 새로운 음식에 도전하려고 하는 편이지만 이건 어쩐지 이름부터 정말 생소하고 썩 내키지는 않았지만, 어떻게 생겼는지 한번 시도라도 해보기로 했다. 곧 음식이 나왔는데 예전에 광저우에서 아침 식사로 나왔던 비둘기 머리 요리나, 닭발 요리만큼이나 먹기가 힘들었다. 도전이 모두 성공하는 것은 아니라는 것쯤은 잘 알고 있지 않은가. 결국 먹는 것은 제쳐두고 이야기가 음식이 되었다.

곧 태어날 아기를 기다리고 있는 이 젊은 부부는 최근에 아주 심각하고도 비장한 결정을 했는데, 그것은 바로 넓은 집에서 살기 위해 교외로 이사를 가기로 한 것이었다. 그들은 아기가 기어 다니고 뛰어다닐 더 큰 공간과 자연 속의 정원을 위해서 아빠와 엄마가 긴 출퇴근 시간을 보낼 각오를 하는 일이라 '아주 큰 결정'이라고 설명했다. 어느 나라나 대도시 속의 직장과 넓은 집이란 맞추기 어려운 접점과도 같아서 어느 한쪽을 꼭 희생해야 하는 일은 흔하다. 짧은 출퇴근 시간을 위해서 대도시에 산다면 집은 비교적 작은 것을 감수해야 하고 넉넉한 집의 공간을 즐기기 위해서는 주요 시설들과는 멀어져 시간을 길에 써야 하는 불편함을 감수해야 한다. 마치 이건 꼭 결혼 생활과도 같다. 이것 하나가 만족스러우면 저것 하나가 불편한 것을 감수해야만 한다는 사실을 나는 잠시 잊고 있었던 듯했다. 대도시와 큰 집을 한꺼번에 가지는 것은 상당한 시간과 노력을 기울여야만 어느 시점에 다다를 수 있는 상태인데, 머리 속에는 처음부터 그 두 가지 모두를 다 가지는 상상을 하고 있지 않은지, 나를 돌아보게 되었다. 그 모든 것을 균형 있게 인내하는 힘이 가장 중요한 법인데 말이다. 결혼을 하는 순간 결혼 후의 삶은 철봉 매달리기처럼 버티며 시간을 재는 운동처럼 되어 시간이 지날수록 그것을 유지하기가 힘들어진다는 것이 인간이 가진 함정일 뿐이다. 아무 생각과 노력 없이 살다보면 어느 순간 자기도 모르게 철봉에서 뚝 떨어지고 마는 일이 생기곤 하는데 미끄러져 내려가는 손에 힘을 다시 주어서 잡는 노력이 늘 필요하다. 결혼이든, 관계든, 커리어든.

아침을 먹기 시작하는 7시가 조금 넘는 무렵부터 저녁 식사가 끝나는 10시까지 쉬지 않고 비즈니스에 관한 이야기가 이어졌던 코펜하겐에서의 일주일이 끝났다. 이윽고 주말이 찾아 왔고, 우리 일행은 독일 함부르크로 가는 배에 올랐다. 그 배는 여태 내가 경험해 보지 않았던, 색다르고 즐거운 방식으로 우리를 독일에 데려다주었는데, 배가 기차 안에 실려가다가 바다가 나타나면 다시 배가 되어 바다 위를 항해하는 방식이었다. 기차와 배의 분위기를 같이 느낄 수 있는 신선한 체험이었다. 선상에서 먹는 독일식 소시지는 또 얼마나 맛있는지, 소시지에 대한 무한한 편견을 산산이 부서뜨려주었다.

때마침 독일에 도착하는 날은 월드컵 경기가 있어 온 거리가 맥주와 소시지, 깃발과 월드컵용 분장을 한 사람들, 그리고 허공을 반으로 뚝 가를 것만 같은 힘찬 응원으로 넘쳐났다. 나도 사람들의 물결 속에 파묻혀 군중들이 이끄는 방향으로 하염없이 걸었고, 독일인들의 우렁찬 함성소리로 귀가 먹먹해진 이날의 마지막은 재즈콘서트 바에서 마무리하기로 했다. 나이가 지긋한 연주가들의 재즈는 밤새 듣고 싶을 만큼 마음을 달래주었다. 나에게 무슨 음악을 좋아하느냐고 누가 물으면 나는 이렇게 대답하곤 한다.

"낮에는 클래식, 밤에는 재즈, 사랑을 충전해야 할 때는 발라드와 소울!"

리퍼반이라고 불리는 이 밤거리의 들썩임을 재즈로 식히고, 연이어지는 다음 날 아침은 새벽 4시부터 문을 여는 수산물 시장에서 시작했다. 잠을 세 시간도 채 못 잔 나는 아직 정신이 얼얼한 참이었는데, 그곳은 평범한 수산물 시장이 아니라 새벽부터 에너지 넘치는 콘서트가 펼쳐지는 문화광장이었다. 도무지 새벽이라고는 믿을 수 없을 만큼 정신을 번쩍 들게 만드는 로큰롤 콘서트의 광경, 생선을 경매에 부처 큰 소리로 가격을 외치는 사람들, 그것을 흥정해서 수북이 생선과 해산물을 담아 가는 사람들, 들썩거리는 삶의 에너지가 꽉 들어찬 곳, 그 공기가 쉬지 않고 가득 채워지는 것 같았다. 이제 누가 무슨 음악을 좋아하느냐고 물으면 '새벽엔 로큰롤!'을 추가해야 할 것 같았다. 새벽 데이트를 하는 연인들, 가족들, 상인들로 꽉 찬, 잠을 못 잔 것 따위는 완전히 잊을 수 있게 하는 시장 골목을 걷고 또 걸었다. 나는 잠을 충분히 자야 많은 일을 해낼 수 있는 사람이라 '새벽'과는 전혀 인연이 없었는데, 이곳 함부르크에서 새벽의 완전히 다른 모습을 보게 되었다. 나와 마찬가지로 그들도 모두 생계를 위해 열심히 뛰고 있는 현장이었다. 오래된 가보쯤 되어 보이는 아코디언을 연주하는 할아버지와 잠시 대화를 나누고, 수산시장 가판대에 놓인 갖가지 모양의 생선을 마치 공부하는 자세로 들여다 보았다.

계속 되는 인파와 한껏 고조된 분위기를 지나 지극히 평온한 초원으로 자리를 옮겨 주말의 한때를 보냈다. 그리고 우리는 항구 위에 동동 떠 있어, 앉은 자리와 조명이 미세하고도 경쾌하게 흔들리는 해산물 레스토랑에서 점심 식사를 했다. 갓 잡아 올린 듯 탱탱하고 신선한 새우 요리, 선드라이 토마토와 올리브를 올리브유에 섞어 빵에 올려 먹는 음식, 꽃이 피어난 모습으로 접시에 앉아있는 이름을 알 수 없는 과일 디저트 등 끊임없이 감탄을 자아내는 아름다운 음식들이 줄지어 나왔는데, 다만 깐깐하고 유연성이라고는 없는 매니저의 독특한 서비스 방식 때문에 약간의 진통이 있었다. 그런데 그 순간 레스토랑의 테라스 밖으로 지금까지 봐 온 어떤 것보다 선명하고 아름다운 무지개가 바다 위로 떠올랐다. 확실히 이런 광경은 처음 보는 것이었다. 마치 의자에 용수철이 붙어있었던 듯 나는 테라스로 튕겨져 나가 무지개를 바라보며 사진을 찍었다. 무거웠던 마음, 근심했던 마음, 엉켜있던 마음이 순간 훅 풀려나가는 느낌이 들었다. 토끼처럼 폴짝폴짝 뛰며 좋아하는 나를 동료들은 물끄러미 자리에서 바라보고 있었다. 그들은 무지개를 늘 보며 사는 사람들인 것인가. 아니면 무엇을 봐도 무덤덤한 중년의 남성들은 국경을 초월해서 같다는 말인가. "아니, 이렇게도 숨 막히게 아름다운 무지개가 늘 동네에 뜨나요? 정말 감동적이지 않아요?"라고 말해도 다들 미소를 지그시 머금고 호들갑을 떠는 나를 바라만 보고 있을 뿐이었다. 순간 멋쩍어져서 무지개와 나를 담은 사진 한 장을 부탁하고 제자리로 돌아왔지만, 이 무지개는 이번 출장의 하이라이트를 만들어주었다. 이런 생각지 않은 자연의 선물은 간혹 공기가 빠져버린 나의 바퀴에 얼마나 큰 숨을 불어넣어 주는지…. 아름다운 무지개를 보며 몇 가지 생각들이 오고 갔지만 '생각'보다는 그때의 '느낌'이 더 생생하게 남았다.

코펜하겐으로 다시 돌아오는 배에서는 휠체어를 탄 중년의 여성을 만났다. 그녀는 휠체어 위에서도 하이힐을 신고서는 단아하고 우아하게 메이크업을 한 채 마치 비즈니스 미팅을 준비하는 커리어 여성과도 같은 모습으로 당당히 앉아 있었다. 가늘어진 다리는 걸을 수 없을 것이 분명해 보였고 하이힐은 그 나무토막 같은 다리 끝에 간신히 걸쳐있는 정도였지만, 그녀는 삶의 의지와 기품을 놓지 않고 코펜하겐의 어딘가로 향하고 있었다. 휠체어 위의 하이힐…. 그 인상 깊었던 그녀가 오랫동안 머리에 남았고, 나는 과연 무엇을 불평하고 있는가 다시 돌아보게 되었다. 독일에서 단 이틀 동안 만난 펄떡이는 사람들의 의욕과 기운이, 탄력을 잃은 고무줄처럼 늘어져있던 나의 마음을 다시 가다듬게 만들어주었다.

한국으로 돌아가기 전에는 내가 '바나나 우유 홀릭'이라는 별명을 지어준 울릭을 만났다. 바나나 우유 믹스를 선물하기 위해 그를 만났는데, 우유에 섞으면 바나나 우유가 되는 바나나 우유 믹스는 주로 한국에서는 아이들이 먹는 것이어서 다 큰 어른에게 주기에는 우스꽝스러워 보이는 선물이었지만, 그는 큰 키에도 아랑곳하지 않고 하늘로 솟을 듯이 펄쩍 뛰며 세상에서 가장 귀한 선물이라도 받은 듯 좋아했다. 그 모습에 나도 함박웃음을 터뜨릴 수밖에 없었다.

"왜 우리 덴마크 사람들은 우유가 마치 신성한 것이라도 되는 듯 꼭 하얀색이어야 한다는 고정관념을 가지고 있는지 모르겠어. 한국 사람들처럼 좀 더 창의적으로 생각할 필요가 있어. 바나나 우유도 없고, 초코 우유도 없고, 딸기 우유도 없다니! 이건 너무 지루하잖아."

그렇구나. 어떤 나라에는 바나나 우유나 초코 우유, 딸기 우유가 없다니…. 우유는 꼭 하얀색이 아니어도 괜찮다.

마지막 날은 카알의 집에 초대되었다. 오랫동안 동료로 만났지만 그는 이제 한 회사의 대표로, 이란 출신의 사랑스러운 아내를 둔 가장이 되었다. 그의 집에 들어서니 역시 그가 앞치마를 두르고 요리를 하고 있었다. 그의 아내인 엘라헤는 까만 보석처럼 빛나는 귀여운 눈을 깜빡이며 옆에 앉아 컵이나 접시를 준비하며 나와의 대화에만 집중했다. 벽에 걸려있는 긴 자석에는 용도별로 정리된 부엌칼들이 가지런하고 반듯하게 붙어있었다. 카알은 그중 하나씩을 떼어 사용하고 다시 갖다 붙이곤 하면서 말하기 시작했다.

"둘 중에 잘하는 사람이 하면 되는 거지. 꼭 이것을 누가 해야 한다는 법칙 같은 것은 없어. 요리는 내가 좋아하고 잘하는 영역이니까 내가 하고, 엘라혜는 그녀가 잘하는 영역을 하는 식이지."

　그는 나보다 결혼 생활이 훨씬 짧았지만 나에게 이것저것을 알려주고 조언해준다. 그때 갑자기 머릿속에 떠오른 것이 있었는데, 그것은 내가 남편이 없으면 스파게티를 만들지 못한다는 사실이었다. 나는 손의 힘이 약해서 스파게티 소스 병의 진공뚜껑을 열지 못하는 경우가 허다한데, 남편은 허무하리만치 쉽게 뚜껑을 연다. 그게 서로 잘하는 영역을 나누어서 하는 것이려나. 카알은 이란에서 온 난민 출신인 엘라혜가 안정적인 중산층의 삶을 살고 있는 것은 여러모로 다른 유럽의 난민들에게 영감을 주는 일이라고 설명하기도 했고, 그녀의 아버지가 고향에서 얼마나 많은 옥고를 치르면서 여기까지 왔는지 장인어른의 일대기를 들려주기도 했다. 그날 밤의 메뉴는 곰솥처럼 큰 냄비에 랍스터와 새우 등을 넣고 한참을 저으며 뭉근히 끓인 해산물 비스크였다. 오래도록 익혀야 하는 음식을 기다리는 동안 그간의 이야기 보따리들을 천천히 풀어놓을 수 있었다. 카알은 마침내 완성된 비스크를 구운 생선 한 토막이 놓인 플레이트 위에 부었다. 따뜻한 비스크 하나로 휘게(hygge)*의 시간을 풍성히 누릴 수 있는 준비가 되었고, 위로의 수프처럼 그날 밤 우리의 저녁 식탁을 채워주었다. 그의 할머니 집 정원에서 딴 자두로 만든 디저트도 함께 말이다. 누군가 프로포즈를 해야 어울릴 것만 같이 촛불을 온 거실 가득 켜고 우리는 쌓인

---

* 휘게(hygge): 덴마크어로 편안함, 따뜻함, 안락함 등을 뜻하는 말로, 다른 사람과 평화롭고 아늑한 위로의 시간을 보내거나, 혹은 혼자 여유롭고 평온한 시간을 보내며 모든 인생의 긴장을 늦추는 모멘텀이다. 북유럽 특유의 정서이면서 생활 속 '행복'과 밀접하게 연결되어 있다.

대화를 이어갔다.

"결혼에는 확실히 대화가 필요한 거 같아. 말을 하지 않으면 사람의 마음은 알 수가 없고 남자들은 더더욱 그래. 대화가 없는 결혼은 어느 날 갑자기 우지끈 부러지게 되는 경우가 있거든. 말하지 않아도 저절로 알게 되는 일은 드물어. 그래서 대화가 필요하지. 늘 기억해두어야 할 부분이야."

카알이 말했다. 엘라헤도 검은 눈동자를 익살스럽게 반짝이며 맞장구를 쳤다. 철봉 매달리기에서 미끄러지는 철봉을 다시 잡을 수 있는 힘을 주는 것은 바로 '대화'이다.

그렇게 2주가 지나갔다. 우리 가족들은 엄마 없이 생존하는 법을 연습했으며, 서로 빈자리의 소중함을 함께 느낀 뒤에는 감사함이 생겨나고 나름대로 머릿속에 쓴 반성문을 서로 교환하는 것으로 이 시간을 마무리한다. 선택에는 가격표가 있어서 꼭 치러야 하는 대가가 몇 가지씩 있다. 대도시에 살면 출퇴근 시간을 아끼지만 작은 집을 감수해야 하고, 중심을 벗어나 조금 한가한 곳에 살면 널찍한 집이 있지만 출퇴근 전쟁을 감수해야 하는 식의 대가 말이다. 꿈이라고 생각했던 것을 이루고 보니 그것을 이루어내는 데에 엄청난 대가가 따른다는 것을 알게 되고, 결국은 그것을 얼만큼 견뎌낼 수 있느냐 하는 것, 혹은 견딜 가치가 있는가에 대한 결정을 내리는 것만이 관건이다. 겉으로 보기에 결혼을 한 번만 한 것처럼 보이는 사람들도 실은 여러 번 한 것이라고 누군가 나에게 말했다. 다만, 두 번째,

세 번째 결혼도 같은 사람과 하는 것뿐. 다시 살아가게 하는 그 짧은 시간들을 수없이, 그리고 소리 없이 거쳐서…. 나는 한국으로 돌아왔고, 또 한 번 같은 남자와 결혼을 한다. 다시 음악은 잔잔하게, 목소리는 낮게, 공기는 평화롭게.

삶을 위한 시그니처 메뉴

상해로 가는 길은 '엎어지면 코가 닿는다'고 표현해도 될 만큼 가깝지만, 물리적 거리와 심리적 거리는 비례하는 것이 아니라 그다지 가깝게 느껴본 적이 없었다. 그리고 중국어를 배운 적은 있지만 쓸 일이 없을 것 같아서, 아니 좀 더 정확하고 솔직하게 말하면 너무 어려워서 포기했었다. 나는 상해로 가는 비행기 티켓과 여권을 준비하면서 그동안 나는 중국을 그저 인구가 많은 국가, 집단 혹은 시장으로만 바라보았지 그 안의 사람들을 인간으로 만나본 적이 별로 없었다는 사실을 알게 되었다. 비록 코끼리의 발 한끝밖에 보지 못한다 할지라도 실제로 그 문화 안의 사람을 만나 이야기를 나누는 것은 언제나 값진 의미가 있어 나에게 의욕을 불러 일으키곤 한다.

정확한 자료와 통찰력 있는 조언으로 세세하고 친절하게 나의 일에 늘 도움을 주는 에바와의 만남이 있어 다행히 중국이 별로 낯설지 않게 느껴졌다. 도착하자마자 점심을 먹을 시간도 없이 시작했던 기나긴 회의가 끝나고 허기가 질 무렵 우리는 상해의 한 레스토랑에 자리를 잡았다. 거대하고도 위엄 있는 원탁 테이블 위에는 말로만 듣던 중국 현지 음식들이 산처럼 등장하기 시작했다. 감당하기 어려울 만큼의 새로운 요리들이 올림픽 대열로 테이블 위에 차례차례 놓여졌는데, 음식이 새로 등장할 때마다 호기심에 계속 질문을 하는 나에게 에바가 난감한 표정을 지으며 말했다.

"한국의 음식들은 보통 이름을 어떻게 붙여요? 음식의 재료를 가지고 붙이나요?"

질문을 받고 문득 생각해보니 주로 재료를 가지고 붙인 이름들이 많았다. 김치를 넣으면 김치찌개, 된장을 넣으면 된장찌개. 먹는 방식이나 만드는 방식으로 이름을 붙인 것도 있다. 비벼 먹으면 비빔밥, 불에 구워 먹으면 불고기. 그 외에 별다른 것들이 생각나지는 않아 이렇게 대답했다.

"응. 그렇죠. 보통 음식의 재료를 가지고 요리의 이름을 정해요. 먹는 방식이나 만드는 방식으로 붙이는 것들도 더러 있고요."

"아. 그렇구나. 중국도 보통 그런 편이지만, 맛과 향, 모양, 색 등등 음식의 다양한 면을 가지고도 이름을 붙여요. 그리고 또 음식에 얽힌 스토리를 가지고 이름을 붙이는 것들도 많아요. 거기에 담겨있는 역사나 스토리 말이에요. 그래서 그런 음식들을 설명하려면 정말 오래 걸려요. '식초에

절인 서쪽 호수 생선'이라든가 '튀긴 악마', '용과 불사조', '마마자국이 있
는 아주머니의 콩'이라든가….”

생전 처음 들어보는 요리의 이름들이 그녀의 입에서 나왔다. 음식이 아
니라 왠지 시의 제목 같기도 했고 그 음식들의 스토리와 역사는 무엇인지
더 궁금해졌다. 나의 질문에 척척 대답해주는 그녀가 음식에 대한 대단한
식견이 있는 것 같아서 감탄하며 물었더니, 대수롭지 않은 듯 “중국 사람
들은 앉으면 일단 음식 이야기로 반 이상을 보내니까요. 별일 아니지요”
라고 대답했다.

“저는 여기서 벌써 8년째 일하고 있어요. 한곳에서 오래 일할 수 있는
건 전적으로 좋은 사람들 덕분인 거 같아요. 일이야 어디나 비슷한데 사람
들은 어디나 비슷하지 않거든요. 좋은 사람들이 주변에 있어야 내 인생의
스토리가 즐거워지는 거 같아요.”

그녀의 말에 나 또한 전적으로 동감했다. 길게 오래 일할 수 있는 지속
성의 첫 번째 비결은 나를 둘러싸고 있는 좋은 사람들이다. 어떤 사람들은
훌륭한 재료를 가지고 인생을 요리할 수 있지만 어떤 사람들은 꼭 그렇지
못한 경우도 많다. 출발선이 같으면 좋으련만 현실은 그것과는 매우 동떨
어져 있기 마련이다. 그런데도 불구하고 사람들은 자꾸 그 가진 재료로 사
람의 인생에 제목을 달려고 한다. 졸업한 학교, 사는 동네, 회사, 직업, 타
는 차, 가진 물질의 크기 등으로 말이다. 그런데 스토리로 이름을 붙이는
중국 음식처럼 새로운 방법으로도 제목을 붙일 수 있다는 사실을 발견하

고는 괜히 마음이 뿌듯해졌다. 그동안 쌓아온 매력적인 스토리로 제목을 붙인다면 누구나 다 시(詩)가 되는 빛나는 삶으로 환골탈태할 수가 있다. 내 인생의 요리에 이름을 단다면 나는 어떤 요소로 이름을 달 수 있을까. 맛? 향? 빛깔? 그것도 나쁘지 않지만 좋은 사람들과 함께 해서 아름답고 즐거워지는 스토리로 이름을 붙이고 싶어졌다.

그곳에서 나는 동료의 소개로 또 한 가족을 만나게 됐다. 75세의 나이에 치대 공부를 하고 있는 충의 가족이었다. 충은 주름이 가득한 얼굴을 가지고 있었지만 한 번도 풍파를 겪어보지 않은 사람처럼 해맑은 웃음 또한 가지고 있었다. 일흔 다섯이라는 나이는 도저히 믿을 수도 없을 만큼 몸가짐이 날렵했고 젊은이들이 즐겨 입는 옷을 입고 있었으며 진짜 대학생이라고 느껴질 법한 화법을 구사했다. 그는 15살, 13살이 된 눈망울이 또렷한 남매를 둔 아빠이기도 했다. 그런 그에게 시간은 보통 사람들보다 최소 30년은 느리게 가고 있는 듯 보였는데 이 가족 안에 담긴 스토리가 더욱 놀라웠다.

"저는 원래 고아였어요. 고생을 좀 했지요. 하지만 고아가 아닌 사람들도 모두 고생의 시기는 거쳐요. 처음엔 안과 의사로 사회생활을 시작했는데 나중에는 중동에서 중국 레스토랑 비즈니스를 했어요. 그래서 아이들도 쿠웨이트와 이란에서 낳았지요. 치과 의사는 평생 할 수 있는 좋은 일이라는 생각이 들어서 공부하고 있어요. 아내는 다른 도시에 직장이 있어서 주말에만 가족이 하나가 된답니다. 하지만 나는 늘 잘 될 거라고 믿으면서 사니까 항상 사는 게 즐거워요."

그의 삶에 중국 음식처럼 이름을 붙인다면 무엇이 좋을지 머릿속으로 생각해보았다. 도저히 그를 노인이라고 부를 수가 없었다. 일흔 다섯이 청년일 수 있는 시대에 나는 이미 살고 있다. 스스로의 삶을 '역경을 이겨낸 스토리'로 만들 것인지, '역경에 굴복한 스토리'로 만들 것인지는 전적으로 자신의 선택에 달린 것이었다.

낭만적인 와이탄의 밤거리나 현대적인 신텐디 거리는 다음에 가족들과 함께 와서 걷기로 하고 짧았던 1박 2일의 일정을 마쳤다. 돌아오는 공항에서는 '부부의 쿠키'라고 적힌 과자를 팔고 있었다. 혼자서 웃음이 나왔다. 저 쿠키에는 과연 또 어떤 스토리가 얽혀 있을지.

Ⅲ

Be imitators of the good

우리를
선하게 하는
시간

마음 속에 아름다운 추억이 하나라도 남아 있는 사람은
악에 빠지지 않을 수 있다. 그리고 그런 추억들을
많이 가지고 인생을 살아간다면 그 사람은
삶이 끝나는 날까지 안전할 것이다.

– 도스토예프스키『카라마조프의 형제들』중 –

하노이의 새벽종

살면서 어느 나라와 인연을 맺게 될지는 항상 열어두어야 한다고 나는 늘 마음 속에 써왔다. 그리고 그 해는 유독 베트남으로의 출장이 많았다. 하루 이틀 사이로 비행기 티켓을 가까스로 끊어 황급히 날아가기도 하고, 여유를 두어 계획을 세워 다녀오기도 했다. 베트남은 가까이 있지만 한 번도 가볼 일이 없었던 나라였기에 묻혀있던 호기심이 고개를 내밀었다. 그리고 당시 베트남에는 내 인생 최고의 보스인 예페와 그의 가족이 머물고 있었는데, 그들을 만나는 것은 나에게 덤으로 기쁨을 안겨주는 일이었다. 예페와 함께 일을 할 때는 팀 모두가 "Thank God, it's Friday"가 아니라 "Thank God, it's Monday"라고 외쳐도 과언이 아닌 날들을 보냈다. 월요일이 기다려지는 시절이었고, 매일 아침 사무실의 문고리를 잡고 들어갈 때는 천국의 문을 열고 들어가는 것처럼 행복감이 넘쳤다. 그만큼 열정도 함께 넘쳤고, 당연히 성과는 날개를 달았다. 예페는 나에게는 리더십의 바이블처럼 된 사람이다. 그 이전에도 그 이후로도 그런 행운은 잘 주어지지 않았지만, 인생에 그저 한 번 있었다는 사실만으로도 충분히 감사한 일이었다. 아직도 우리는 그때 그 시간들이 연봉 몇 배의 가치가 있었다고 회고하곤 한다. 이제는 더 이상 우리에게 보스가 존재하지 않고 우리 자신이 보스가 되었으니 그건 분명히 추억거리가 된 일이다. 정리와는 거리가 먼 성격 탓에 예페의 책상 위에는 돈이든 서류든 무엇이든지 널려져 있어서 우리는 그의 지갑이나 중요한 파일들을 챙기는 일까지 자발적으로 해야 했지만, 예페가 떠난 후 책상을 외과 수술대처럼 정갈하게 정리하는 새로운 보스와 일하면서는 우리 모두 어질러져 있던 그의 책상마저도 그리워했다. 그때는 가끔 훑어보며 팁을 얻어야 하는 직장인 백서 따위가 필요 없었고, 인간이 서로에게 할 수 있는 최대한의 존중과 배려, 협력과 열린 마음이 있었다. 그의 생일이 되면 우리는 야근을 자처하고서라도 풍선을 수십 개씩 불어 사무실 방을 꾸며 생일 파티를 준비했고, 그가 좋아하는 꽃을 사다가 장식하는 일, 고마운 마음이 가득 넘치는 카드를 쓰고 서명을 하는 일에 온갖 부산을 떨곤 했다. 예페와 나는 아이들을 키우며 일을 하는 같은 처지였기 때문에 서로를 잘 이해하고 있었고, 내가 조금이라도 일과 가정 사이에서 힘들어 할까 봐 퇴근 시간을 노심초사 걱정해주었다. 그리고 어딜 가든지 아이들을 위한 선물을 챙겨주는 것 또한 잊지 않았다. 그를 떠나 보내는 송별 파티에서는 모두 함께 쓴 길고 긴 대서사시를 누군가 낭독했고, 그 또한 서로 다른 나라에 있더라도 끊임없이 나와 팀원들의 미래에 대해 밤을 새워 고민해 주었으며, 길고 긴 메일을 보내 우리를 격려하고 응원해주었다. 어쩌면 그 시간은 '행복한 일터'라는 것이 이상주의적인 생각이 아니라 충분히 현실에서 가능한 일이라는 것을 믿게 되는 시간이었고, 그 시간을 통해 나는 몇 가지 법칙을 발견하였다.

나의 동료들은 일터에서 가슴이 버티기 힘든 일을 당했을 때 사람을 미워하는 일에 시간과 에너지를 쓰는 대신 주저하지 않고 대뜸 짐을 싸들고는 예페가 있는 베트남으로 떠났다. 그는 집에 기거할 방을 마련해주고 여행 스케줄을 직접 짜주며 동료들을 기꺼이 맞아주었다. 동료들은 그의 가족과 함께 베트남과 덴마크의 문화를 적절히 섞어서 일주일을 먹고 마시며 마음이 맞닿는 대화를 나누는 것으로 위로를 얻어 새로 끼워 넣은 타이어처럼 다시 살아갈 힘을 팽팽하게 얻은 뒤 인생의 한 변곡점을 긋고 돌아왔다. 그동안 그런 동료들을 그리도 부러워했는데 이번에는 내가 베트남으로 떠날 차례가 온 것이다.

예페 가족과 다른 비즈니스 파트너들에게 줄 한국의 전통 선물들을 가방에 한가득 싣고 드디어 호치민시에 도착했다. 하지만 나는 한동안 어안이 벙벙할 만큼 정신을 차리기가 어려웠다. 수많은 스쿠터들이 개미떼처럼 도로를 메우며 누비고 있는데 그 사이로 사람들이 대체 어떻게 걸어

다니며 사는지 도무지 알 수가 없었다. 숙소에 도착해서 잠시 주변을 거닐어보려고 했으나 횡단보도에서나 길가 혹은 골목에서 차나 스쿠터는 사람이 지나가도 멈춰주질 않았다. 나중에 본 베트남의 한 기념품 티셔츠는 베트남의 교통규칙을 이렇게 엉뚱한 방법으로 설명하고 있었다.

'파란불-나는 갈 수 있다. 노란 불-나는 갈 수 있다. 빨간 불-나는 여전히 갈 수 있다.'

그들은 무적함대처럼 어디에서도 멈추지 않고 달리는 듯 보였다. 길을 건너려는 나는 그들에게 투명인간과도 같아 보였고, 도로엔 신호등도 잘 보이지 않아 초록색 제복을 입은 경찰관 아저씨에게 의지해서 한두 번 겨우 길을 건널 수가 있었다. 사고가 날 것만 같은 순간을 여러 번 겪으며 나는 그 도시를 걷는 것을 포기하고 숙소로 돌아가려고 했는데, 어떤 아기를 업은 베트남 소녀가 — 나에게는 소녀로 보이는 — 호치민시에서 걷는 법을 차근차근 알려주기 시작했다. 엉성한 모습으로 앞으로 가려다가 장애물을 만나고는 다시 뒷걸음질 치며 발을 동동 구르고 있는 나를 본 모양이었다. 자기를 따라 걸어보라는 그녀의 눈짓에 나는 그녀와 같이 발을 맞추기 시작했다. 멈추어주지 않는 차와 스쿠터의 속도, 흐름에 맞춰 놀라지 말고 천천히 걷되, 순식간에 만들어지는 사이의 빈 공간을 조심스럽고도 리드미컬하게 통과하는 방법을 배워나갔다. 마치 빗줄기 사이를 비를 맞지 않게끔 걸어보라고 하는 것 같아 어려웠지만, 그것을 10분, 15분 따라 하다 보니 어느새 로마의 법을 따르게 된 이방인처럼 조금씩 걷는 법을 터득하고 있었다. 그렇게 한 발씩 또 한 발씩 앞으로 나아가니 내가 가고 자 했던 호치민의 동상, 그리고 대성당을 향해 갈 수가 있었다. 멀지도 않 은 거리가 무척이나 멀게 느껴지는 체험이었다. 걸음마를 다시 배우는 아 이가 된 것처럼 걷는 법을 배워야 하는 새로운 도시에서 나는 또 한 번 세 상에는 처음부터 배워야 할 것이 얼마나 많은지를 느끼며 숙연해졌다. 그 날의 모습이 꼭 지금의 내 모습 같았다. 앞으로 나아가고자 하지만 쌩쌩 달려드는 장애물들을 만나면 두려움에 다시 뒷걸음질을 치고, 다시 나아 가려고 하지만 또 다시 제자리로 돌아오고 마는…. 그러다가 기적적으로 현지 사정을 잘 아는 사람을 만나 그의 손을 잡고 그 흐름에 맞춰 다시 발 을 떼다 보면 어느샌가 앞으로 나아가있는 자신을 발견하기도 한다. 아기 를 업은 소녀 같은 엄마에게 할 수 있는 고마움의 표시가 미약해 난감했 지만, 그녀는 내가 리듬을 타서 걸을 수 있게 된 것을 확인하고는 미소를 남기고 자기가 갈 길로 총총 걸어갔다. 업혀 있는 아기가 점점 무거워 보 였고, 우리는 말도 통하지 않았으며, 땀을 비 오듯 흘렸지만 서로 크게 웃 어 보이는 것으로 미션을 완료했다.

나는 한동안 호치민시의 대성당 앞에 쭈그리고 앉아 사람들을 관찰하 고, 각양각색의 스쿠터들을 바라보았다. 한 노점상의 아주머니는 연탄불 에 고기를 구워 라이스페이퍼에 각종 야채와 함께 올리고 그 위에 메추리 알을 깨뜨려 올려 쌈을 만들고 있었다. 한참 동안 그 노점상 아주머니를 바라보다가 나도 하나 사 먹어 보았다. 바삭바삭한 라이스페이퍼에 연탄 직화구이를 한 고기와 베트남 고유의 야채가 들어간 그 쌈이 얼마나 맛있던지 힘들게 많은 것들을 헤쳐 넘어 걸어온 이 길이 하나도 억울하지 않았다. 다시 호텔로 돌아가야 하는 임무가 남아있어 한숨을 크게 내쉴 수밖에 없었지만, 이번에는 혼자서 씩씩하게 걸어온 길을 되돌아 호텔방으로 돌아왔다. 벌써 이곳에 적응이 된 것인가. 4층에 위치한 내 방을 찾아 들어갔지만 도시의 한가운데에 위치한 이곳은 스쿠터와 오토바이 소리로 도무지 잠을 잘 수가 없는 방이었다. 땅보다는 하늘과 더 가까운 방으로 옮기기로 했다. 10층. 여전히 지진이 날 것만 같은 진동을 전달하는 오토바이 소리가 꽉 잠긴 창문 틈으로 새어 들어왔다. 호텔 매니저에게 방으로 와서 이 소리를 들어봐 달라고 부탁했다. 여기서도 도무지 잠을 잘 수는 없다고 말이다. 점잖은 베트남 매니저가 문을 열고 들어와 눈을 감고 가만히 소리를 들어보더니 나에게 말했다.

"아무 소리도 들리질 않는데요."

"네? 이렇게 큰 소리가 들리는데 아무 소리도 들리질 않다니요? 다시 한 번 잘 들어보세요."

이렇게 우르르 쿵쾅거리는 소리가 나는데 그의 귀에는 아무 소리도 들리지 않다니, 이미 그 도시의 소음에 익숙해져버린 사람과 이방인의 귀는 다른 기준의 데시벨이 적용되고 있는 것 같았다. 객관적인 사실로 설득할 수는 없었지만 나는 다시 14층으로 방을 옮겨 베트남에서의 첫날 밤을 무사히 잠들 수 있었다.

다음 날 나는 베트남의 동료들과 조우했다. 히엔은 내가 오기 전부터 모든 일정과 스케줄을 조율하고 코디네이션을 해주었는데, 현지에서도 그녀의 세심한 챙김과 마음 씀씀이는 보이지 않게 돋보였고 내내 그녀의 그림자가 나를 보호해주듯 따라다녔다. 베트남 정부나 산하기관들을 차례차례로 방문해 회의를 했는데, 그날 모든 미팅 파트너들의 마지막 마무리는 "당신이 정말 한국 사람인가요? 우리와 같은 베트남 사람처럼 보이는데…."였다. 처음에는 그냥 모두가 웃어 넘겼는데, 두 번째, 세 번째, 모두가 같은 이야기를 하니 함께 미팅했던 베트남인들뿐만 아니라 다른 나라에서 온 동료들까지도 다들 재미있는 일이라며 어느덧 이야기의 화제가 나의 국적 정체성으로 옮겨갔다. 족보에도 없는 나의 뿌리를 거슬러 올라가봐야 하는 순간들을 맞이하면서, 나는 그들과 더욱 친근해졌다. 게다가 베트남의 음식은 어찌나 나와 잘 맞는지 나의 200년 전 조상은 베트남에서 왔을지도 모른다는 우스갯소리마저 예사롭게 들리지가 않았다. 호치민에서의 일정을 마치고 하노이로 가는 비행기에 올랐다. 그곳에서의 일정만 마치면 예뻬 가족을 만나 함께 주말을 보낼 수 있었다. 나를 다시 충전기에 꽂을 수 있는 시간이 기다리고 있었기에 비즈니스의 차가움이 어느 정도 상쇄되는 기분이었다.

하노이는 호치민과는 또 다른 북부 베트남의 모습을 보여주었다. 수도이지만 상업이 호치민보다 덜 발달해서인지, 아니면 호수가 많아서인지, 스쿠터의 숫자가 좀 적어서인지, 하노이는 호젓하고 조금은 더 평화로운 인상을 주었다. 나는 언제 당황한 적이라도 있었냐는 듯 하노이에서는 유유히 스쿠터와 자동차 사이를 누비며 걸었다. 하노이에서의 안내자는 트랑이었다. 이곳에서의 비즈니스 행사를 트랑과 이메일만 주고받으며 같이 준비했는데 만나고 보니 영특한 말솜씨와 또렷한 목소리를 가진 젊은 베트남 아가씨였다. 고등학생 때 과학영재로 선발되어서 학비를 전액 면제받아 미국에서 유학을 하고 다시 베트남으로 돌아온 재원이었는데, 내가 처음 만난 베트남의 문화에 대해 두런두런 이야기를 하니 그녀는 이런 말을 했다.

"미국에 있을 때는 그렇지 않지만 저도 여기에 돌아오면 다시 스쿠터를 타게 돼요. 도로의 먼지를 고스란히 다른 사람들과 나누어 마시면서 말이죠. 그리고 다시 빨간 플라스틱 의자에 앉아 퍼(국수)를 먹고요. 미국에 있으면 평소에는 우스꽝스럽다고 느껴지던 베트남의 모든 것들이 그리워진답니다."

그것은 자신이 나고 자란 곳이라는 문화의 증거와도 같다. 그 어떤 것조차도 그리워지는….

"지금은 스쿠터가 거리를 가득 메우지만 점점 자동차가 더 거리를 메우게 되겠죠. 그렇다면 보험업도 더 성행하게 될 테고요. 또…."

발전할 미래를 하나둘 상상하기 시작하니 점점 투자 이야기로 주제가 옮겨갔다. 베트남은 '성장'하고 있는 나라였다.

전형적인 베트남의 집들은 비슷한 모양으로 서로 붙어있었는데, 도로와 인접하고 있는 부분은 대개 비슷한 정도로 좁고 그 뒤쪽으로 길게 뻗어 공간을 만드는 구조이다. 어딜 가나 그런 모양의 주택들이 많기에 트랑에게 물어보니 그럴 만한 이유가 있다고 했다. 베트남의 속담에는 '무슨 일이 있어도 도로 앞에 집을 내고 살아야 한다'는 말이 있어서 그렇다는 설명이었다. 그래야 지나가는 사람들과 연결되고 무언가를 팔 수 있는 마켓이 도로에서 자연스럽게 형성되기 때문이라고 했다. 그러니 너도나도 사람들이 다니는 도로에 붙은 집을 지으려고 하고 한정된 길이의 도로에 집의 얼굴을 조금이라도 들이밀려면 앞은 좁고 뒤가 긴 집을 지을 수밖에 없다는 이야기였다. 자기의 직업을 가지고 있더라도 도로에 얼굴을 내민 집의 1층에서 뭔가를 만들어 파는 것이 그들의 문화라고 설명했다.

"자, 저 집들을 자세히 보세요. 전부 1층은 가게로 이루어져 있죠? 모두 자신의 집 1층을 가게로 만든 거랍니다."

보통은 자기가 좋아하는 것이나 취미와 관련된 것을 판다. 트랑은 상당히 안정된 직업을 가지고 있지만 인라인 스케이트를 타는 취미가 있어서 그걸 부업으로 팔고 있다며 그녀의 비즈니스 생활을 꼼꼼히 설명해주었다. 수입의 원천을 여러 곳으로 만들어두려는 노력이 이곳에도 치열하게 있었다. 나중에 들으니 이 나라는 집과 도로가 맞닿은 길이에 따라 세금마저 달라진다고 했다. 더 길어지면 세금이 많아지니 최소한의 길이로 도로에 인접해야 한다는 논리였는데, 그들의 속담 설명에서 비롯된 상업적 생각의 방식이 부동산의 모습에 반영되어 있기도 하고 일리가 있기도 해 재미있게 들렸다. 도로에 인접한 땅이 가치를 지니는 것은 만국 공통이라 그렇지 못한 땅은 '맹지'가 되고 말지만, 시장이 형성되는 도로에 어떻게든 자신을 연결하고 무언가를 팔려는 의지를 가진 그들은 그만큼 열심히 살아가고 있다는 뜻이었다. 차를 타고 지나가다가 나를 가장 깜짝 놀라게 했던 집들은 기찻길 양 옆에 불과 몇 미터도 떨어지지 않은 곳에 줄지어 지어진 '기찻길 옆 오막살이' 집들이었다. 소리에 민감한 내가 보기에는 저절로 얼굴이 일그러질 정도로 질겁할 일이었는데 그들은 지나가는 기차와 공존하며 잘 지내고 있었다. 베트남 특유의 과일상들이 지고 가는 천칭 모양의 대나무 바구니에 담긴 엄청난 양의 과일과 식료품, 그걸 묵묵히 한쪽 어깨에 지고 가며 파는 베트남 여인들의 억척스러움을 보며 그들의 성실한 삶에 감탄했다. 짐이 되는 사람보다 짐을 지는 사람이 되는 것이 훨씬 덜 슬프고, 팔 것이 없는 사람보다 팔 것이 있어 도로에, 혹은 전 세계 사람들이 지나 다니는 그 구름 위의 도로에 조금이라도 얼굴을 내밀고 공헌을 하며 열심히 살아갈 수 있다면 그것이 맞는 일일 테다. 나에게 지워진 짐이 가끔 무겁게 느껴지지만 그렇게 그들처럼 성실하게 지고 다닌다면 언젠가 그 짐에서 날개가 삐죽 나오는 날이 올지도 모른다.

우리는 작은 비즈니스 프로모션 행사를 기분 좋게 마치고 바다가 보이는 호텔 로비에서 뒤풀이를 했다. 트랑뿐만 아니라, 예페, 그리고 싱가포르에서 온 동료들도 함께 했는데 트랑은 초콜릿 밀크셰이크를, 나는 열대과일 주스를 시키자 모두 한심한 듯 껄껄 웃으며 우리를 덜 자란 여자아이들 취급을 했다.

"어른들은 이런 걸 마셔야죠. 모히또는 어때요?"

나는 마크가 권한 모히또로 메뉴를 바꾸고 트랑은 붉은 석류빛의 감빠리로 바꿨다. 마크는 예페처럼 덴마크 태생이나 아시아에서 족히 25년은 보낸, 한 법인의 수장이었다. 그는 이런 이야기를 꺼내며 대화를 시작했다.

"우리가 직원을 바꾸는 방법으로 회사가 성장할 수 있다면 그렇게 하겠지만 과연 그것은 맞는 일일까요? 내 마음에 들지 않는 직원을 자른다고 해서 그 다음에 들어오는 직원이 더 나으리라는 보장은 없거든요. 지금 있는 직원들의 사기를 북돋우고 행복하게 일할 수 있도록 만드는 것에 시간과 비용을 쏟는 게 더 나은 일이지요."

예페와 나는 순간 눈을 찡긋 맞추고는 빙그레 웃었다. 나는 마크의 말에 동의하며 이렇게 말했다.

"그렇죠. 서로 최대치의 존중과 신뢰를 보여주면 우리는 모두 인간이기 때문에 기계나 컴퓨터처럼 지시어나 명령어가 필요하지 않은 데다가 성과는 지시의 범위에 국한되지 않고 그것을 뛰어넘게 되죠."

나는 이미 마크의 뛰어난 리더십에 대해 알고 있었다. 마크의 직원에게 이런 글을 받은 적이 있기 때문이다.

'마크처럼 다가가기 쉬운 보스는 정말 처음이에요. 불편함을 느끼지 않도록 자신이 먼저 인간적인 모습을 보이고, 작은 일에도 심리적 보상을 해주는 사람이죠. 그래서 이 일터를 떠나고 싶지 않아요. 그런 날이 온다면 정말 슬플 것 같아요.'

이런 글은 좀처럼 볼 수가 없는 특별한 것이었기에 머릿속에 잘 간직되어 있었다. 상사가 보이지 않는 곳에서 그를 칭찬할 수 있는 문화가 있다는 것은 놀라운 일이기도 하고 즐거운 발견이기도 하다.

"맞아요. 지금 함께 일하는 사람들이 자신의 잠재력을 발휘할 수 있도록 돕는 것이 비용을 가장 절감하면서도 최상의 결과물을 누리는 방법이죠."

예페가 말했다. 옆에 앉아있던 그의 직원도 거들었다.

"우리는 예페와 함께 일하면서 행복하거든요."

나 역시 그와 같은 마음이었다. 그러자 예페가 말했다.

"이들과 함께 한 시간이 제 인생의 골든 챕터죠."

마크는 자기가 졌다는 듯이 두 손으로 항복하는 자세를 취하며 말했다.

"당신이 영웅이군요. 하하."

서로를 바라보며 우리는 한참 웃었고, 마크는 말을 이어갔다.

"우리는 이번 프로젝트에 최선을 다했지만 결과는 어떻게 될지 아무도 모르잖아요. 누가 이 비즈니스의 게임에서 승자가 될지는 아무도 모르죠. 하지만 모든 것이 잘 되지 않았다 할지라도 우리가 좋은 시간을 함께 보냈다는 사실만은 변하지 않고 남는 것, 그것이 바로 덴마크의 휘게 정신이랍니다."

모든 것이 잘 되지 않았다 할지라도 좋은 시간을 함께 보냈다는 사실은 남는다…. 그렇다면 사람은 언제든지 다시 도전해볼 만한 여지의 시간을 보루로 갖게 되는 셈이다. 실패의 순간마저도 우리는 함께 했고 서로를 지지하고 있었으며 이 또한 좋은 시간으로 기억될 수 있다는 안정감을 얻는다면, 우리에겐 또 다시 도전할 수 있는 에너지가 생기기 때문이다. 원래 휘게란 일상을 잠시 떠나서 아늑하게 충전을 하는 시간을 말하지만, 일터에서도 이렇게 적용할 수 있다는 사실을 마크로부터 또 다시 배우게 되었다. 휘게야말로 우리가 다시 살아갈 힘을 얻어가는 시간을 만들어주는 일상 속 문화코드이다.

하지만 모든 리더가 마크 같지는 않다. 한번은 이렇게 말하는 리더를 본 적이 있었다. 매년 50퍼센트의 성장을 이룩해 낸 성과를 자랑스럽게 꺼내 보이며 말이다.

"나는 회사가 나에게 기대하고 있는 바를 성과로 보여주기 위해 여기 있는 거지 다른 목적은 없어요. 다른 사람들이 어떻게 느끼고 살든, 날 좋아하든 싫어하든 그런 것에도 관심 없고요. 성과는 숫자로 보이지만 사람의 마음은 숫자로 보이지 않으니 신경 쓰지 않아도 되죠."

자기 자신을 한 순간에 자동판매기 정도의 가치로 만드는 듯해 측은

한 마음이 들었다. 회사가 자신에게 기대하는 바를 누르면 바로 회사에 성과를 전달하는 것으로 인생의 의미가 마무리되는 삶이란 어떤 것일까. 짧게 본다면 그 역시 성공한 삶일 수 있겠지만 그 성공 뒤에 놓인 것은 무엇일지, 과연 그는 행복했을지 궁금했다. 성공과 행복을 동시에 측정할 수 있다면 '행복한 성공'의 인덱스를 만들고 싶은 심정이 들었을 정도이다. 예페는 다시 와인 한 잔을 새로 따르며 한 동료의 근황을 들려주었다.

"그 친구 기억나니? 지금은 대단한 리더가 되었지만 말이야. 그녀가 실은 어린 시절 아버지의 사업이 실패해서 오랫동안 경제적으로 힘든 시간을 보냈거든. 그런데 그녀의 집 지하실에 계속 방치해두었던 그림 한 점이 알고 보니 엄청나게 유명한 화가의 그림이라는 사실이 얼마 전에 밝혀졌대. 무려 수십만 달러의 가치를 가진…. 그걸 진작에 알았더라면 그렇게 온 가족이 고생하지 않았을 텐데 말이야."

"그런 일은 어느 동화 속에서나 있을 법한 일인데 실제로 있었다는 거야? 믿기지 않는 일인걸. 하지만 그걸 모르고 열심히 살았기 때문에 지금의 그녀가 있을 수 있는 건지도 모르지. 아… 우리한테도 그런 숨겨진 그림 같은 거 없을까?"

어느 미술평론가는 '학설은 효력을 상실하며 기관은 영락한다. 그러나 작품은 살아남는다'고 말했다. 우리가 좋은 시간을 함께 했다는 것은 작품 같은 시간이며, 우리 내면의 지하실에 엄청난 가치의 그림이 숨겨져 있다는 동화 같은 기적을 알지 못한 채 매일을 열심히 살아내는 것도 작품 같은 삶이다. 그 뿌연 먼지가 쌓인 그림은 언젠가 꺼내어지게 마련이다.

새벽이 되도록 이어지는 이야기들을 들으며 나는 애플민트의 향이 진한 모히또 두 잔을 마셨는데, 세상 어디에서도 이만큼 맛있는 모히또를 그 이전에도 이후로도 마셔보지 못했다. 자리에서 일어나니 머리가 어질어질해 화장실로 가는 길을 헤매기 시작했다. 사람들이 우향우, 좌향좌를 외치며 길을 알려주는 소리만 가물가물할 뿐, 혀는 탄력을 잃은 널빤지처럼 아무리 튕기려고 해도 느릿느릿 움직이기 시작했고, 모두가 그런 나의 모습을 두고두고 놀려댔다. 트랑이 손을 잡아 주어 중심을 잡고 걸었던 것만이 제대로 기억날 뿐.

"데비, 포멜로라는 과일 먹어봤나요? 베트남에 오면 꼭 먹어야 하는 건데."

지구 상에 있는 온갖 종류의 과일을 다 안다고 생각했는데 착각이었나 보다. 포멜로라는 과일은 아직 먹어본 적도, 들어본 적도 없었다. 다음 날 아침 일찍 마크는 커다란 초록색의 오렌지 같이 생긴 포멜로를 근처 시장에서 사서 반을 뚝 쪼개 동료들에게 나누어주고, 조금은 늦잠에 빠져있는 나의 방문 앞에도 살며시 놓고 갔다. 숫자로 표현되지 않아 실적으로 증명해 보일 수 없어도 그는 또 한 번 사라지지 않는 작품 같은 추억을 우리들에게 남겼고, 그날 아침은 포멜로 반 개로 모히또와 좋은 이야기들로 취했던 밤을 새콤하게 해장할 수 있었다.

남은 하루의 주말은 예페의 집을 방문했다. 다른 베트남의 집들과 비슷하게 예페의 집도 좁고 길다란 형태의 4층 건물이었는데 마치 땅콩 집과도 같았다. 대신 작고 아담한 수영장이 마당에 있어 그곳에서 아이들이 더운 한때를 식히며 보내고 있었다. 걱정할 것도 없이 씩씩하게 베트남 생활을 잘 하고 있는 그의 아내 피아와 어느새 많이 자란 아이들 프리다와 루나가 반겨주었다. 그날은 마침 새침데기 루나의 유치원 학예회가 있는 날이어서 모두가 학교를 방문해 애벌레로 변신한 루나의 피아노 연주와 합창을 함께 보았고, 예페와 피아는 한국에서 온 이모인 나를 세계 각지에서 온 학부모들에게 일일이 소개하고 인사를 시키느라 바빴다. 집으로 돌아와서 우리는 함께 신선한 야채를 다듬고, 고기를 구워 식사를 준비하고 늦게까지 저녁을 먹으며 우리의 과거, 현재, 미래에 대해 차례차례 이야기를 나누었다. 새벽 시장에서 사다 꽂았다는 꽃이 식탁을 더욱 화사하게 밝혀주었다.

"집 앞 길 모퉁이에서 새벽 5시마다 종이 울리며 시장이 열리거든. 처음에는 무슨 일인가 새벽부터 놀랐는데, 이제는 새벽에 장보는 일이 매우 익숙한 일과가 되었어. 신선한 과일이며 식품들을 살 수 있어서 좋아."

저녁을 먹으며 나눈 오늘의 대화 주제는 '테이블 위의 빵'이었다. 어떻게 테이블 위에 빵이 떨어지지 않게 지속적으로 일을 하고 가치를 창출하며 살아갈 수 있을까에 대한 이야기였다. 그리고 그것을 서로 어떻게 도울 수 있을지에 대한 각자의 따뜻한 식견과 토론이 이어졌다. 수명이 길어져 이렇게 오랫동안 일을 했는데도 아직 인생의 반도 안 온 것 같은 느낌 때문일까. 동서남북을 막론하고 이 주제에 대한 고민은 오래도록 계속되었다. 새소리를 들으며 하루의 사분의 일을 수다에 썼다.

베트남 사람들은 손재주가 좋아서 손으로 하는 예술이 많이 발달했는데 그 중에서도 목공예가 유명한 편이다. 예폐가 나를 창고로 데려가 보여준 것은 자신의 키보다도 훨씬 크게 깎아 만든 덴마크식 장난감 병정이었다. 그리고 그 옆에는 거의 나만해 보이는 작은 병정이 있었는데 대뜸 그것 하나를 집어 들고는 나에게 물었다.

"이번에 짐이 많니? 이거 하나 들고 갈 수 있겠지? 선물이야."

"세상에나, 외다리 병정이 아니라 다행인 걸. 우리 집을 잘 지켜주겠어. 병정이 나를 업고 갈지 내가 병정을 이고 갈지 모르겠지만 말이야. 이 병정을 대체 어떻게 들고 갈까나."

선물을 가지고 오는 데 물러섬이란 있을 수 없다. 병정의 팔 다리를 잘 분해해서는 헌 커튼으로 돌돌 감아 상자 속에 꼼꼼히 넣어 포장하고, 병정이 들고 있던 길다란 창은 종이로 잘 감쌌다. 병정은 어떻게든 짐으로 부쳤지만 병정의 창은 부칠 수가 없어서 내가 직접 들고 올 수밖에 없었다. 비행기에서부터 오는 내내 사람들의 눈총을 받았지만 아랑곳하지 않고 마치 내가 병정이 된 듯 꿋꿋하게 들고 왔다. 무사히 목적지에 도착한 병정과 창은 지금도 나의 방문 앞을 지켜주고 있다.

또 하나의 등대

　　다음 베트남 여정의 도착지는 다낭이었다. 나를 맞아준 일행과 함께 돼지고기 스프링롤이 유명한 식당에 들러 온갖 잎사귀와 채소가 가득한 테이블 위에서 풍성한 한 끼를 함께 했다. 히엔은 채소의 맛있는 조합을 알고 있는 듯 쌈 안에 재료를 꾹꾹 눌러 담고 길쭉한 돼지고기를 얹어서는 익숙하고 솜씨 좋게 말아 나의 접시에 계속 놔주었다. 마치 엄마가 아이들에게 만들어주듯이. 남자 동료들이 자기도 만들어 달라며 짓궂게 외치는 소리에 그녀는 큰 미소를 한 번 지어 보이더니 다시 엄마처럼 살뜰히 우리의 식사시간을 돌보았다. 그리고 호치민에서부터 들고 온 '우유과일'이라고도 부르고 '별사과'라고도 부른다는 초록빛 과일을 한 바구니 가져와 나에게 나누어 주기도 했다. 동그랗고 말랑말랑한 곳을 한 입 베어 물었더니 정말 달콤한 우유 같은 과즙이 입 안으로 흘러 들었다. 왜 히엔이 나에게 꼭 맛을 보게 해주고 싶었는지 알 것만 같았다. 그녀의 하얗고 달디 단 마음이, 무엇이든지 주고 싶은, 나눔의 영혼으로 꽉 찬 그녀만의 세계가 느껴졌다. 우리는 아주 오래된 도시인 호이안으로 가서 저녁노을을 보며 걸었고, 시원한 탄산수를 함께 마시고, 베트남의 주홍빛 등이 은은한 광채를 내며 늘어서서 달랑거리는 길에서 사진을 찍었다.

꽝나이에 도착해서는 다시 물러설 수 없는 팽팽한 비즈니스 미팅들이 이어져 우리는 비즈니스 우먼의 모드로 빠르게 채널을 맞추어야 했다. 하지만 미팅을 마치고 다시 돌아온 다낭에서는 베트남식 국수인 미꾸앙을 먹고, 재래시장에 들러 꼭 사야 하는 베트남 요리를 위한 식료품들을 사는 등 다시 여유로운 시간을 보낼 수 있었다. 특히 함께 시간을 보낸 히엔 덕분에 다낭에서의 시간은 더욱 빛이 났다. 그녀는 20대의 나이에도 사려가 깊고, 시장에서 적당한 애교를 섞어 흥정하는 법마저 잘 알고 있었으며, 나에겐 익숙하지 않지만 만들어보면 좋을 만한 베트남 음식들을 알려주며 거기에 들어가는 식재료들을 꼼꼼히 설명해주었다. 그렇게 그녀는 나만을 위한 맞춤 장을 보며 여기저기 가게에 진열되어있는 음식들을 나에게 조금씩 맛보게 하는 일도 잊지 않았다. 이렇게 엄마 같은 구석이 많은 그녀의 또 하나의 큰 특징은 뭔지 모르게 차별화되는 대단한 패션감각을 지녔다는 사실이었다. 세계 어느 곳에서도 그녀만큼 독특한 색감과 디자인의 옷을 잘 맞춰 입는 사람은 본 적이 없었다. 그녀는 비즈니스 미팅이 바뀔 때마다 새로운 옷을 갈아입고 등장했는데, 자신의 기분과 날씨, 미팅의 분위기에 따라 지극히 잘 어울리는 옷을 입었고, 그것은 그녀만의 장점을 늘 한껏 살려주었다.

"데비, 한국에서는 사람들이 옷을 어떻게 사나요? 이미 만들어진 옷들을 사는 건가요? 여기는 옷을 만들어 입거든요."

거리를 돌아보니 천을 진열해놓고 옷을 만들어주는 베트남식 부티크들이 많았다. 손수 천을 고르고 사이즈에 맞춰 원하는 옷을 만들 수 있다고 했다. 원하는 옷을 스스로 디자인하거나, 영화를 보다가 마음에 드는 옷을 주문하거나, 어떤 방식으로든 가능했다. 그것도 놀랄 만큼 합리적인 가격으로 말이다. 그리고 그녀는 나를 위해 준비했다는 하얀색 원피스를 꺼내 보였다. 전혀 생각지도 못했던 깜짝 선물이었다. 내게 선물하기 위해 내가 오기도 전부터 디자인을 하고 옷을 제작하고 있었던 것이다. 나의 사이즈를 유심히 관찰했던 건지 옷은 자로 잰 듯 나에게 잘 맞았다. 그녀의 패션센스와 사려 깊은 마음이 버무려져 말할 수 없이 큰 선물의 여운을 안겨주었다. 우리는 베트남 부티크로 글로벌 비즈니스를 하면 어떨까 하는 즐거운 구상까지 하며 브랜드 이름을 서너 개 지어보는 등 재미있는 상상의 나래를 펼쳤다. 그녀는 어릴 때부터 색깔을 사랑하고, 옷을 입는 것을 좋아했다고 한다. 지금은 비록 그것과는 다른 일을 하고 있지만, 나는 그녀에게 '베트남의 코코샤넬'이라는 이름을 붙여주었다. 그리고 언젠가 그녀의 본성으로, 재능으로 돌아갈 날이 올지도 모르니 가능성의 문을 항상 활짝 열어두고 있기를 당부하기도 했다.

히엔과의 마지막 저녁은 격식을 갖춘 비즈니스 디너를 벗어나서 시장 한 켠의 현지 식당에서 베트남식 라이스케이크, 떡을 먹는 것으로 정했다. 우리는 장을 본 꾸러미를 한가득 들고 들어가 테이블 옆에 늘어놓고는 자리에 앉았다. 한국에서의 떡은 보통 간식이나 디저트로 먹는 음식인데, 베트남의 떡은 안에 고기나 마른 해물이 들어있고 소스를 찍어 먹는 음식이라 한 끼 식사로 손색이 없었다. 투명한 떡, 핑크색 떡, 바나나잎으로 싸인 떡, 돼지고기가 들어간 떡, 마른 새우가 바삭하게 씹히는 떡 등 히엔은 그곳의 모든 메뉴를 나에게 맛보게끔 하고 싶은지 뷔페처럼 다양한 메뉴를 주문했다. 그녀의 설명을 들으며 하나하나 먹고 있는데 갑자기 한 순간에 모든 불들이 꺼졌다. 식당 내부도, 시장의 거리도 완전히 모습을 감추고 깜깜해졌다. 나에게는 여전히 낯선 곳이라 순간 무서움이 엄습하는 듯했지만 그곳 사정을 잘 아는 현지인 히엔과 함께 있다는 사실이 무한한 안도감을 주었다. 전기 공급이 불안정한 곳이라서 정전이 되는 것은 흔히 있는 일이라며 다들 놀라지도 않고 아무렇지 않은 듯 대처하고 있었다. 히엔은 침착하게 핸드폰의 불빛을 음식에 비춰주었고, 식당 주인은 이내 제법 큰 랜턴을 가지고 와서 탁자 위에 올려놓았다. 우리는 다시 음식을 먹기 시작했다. 어둠 속에서 하이라이트 조명만이 우리를 비추고 있는, 덥고 세련되지 않은 그 식당 안이 우리 대화의 무대가 된 듯했다. 게다가 손님이라고는 우리 둘밖에 없었다. 바로 그 전날까지만 해도 우리는 호텔 레스토랑에서 하이힐로 무장하고 붉은 립스틱으로 약간의 카리스마를 더한 뒤 남자들과 비즈니스 이야기를 몇 시간이고 했었다.

"살아가면서 상황에 맞추기 위해 나 자신을 버리고 가면을 쓴 모습을 보여주어야 하는 게 참 힘든 거 같아요. 슬픈 일이 있어도 웃어야 하고, 괜찮지 않은데 괜찮은 척 해야 하고, 마음은 두려움으로 떨고 있는데 상대방에게 얕보이지 않기 위해 강한 척 해야 하고…."

나와 다른 모습을 보이며 살아가야 하는 것, 그것을 'pretending'이라는 단어로 그녀가 표현할 때 나도 마음 깊은 곳에서 그 말에 동의가 되었다. 어쩌면 우리는 작가 엘리자베스 레서(Elizabeth Lesser)가 말한 '자기다움 결여증(authenticity deficit disorder)'이라는 것을 저마다 조금씩은 안고 살고 있는지 모른다.

"맞아요. 우리가 빵을 얻는 세상은 늘 그래야 하는 경우가 허다하니까요. 나라고 다르지 않아요. 우리에게는 모두 자기소개서에 쓰지 못한 자기소개가 있잖아요. 학교를 들어갈 때, 직장에 들어갈 때에도 쓸 수 없는 자기소개…."

"데비를 처음 봤을 때 말이에요. '아, 내가 pretending하지 않아도 되는 사람이겠구나'라는 게 직감적으로 느껴졌어요. 설명할 수 없지만 뭔가 부드러운 느낌이 안에서 느껴졌거든요. 나는 사람들이 진정한 나를 볼 수 없게 스스로를 숨기며 살아가기도 해요. 혹시나 누가 알아차릴까 봐 두려워하기도 하면서요. 그런데 왠지 데비한테는 그럴 필요 없이 그냥 투명해져도 되지 않을까 하는 생각이 든 거예요."

나는 앞에 놓인 투명한 떡과 바나나잎으로 싸인 떡을 번갈아 바라보았다. 왠지 그날 밤은 나 또한 투명해지는, 꽁꽁 싸여진 나를 꺼낼 것만 같은 그런 느낌이 들었다. 이런저런 생각을 하고 있는 찰나, 히엔은 정말 천 리 길만큼이나 저 멀리, 깊이 넣어둔 자신의 어린 시절 이야기를 꺼내었다. 도무지 치유될 것 같지 않은 자신의 상처, 어두움, 감정 등 모든 것을 그 희미한 랜턴 밑에서 나에게 꺼내 보여주었다. 기억 속의 맨홀 뚜껑을 열어서 아픈 이야기를 하는 그녀, 그리고 지금 그 모든 것을 극복하고 여기에 있는 그녀의 멋진 모습, 엄마처럼 살갑게 모든 이들을 챙기는 그 모습이 놀랍게 다가왔다. 그만큼 그녀가 자랑스러웠고, 믿을 수 없을 만큼 대견했다. 그렇지만 여전히 그녀의 안에는 울고 있는 아이가 있었고, 왜 그 일이 자신에게 일어났는지 이해하지 못한 채 의문으로 가득 차 있었으며, 아무에게도 들키지 않았다던 그 모습이 흘러나와 보는 이를 애잔하게 만들었다. 쫄깃쫄깃한 떡이 질퍽질퍽하게 느껴지면서 나도 그 어린 시절로 돌아간 것만 같았다. 무엇으로 그녀를 위로해 줄 수 있을까. 이번에는 내 차례였다. 아무에게도 보여주지 않은, 내 안에 있는 그 시절의 이해되지 않는 이야기 하나를 꺼냈다. 단 몇 문장으로 수십 년의 세월을 압축해서 말이다. 히엔이 어둠 속에서 참지 못한 눈물을 흘리기 시작했다.

"데비, 그건…. 나의 이야기 정도는 아무것도 아닌 거네요. 아니 어떻게 그런 일들을 견디며 살아온 거죠? 나는 내 상처가 세상에서 제일 큰 줄 알았어요."

"맞아요. 나도 내 상처가 세상에서 제일 큰 줄 알았어요. 그런데, 세상에는 이보다 더한 일을 겪는 사람들도 있더라고요. 아니, 많을 거예요. 그러니까 우리도 그걸 딛고 일어서서 다시 살아가야 하는 거지요."

누구에게 들킬세라 아무에게도 보이지 않게 꽁꽁 싸둔 자신의 깊은 상처 하나를 꺼내 보여주는 것은 마치 거래와도 같다. 상대방이 하나를 꺼내 보이면 신뢰라는 공이 내 안으로 굴러 들어와 나도 안심하고 조심스럽게 공 하나를 꺼낸다. 그리고 그 스토리의 선 하나가 공유되거나 맞닿을 때에는 둘 사이에 전에 없던 화학반응이 일어나 수십 년의 세월을 쌓은 어떠한 관계와도 견줄 수 없을 만큼 거리는 급격하게 좁혀지고 어떤 비바람에도 쓰러지지 않는 사이가 된다. 히엔과 나 사이에 그 일이 벌어지고 있는 것이었다. 문화나 국가 같은 것을 떠나서 같은 인생을 겪고 있다는 사실을 알아차리고 안도의 한숨을 쉴 때 우리는 다시 살아가게 된다.

"하지만 나는 모든 것을 용서하려고 노력하고 있어요. 이제 어른이 되었으니까요. 나의 할머니는 지금의 내가 있게 해주었답니다. 여자로서 당당하고 용기 있게 세상을 헤쳐 살아나가고 나만의 색을 잃지 않을 수 있도록 늘 나의 등대가 되어주셨거든요."

그녀는 용서하는 것이 어른이 된 사람이 가져야 하는 하나의 기준이라고 생각하는 것 같았다. 그렇게 우리는 그날 또 하나의 등대가 서로에게 되어주기로 했고, 그것은 가족이 되는 것과 같다. 우리의 서툰 인생을 바라봐주고 지켜줄 수 있는 등대만 있다면 우리는 길을 잃지 않을 수 있다.

내가 바로 누군가의 그 등대가 되어야 하는 날이 오기 전까지는 말이다.

그 이후로부터 지금까지 내 옷장에는 다양한 색상과 패턴의 베트남 히엔표 부티크의 옷들이 하나둘 차곡차곡 쌓여가고 있다. 자신의 색을 잃지 않으려고 노력하는 그녀의 마음을 대변하듯이.

맨발 벗은 바자오족

훅 불어오는 후끈한 바람이 느껴지는 여름의 어느 날은 나에게 어김없이 필리핀에서의 한나절을 기억하게 한다. 나는 사선지에 처음 a, b, c를 쓰면서 영어를 배우기 시작한 그 순간부터 호시탐탐 세상 밖으로 나갈 꿈에 부풀어 있었는데, 그런 내가 대학 시절 처음으로 세상에 발을 내디딘 나라가 필리핀이었다. 처음 탄 비행기에서 나는 마치 내 인생에 새로운 지평이 열릴 듯한 두근거림을 느꼈고, 그 이후로 평생 비행기를 타고 세계를 날아다니게 해달라고 간절히 기도했던 순간이 아직까지도 뇌리에 생생하다. 처음 공항에 내릴 때 나를 향해 불어오던 뜨거운 바람의 감촉, 그리고 수많은 아이들이 담장을 붙잡고 서서 빠져 나오는 승객들을 큰 눈망울로 쳐다보던 광경도 여전히 눈에 선하게 남아있다. 내 책상 위에는 그때 가르친 아이들이 십자수를 놓아 선물해주었던 작은 액자가 무려 20년도 넘게 놓여져 있으니 그 액자를 볼 때마다 그때의 추억이 떠오르는 것은 두말할 것도 없다. 나에게 필리핀은 이렇게나 각별한 나라지만 그 이후로 갈 기회가 없었는데, 20년이 흘러 다시 그곳을 가는 날이 찾아왔다. 대학생 때 묵었던 필리핀 부족 마을회관은 찌는 듯한 공기에 숨쉬기조차 어렵고 모기가 들끓었는데, 이번에 묵은 호텔은 비즈니스를 위한 에어컨과 최신식 인테리어를 갖춘 호텔이었기에 그 격차를 실감하게 했다. 그렇게 나는 다시 온 마닐라에 여장을 풀었다.

20년 전 필리핀에서는 한 달 정도 바자오족의 아이들을 교육하고 돌보는 일을 했다. 바다를 떠돌아다니는 유목민 같은 부족은 정착할 땅이 없어 해안가 갯벌 위에 집을 짓는다. 밀물이 들어오면 집 아래는 바다가 되고 썰물이 빠져나가면 갯벌이 되는 식이다. 아이들은 발목에 돌을 매달고 바다 깊숙한 곳으로 뛰어들어 작살로 물고기를 잡은 뒤 돌을 발목에서 풀어 다시 수면 밖으로 나오는, 실로 위험하기 짝이 없어 보이는 고기잡이를 통해 생계를 유지하고 있었다. 그것이 그들의 저녁 식사 찬거리가 된다. 바자오족의 집과 집 사이는 나무다리로 연결되어 있어서 온 마을이 하나로 연결된 것이나 다름이 없었지만, 군데군데 오래되고 낡은 나무다리들은 금방이라도 끊어질 듯 위험해 보였다. 마을 전체가 왠지 위태로워 보이는 형국이었지만, 그 흔들다리 위를 아이들은 신나게 뛰어다녔고 그러다가 더우면 다시 바닷물 속으로 퐁당 빠지며 자유로운 방식으로 더위를 이기며 살아가고 있었다. 그래서 짠 바닷물과 강렬한 햇빛 사이를 오가는 아이들의 머리카락은 대개가 연한 주홍빛으로 탈색되어 있었다. 더운 해변의 날씨와 언제든지 바다 속에 들어갔다가 나오는 생활 방식, 그리고 경제 상황 때문에 아이들은 신발을 신고 있지 않았다. 나로서는 잘 이해가 되지 않았지만, 신발 살 돈이 있으면 여자아이들은 오히려 머리 장식을 사서 꾸미곤 했다. 그렇게 석양에 노을이 지고 저녁 식사를 하면 바자오족 주부들은 그 바닷물에 설거지를 하고, 빨래를 했다. 마을회관에서 숙식을 하는 우리를 아이들은 새벽 5시가 되기도 전에 찾아와서는 동물원의 원숭이를 구경하듯이 응시하며 우리의 일거수일투족을 쳐다보고 있기가 일쑤였다. 우리는 그들에게 구경할 만한 가치가 있는 새롭고 탐구심을 자극하는 존재인 것 같았다. 그도 그럴 것이 우리가 있었던 동네는 정부의 허가를 받아야 들어갈 수 있는 지역이어서 외부인들이 드나드는 일이 많지는 않다고 했다.

그곳에서 나는 아이들에게 수학과 영어를 가르쳤고, 건장한 남자들은 나무로 만든 그들의 집과 가구들을 수리해주는 일을 했다. 아이들은 자신의 가족이 몇 명인지를 대부분 잘 알지 못했다. 가족이 몇 명인지를 물어보면 그제야 숫자를 세기 시작했는데 그나마도 끝까지 세지 못했다. 심지어 자신의 나이나 생일을 모르는 아이들도 많았다. 수학이 문제가 아니라 자신을 둘러싸고 있는 숫자부터 익혀야 하는 상황이었다. 문명화된 세상의 이야기를 들려주는 것은 마치 앞을 보지 못하는 아이들에게 그림을 설명하고 있는 것과 같은 느낌이 들었다. 하지만 부족 아이들은 문명화된 세계의 아이들보다 삶에 대한 위기감이나 미래에 대한 두려움이 훨씬 더 적었다. 그저 자연이 자신들을 잘 돌보아줄 거라 믿으며 살아가는 것 같았다. 어떻게 하면 그렇게 낙천적으로 살아갈 수 있을까 아무리 생각해 봐도 감히 그들의 수준까지는 다가갈 수 없을 만큼 그 믿음은 견고했다. 그곳에서 유일하게 정규교육을 받아 대학에 간 친구는 추장님의 외동딸이었는데, 영어로 속 시원히 대화할 수 있는 유일한 사람이기도 해서 나는 그녀와 말벗이 되어 사는 이야기들을 나누기도 하고, 부족 아이들의 상황에 대한 정보를 얻기도 했다. 그녀는 또 유일하게 신발뿐만 아니라 양말까지도 신고 있는 사람이었는데, 그래서인지 그녀의 양말과 신발은 마치 신분을 나타내주는 것처럼 눈에 띄었다. 그녀의 비밀 연애 이야기를 듣는 것 또한 쏠쏠한 재미를 주었는데, 육지에 있는 대학에 다니는 그녀의 연애담은 필리핀 현지인과 부족 사이에 존재하는 차별과 장벽으로 인해 그리 녹록하지만은 않아 보였다. 종종 나에게 자문을 구하곤 했지만, 당시 대학교 2학년생이었던 나는 제대로 된 연애 경험도 없는 데다가 서로 다른 부족 간의 문화적, 계급적인 장벽은 또 어떻게 넘어야 하는지에 대해서는 들어본일도 없었기에 도움을 준 적은 사실상 거의 없었다. 하지만 그녀에겐 자신의 고민을 들어줄 수 있는 사람이 생긴 것만으로도 큰 힘이 되는 듯해서 우리는 그것으로 만족해했다.

하루는 추장님 집에 초대되어 식사를 했는데 부족의 가장 높은 리더와 식사를 하는 자리라 조금 긴장했지만, 음식은 별반 다르지 않게 바다에서 똑같은 방식으로 잡은 물고기 구이였다. 그날 우리는 맛있게 먹는 척 하는 게 너무 힘들었다고 모두 합창하듯이 말했지만, 사실 그곳에서 제일 힘든 일은 화장실을 가는 일, 샤워를 하는 일, 물을 길어 나르는 일 등이었다. 어떤 것도 시설을 제대로 갖춘 것이 없었고 물이 귀해서 양치질을 할 때도 물 한 방울 허투루 쓰는 일이 없었다. 하루 물고기를 잡아 하루를 먹고, 남는 물고기들이 있으면 시내 장터에 내다 팔아서 약간의 돈을 마련하면 아이들의 옷가지나 필요한 물품들을 사면서 살아가는 사람들. 그 빠듯한 삶 속에서도 사랑이나 배신, 그리고 즐거움과 축제가 있었다. 부족어가 따로 있어서 항상 통역을 거쳐야 하긴 했지만, 마을 주민들과 이야기를 나누는 시간은 늘 귀가 쫑긋 서있었다. 그들과 나는 늘 시시콜콜 이야깃거리가 많았다. 내가 보기엔 하나도 심각하지 않은 일들이 그들에게는 심각한 사안이 되기도 하고, 내가 보기에 심각한 일이 그들에게는 하나도 심각하지 않은 사안이 되기도 했다. 호기심에 가득 찬 나는 그들의 이야기를 잘 주워 담으려고 애썼다.

　"데비, 이건 우리들의 선물이에요!"

　내가 가르치던 아이들은 해변에서 조개 껍질을 주워다 엮어서 목걸이를 만들어주기도 하고, 나무의 열매를 따다가 그들만의 비법으로 주스를 만들어주기도 했다. 자연에서 채취한 것만이 선물이 되는, 어떤 것보다도 귀한 선물이라 쏟아지는 눈물을 참으며 웃음을 보여야 했다. 흙투성이인 아이들과 포옹을 하고, 바나나잎을 접시 삼아 밥을 함께 나누어 먹고, 수학 문제와 영어 스토리를 공부하고, 함께 춤을 추며 거리를 누볐던 그 순간들이 나의 보물 상자 안에 그대로 들어있다. 아이들이 써준 손편지와 손수 만들어준 선물과 함께 말이다. 20년 만에 다시 온 필리핀에서 만나는 거리의 아이들을 보며 그때의 아이들이 겹쳐져서 보였고, 지금은 어디에서 어떤 모습으로 살아가고 있을지 궁금해졌다. 가진 것이라곤 하나도 없었지만 아이들과 무엇인가를 나누고자 했던 그때의 열정도 마치 다시 맨발을 벗은 그때로 돌아간 것처럼 마음에 아직 그대로 남아있었다.

이번 비즈니스 미팅에서 만나기로 한 마르코는 한 번도 만나보지 못한 고객사의 책임자인데, 그가 필리핀 사람인지 아닌지를 이름만으로는 알 수 없어서 우리는 이에 대해 의견이 분분했다. 내기를 하자는 제안도 있어 만나기 전까지는 에너지가 충만한 분위기였다. 싱가포르에서 날아온 팀, 그리고 필리핀 현지법인의 팀과 함께 우리는 프리젠테이션 준비를 마지막으로 점검하고 미팅을 하기 위해 마르코를 찾아갔다. 마르코는 뜻밖에 호주인이었다. 그런데 미팅 약속을 몇 번이나 확인하고 먼 곳에서 비행기를 타고 간 것이었건만, 그는 약속 날짜를 잊은 채 우리를 맞았다. 별수 없이 미팅을 그 다음 날로 변경했고 우리는 결국 발길을 돌릴 수밖에 없었다. 비즈니스의 갑과 을 관계에서는 허다하게 일어나는 일이라 다행히 아무도 누군가를 탓하거나 크게 실망하지는 않았다. 아무리 태평양이나 대서양을 거쳐서 왔다 하더라도 이 세계에서 대수로운 일은 아니었다. 졸지에 시간이 생긴 나는 현지 팀장인 자스민과 함께 하루를 보내게 되었다. 누구보다도 씩씩하고 활기차게 팀을 이끌고 있는 그녀는 알고 보니 남편을 일찍 잃은 뒤 혼자 아이들을 키우고 있는 가장이었다. 그녀는 실망감에 기분이 가라앉을 수 있는 날에도 분위기를 띄우기 위해 보이지 않게 노력했는데, 그 모습이 그리도 고마울 수가 없었다. 우리는 필리핀 전통 레스토랑에 가서 카레카레나 아도보, 시니강 같은 음식을 산미구엘 맥주와 곁들여 먹으며 이야기를 나누었다.

"여기는 한 해에 태풍이나 자연재해가 최소한 스무 번은 넘게 찾아온답니다."

자스민이 말했다.

"정말요? 미디어에서는 그렇게 많이 다루지 않아서 몰랐어요. 아니 그럼 대체 어떻게 살아가나요?"

"글쎄요. 하루라도 기도하지 않으면 살아갈 수가 없어요. 정신을 차릴 만하면 또 뭔가가 오고, 또 오고 하죠. 산다는 것은 폭풍의 연속이려니 하고 받아들이면서 살지 않으면 힘들어요. 그렇지 않으면 평생이 불평과 하늘에 대한 원망으로 가득 차게 되니까요."

그녀의 이야기를 듣고 거리의 지프니(jeepney)들을 보니 차의 구석구석이 온통 기도문들로 가득 차있는 것이 눈에 들어왔다. '산다는 것이 폭

˙ 지프니(jeepney): 필리핀의 대중교통 수단으로 지프를 개조한 택시를 말한다.

풍의 연속이다', '그것은 원래 그런 것이다'라고 받아들이면서 살게 되기까지 그녀도 시간이 좀 걸렸으리라 생각했다. 보통 사람들은 '왜 나에게 자꾸 이런 일이 일어나냐'며 그 현상을 탓하게 마련이니까. 폭풍이 한 번만 쳐도 쓰러져 넘어지곤 했던 내 모습이 떠올라 그녀의 말이 오랫동안 귓가에 맴돌았다. 오늘 마르코에게 퇴짜를 맞은 것 정도는 그녀에게 아무 일도 아닌 것처럼 보였다. 자스민은 다시 나를 데리고 쇼핑몰로 향했다. 필리핀의 명물인 진주 액세서리와 과자, 식재료를 사서 서울로 돌아가야 한다며 앞서서 힘차게 걸으니 그날 저녁은 온전히 쇼핑에 쓸 수밖에 도리가 없어 보였다. 둘 다 비즈니스 미팅을 위해 나온 것이라 정장 차림에 하이힐을 신고 있어서 나는 운동화가 간절히 그리웠지만, 그녀는 아랑곳하지 않고 쇼핑몰을 몇 바퀴나 돌며 필리핀산 진주 팔찌, 어마어마한 양의 필리핀 과자와 식재료를 사서 나에게 안겨주었다. 그리고 나와 협력하는 것이 얼마나 자신에게 힘이 되는지를 거듭해서 말하며 고마워했다. 그 순간 나는 내가 있어야 할 자리에 있는 듯했다. 무거운 장바구니를 낑낑대며 들고 방으로 돌아온 나는 그날의 기분을 되새겨볼 겨를도 없이 깊은 잠에 빠졌다.

다음 날 다시 마음을 새롭게 하고 마르코의 팀과 미팅을 시작했다. 난데없이 사무실이 아니라 맥주 바에서의 미팅을 제안한 그 덕분에 열심히 준비해 간 프리젠테이션 자료는 허무하게도 컴퓨터 안에서 그냥 잠을 자게 되고 말았지만, 덕분에 격의 없는 회의 시간이 되었다. 그런데 어제 나를 끌고 그렇게 힘차게 다니던 자스민과 그녀의 팀은 미팅이 시작되자 그 투지와 열정은 모두 어디로 간 건지 갑자기 온순한 고양이가 된 듯 좀처럼 말을 하지 않았다. 그들은 내가 모든 것을 대변해주기를 바라는 눈빛으로 나를 바라보고 있었다. 마르코는 자신이 프로젝트의 총책임자로 필리핀에 오게 된 이유를 이렇게 설명했다.

"필리핀 사람들은 정말 온순하고 착한 기질을 가졌어요. 그게 그들이 자라온 방식이라 뭐라 탓할 수 없답니다. 프로젝트를 수행할 때는 강하게 끌고 가야 하는 일도 생기고, 협상을 할 때는 보이지 않는 기 싸움 같은 것을 해야 하는 순간도 오지요. 그런데 갈등을 극도로 피하는 문화를 가진 이들에게 그건 버거운 일인 거예요. 그들답지 않은 일이지요. 그래서 그 역할을 위해 내가 온 거랍니다. 마치 악역을 자처하는 것과 같다고 할까요? 허허. 다만, 그 역할 안에서 자신의 주장을 펼치면서도 수위를 넘지 않고 상대방에 대한 존중을 지키면서 기분을 다치지 않게 하는 기술이 높은 수준의 리더를 만들어내는 거랍니다."

그는 사람들에게서 강점을 발견하고 인정할 줄 아는 사람이었다. 그리고 다른 문화가 공존하는 일터에서 존중의 단계를 거쳐 적절히 인적 자원을 배치하고 협력해서 최상의 결과를 만들어내는 것이 그가 말하는 팀워크였다. 지금 알고 있는 것을 20년 전에도 알았더라면, 나는 추장님의 딸에게 연애 조언도 해줄 수 있었을 것이고, 마을을 이끌어가는 팁도 줄 수 있었을 것만 같았다. 그때나 지금이나 나는 여전히 같은 마음이지만, 돌아보니 흐른 시간과 함께 소중한 경험과 영감이 겹겹이 쌓인 채 이곳에 다시 온 듯했다. 그리고 나는 또 한 번 지혜가 담긴 말들을 담아서 떠난다. 언젠가 다시 돌아와 아이들에게 내가 배운 것들을 나눠주고 싶은 마음도 함께 담아서.

추억을 남기는 흉터

여느 때와 같이 나는 출근 준비를 하며 분주히 집안을 오가고 있었고, 아이들도 학교 갈 준비를 마치고 도움을 주시는 할머니와 같이 등교할 채비를 하고 있었다. 평화로운 아침이었다. 그런데 이렇게나 예쁘게 학교로 나선 아이들이 조금 뒤 다시 집으로 돌아왔다. 둘째 아이가 아스팔트 길에서 넘어져 얼굴이 심하게 긁혔던 것이다. 아이의 이마에는 커다란 혹이 나 있었고 온 얼굴은 처참하게도 피범벅이 되어있었다. 첫째 딸아이는 놀라서 울고 있고 할머님 역시 너무 놀라 신경안정제를 찾으실 정도였다. 나도 순식간에 눈앞이 초록색으로 변하고 아이도 거울로 자신의 얼굴을 보고 더 놀라서 우는데, 그 와중에 이 녀석의 말이 가관이다.

"엄마, 저는 괜찮아요. 엄마가 놀라서 우실까 봐…. 너무 죄송해요. 돌부리가 있었어요. 엉엉."

돌아오는 내내 자기 아픈 건 안중에도 없고 엄마 걱정에 여념이 없었다고 할미님이 진하셨다. 그리고 실은 누나와 같이 뛰다가 시로 부딪쳐서 넘어진 건데 누나가 혼날까 봐 돌부리로 말을 순간 바꾸더란다.

"엄마, 한숨 쉬지 마세요. 걱정하시는 것 같아 마음이 찢어져요!"

의연한 척 보이려 노력했던 나의 연기가 잘 안 된 모양이다.

아침 내내 치료를 받는 엄마 손을 꼭 잡고 안정을 찾은 아들이 말했다.

"엄마, 이건 애니메이션 〈Car 2〉에 나오는 말인데요. '흉터가 남는 이유는 추억을 남기기 위해서'래요. 그리고 넘어지는 건 일어나는 법을 배우기 위해서라고 하잖아요. 이번 일을 통해서 잘 극복하는 법을 배우라고 하나님께서 말씀하시는 거 같아요. 이번에 배가 바다에 빠져서 자식을 잃은 엄마 아빠는 얼마나 슬플까요? 제가 이만큼만 다쳐도 엄마가 이렇게 마음 아파하는데 말이에요. 저도 나중에 저의 아들 딸이 다친다면 마음이 많이 아플 거 같아요. 그래도 엄마가 바쁜데 이렇게 손잡고 이야기하니까 너무 좋아요."

초등학교 2학년짜리 아이의 이 이야기를 차분히 듣고 있자니 누가 엄마이고 누가 자식인지, 경계선이 모호해진다. 그렇게 아이는 자신에게 일어난 상황에 대해 스스로 생각하고 반추하며 잘 크고 있었다. 자식이 다니는 학교의 이름, 성적의 수치가 그렇게 중요한지 잘 모르겠다. 이 아이의 인간됨으로 나는 너무 뿌듯해 그저 세차게 안아주고 말았다.

"엄마, 저는 엄마가 노래를 불러줄 때 우울한 마음이 전부 사라지거든요? 노래를 불러주세요."

먹고살기 위한 일을 하는 건 아이의 사고로 이미 제친 날이니, 나의 노래를 기다리는 관객을 위해 피아노 앞에 앉았다. 반주가 시작되었다. 이미 아이들은 무슨 노래의 반주인지 알아차리고는 피아노 앞으로 다가왔고, 첫째 딸아이가 반주에 맞춰 노래를 하기 시작했다.

"에델바이스, 에델바이스….."

영화 〈사운드 오브 뮤직〉에 나오는 그 노래 한 곡으로 우리는 어느덧 오스트리아 잘츠부르크의 어느 풀밭에 도착해 있었다. 흥이 난 아들은 에델바이스에 대한 퀴즈를 내기 시작한다.

"엄마, 한국의 에델바이스는 무엇일까요?"

"글쎄, 에델바이스는 그냥 에델바이스일 뿐인데 한국의 에델바이스라니, 그런 게 있을까?"

"그건 바로 '산솜다리'예요. 에델바이스와 비슷하게 생겨서 한국의 에델바이스라고 불리죠. 요즘은 멸종 위기에 있어서 찾기 어려운 꽃이에요."

어느덧 아이는 음악 속에서 자기 얼굴의 아픔을 조금씩 잊어가고 있었다.

"Rain drops on roses and whiskers on kittens, bright copper kettles and warm woolen mittens…."

이번에는 〈My favorite things〉의 첫 구절이 시작되었다.

"Brown paper packages tied up with strings, these are a few of my favorite things"

온 얼굴에 흰 붕대와 빈칭고를 붙인 아이는 엄마의 노래를 들어준다.

'그렇지 우리에게는 장미 위의 빗방울, 아기 고양이들의 수염, 밝은 청동 주전자와 따뜻한 털장갑을 떠올릴 수 있는 마음이 아직 있잖니. 이 순간에도 우리가 좋아하는 것들을 떠올려 본다면.'

"When the dog bites, when the bee stings, when I am feeling sad…. I simply remember my favorite things and then I don't feel so sad."

나는 〈My favorite things〉의 노래에 맞춰 우리의 이야기를 만들어간다.

'세상을 살아가면서는 개에 물리기도 하고, 벌에 쏘이기도 하고, 슬픈 날이 늘 다가오니까 말이야. 오늘처럼 생각지도 않은 돌부리에 걸려, 혹은 열심히 목표를 향해 뛰었지만 옆 사람과 우연히 부딪쳐 넘어지는 날도 오거든. 그럴 때는 생각해. 우리가 좋아하는 것들 말이야. 엄마표 프렌치 어니언 수프, 매일 먹어도 질리지 않을 거라고 했잖니. 그렇지만 엄마는 좀 힘들긴 해. 양파를 썰 때 많이 울어야 하고 그걸 또 오래오래 버터에 볶는 건 사실 고된 일이란다. 하지만 사랑하니까 엄마는 할 수 있지. 참, 또 있잖니. 누나와 네가 오븐에서 꺼내기도 전에 냄새만 맡고서도 좋아서 펄쩍펄쩍 뛰는 애플 시나몬 크럼블, 청량고추와 차돌박이를 넣어 보글보글 끓인 된장찌개, 섬진강 위의 그 징검다리, 플라타너스 숲길, 라스베리 셔벗, 함께 노래했던 이 시간의 선물도 말이지.'

이 순간만큼은 어릴 적 생각하던 꿈 하나가 이루어진다. 돌려보고 또

돌려봤던 〈사운드 오브 뮤직〉의 마리아 선생님이 되는 꿈…. 꿈은 때때로 대단하게 이루어지는 것이 아니라 이런 방식으로 이루어지는 것이다. 하얀 침대 시트를 아들이 몸에 돌돌 말고서 나의 노래를 들어주는 그 시간을 연출하지 않아도 저절로 영화 속 장면이 되니 말이다. 딸아이와 함께 피아노 앞에 붙어 피아노를 치는 그 순간만큼은 르누아르의 1892년으로 돌아가 〈피아노 앞 소녀들〉와 같은 그림이 된다. 그렇게 흰 붕대 반창고 사이로 흰 치아를 드러내며 아이가 웃어주면 나는 그 순간 어느 호화로운 삶이 부럽지 않은 행복한 사람이 되고, 아이는 힘겨웠던 충격의 시간을 다시 아무도 모르게 피아노 건반을 따라 넘어간다.

*

둘째 아들의 얼굴 흉터치료가 끝나는 마지막 날, 우리는 작은 파티를 했다. 중학교 첫 기말고사를 무사히 치러낸 누나도 함께 말이다. 아들이 네 살 때 어린이집에서 얻은 손톱의 흉터가 나에겐 마음의 흉터와도 같았다. 10개월 때부터 아이를 어린이집에 밀어 넣고는 떨어지지 않겠다고 미친 듯이 우는 아이를 보며 어린이집 철문을 닫고 나와야 했던 그 매일의 기억은 오래도록 마음을 무겁게 짓눌렀다. 그래서 그 흉터를 꼭 치료해주고 싶었다. 그 시절에 나는 이런 시를 쓰곤 했었다.

〈새와 함께 살아가는 법〉

오늘도 시간을 화폐로 바꾸기 위해

집을 나선다

나의 사랑을 지독히도 간절히 바라는,

바짓가랑이 끝에 무겁게 붙어있는

작은 새 한 마리를 뚜욱 떼어다

무심한 도시 속 빌딩 한 귀퉁이에 내버려 두고

떼어놓을 때마다 찹쌀 풀 칠한 듯

내 몸에 다시 들러붙는 이 녀석의 가장자리를 저며

작은 공간 속으로 밀어 넣고는, 문을 닫는다.

그 사이 나는 수천 톤으로 변해버린 발걸음을 돌리며

수천 번도 더 기도한다.

내 시간을 자신과 바꾸어 달라고 울어대는

이 새 한 마리는 매일 아침 멍든 별을 내 가슴에 선사한다.

간밤에도 우는 새 한 마리를 품에 움켜쥐고 뒤척인 나는

못다 이룬 잠에 서걱거리는 눈동자를 부비며

새에게 가져다 줄 맛있는 모이에 손을 모은다.

다시 만나는 저녁녘에 나에게로 펄쩍 날아들어 안길

이 작은 새를 온종일 꿈꾸며….

나는 다시 나의 멍든 별을 치료해줄 새를 찾으러 간다.

이 녀석의 하얀 웃음 한 보시기로 모두 치료받을

화폐로 바꾼 나의 시간은,

쌔근대며 자는 숨소리 곁에서 추억의 물방울이 되어 흐른다.

엄마는 그렇게 아침과 밤마다 병과 약을 주고받으며

희망의 새를 향해 자장가를 부른다.

아마 그때부터 나는 시간을 화폐로 바꾸는 삶에서 다른 것을 화폐로 바꾸는 삶에 대한 궁리에 빠졌는지도 모른다. 그리고 그때부터 다른 사람이 나의 시간을 지배하는 것이 아니라 내 자신이 나의 시간을 조절할 수 있는 삶에 대한 고민을 시작했는지도 모른다. 그런데 아이는 말한다.

"엄마, 제가 재작년에 얘기했죠? 흉터는 추억을 남기기 위해 생기는 거라고요. 저는 매일매일이 너무 행복해요. 이상하게도 행복한 시간이 저한테는 느리게 느껴지고 괴로운 시간은 그냥 후딱 지나갔다고 느껴지거든요. 다른 애들은 반대로 느낀다는데 말이에요. 그리고 말이에요. 삶은 죽음이 있어서 더 가치가 있는 거 같아요. 시간이 한정적이기 때문에 오늘을 꼭 가치 있게 살아야겠다는 생각이 들잖아요. 엄마, 저는 꼭 철학이 있는 세계적인 건축가가 될 거예요."

아이의 가르침은 오늘도 이어지고 있다. 아이들을 키우는 것이 제2의 학교다. 그렇게 우리의 파티는 잘 끝마쳤는데, 둘째 아이의 온몸에 두드러기가 나서 밤새 고생을 했다. 또 한 번 병원신세를 졌는데도 아이는 되려 굳건했다.

"엄마, 이건 하나님이 또 이겨내 보라고 주시는 시련인 거예요. 그리고 저는 잘 이겨냈죠?"

아이는 이렇게 말하며 씽긋 웃어 보인다.

"그렇지 아들아. 상처는, 흉터는, 다른 사람들이 그걸 겪지 않게끔 돕는 사람이 될 수 있게 꿈을 주는 수단인 거야. 그러면 상처는 별이 되거든."

나를 닮은 건지, 심장이 약하고 겁이 많은 아들은 아직도 혼자서 밤에 잠들지 못한다. 아니, 아이가 어릴 때 내가 일하는 동안 돌봐주던 손길들이 몇 번 바뀌었는데 그 영향이 있는 건 아닌지 나는 아직도 늘 미안한 마음이 가득하다. 그런데 아이가 나에게 이렇게 말한다.

"엄마, 미안해요. 나도 용감하고 씩씩하게 태어났으면 좋았을 걸. 엄마가 피곤한데도 항상 제 곁에 있어주셔야 하잖아요. 이렇게 손을 잡고."

아무 잘못한 일이 없는데 아이는 미안하다고 말한다. 사실은 내가 미안한데 말이다. 순간 눈물이 핑 돌아 마음을 다시 가다듬고 씩씩한 어조로 나는 이렇게 말했다.

"엄마도 그랬다고 이야기한 적이 있지? 무서운 이야기나 화내는 소리 같은 것도 듣지 못하고, 공포 영화는 아예 볼 수조차 없고, 놀이동산에 가서 놀이기구도 타지 못하고, 혼자서 자는 것도 못하고 말이야. 지금도 여전히 그렇지만 엄마는 그 모든 것을 이겨내고 세계를 날아다니며 용감하게 살아가고 있잖니. 거기서 그치는 정도가 아니라 다른 사람들에게도 용기와 희망을 주는 일을 하려고 하지. 남들보다 몇 배의 노력이 필요하긴 하지만, 몇 배의 노력을 그냥 하면 되는 거야."

"그런 거구나. 그럼 저도 할 수 있는 거지요!"

엄마와 대화하는 시간이 가장 행복하다는 아들을 위해 우리는 오늘도 도란도란한다.

'Scar' becomes 'Star'. 상처가 별이 되는 날을 기대하며.

오진 혹은 기적

오전에 딸아이는 학교 발표회에서 사회를 보고, 저녁에 나는 비즈니스 행사를 진행하는 날이었다. '엄마는 떡을 썰 테니 너는 글을 쓰거라'의 마음으로 우리는 각자의 일을 해낸다. 딸아이가 두 발로 쿵쿵 줄을 넘으며 음악에 맞춰 줄넘기를 하고 진행을 하는 모습을 보며, 다시 기억은 아이가 태어나던 날로 거슬러간다.

아이가 태어나고 일주일 후, 〈노트르담의 꼽추〉의 콰지모도만큼 아이의 등이 부풀어 오르는 사건이 있었다. 바로 달려간 근처 병원에서 의사는 아이의 골반 뼈가 부러진 것 같다는 진단을 내렸다. 그리고 그게 어떤 증상인지에 관해 백과사전만 한 책을 펴 보이며 설명하기 시작했다. 큰 병원으로 가야만 했다. 다시 달려간 종합병원의 응급실에서도 의사는 같은 소견을 이야기했다. 나의 심장은 점점 무너져 내리고 있었고, 가까스로 정신을 차린 채 특진교수님을 만났다. 그 역시 같은 소견이라고 말했다. 세 번의 같은 진단. 아이가 죽거나 살아도 걷지 못하게 될 거라는, 세상에서 가장 청천벽력 같은 이야기를, 한 번도 버거운데 세 명의 의사가 나에게 한꺼번에 말하고 있었다. 눈도 잘 뜨지 못하는 생후 일주일 된 아이는 중환자실로 보내졌다. 산후조리란 건 무엇인지 알 겨를이 없었고, 일어날 기력도, 밥을 먹을 기력도 없었지만, 면회 시간만 되면 벌떡 일어나 가을날 혼자 오리털 점퍼를 챙겨 입고 병원 면회를 갔다. 일주일 동안 진행된 검사의 기간은 내 인생에서 가장 긴 일주일로 기억된다.

의사 선생님에게 결과를 들으러 가는 날 나는 어떤 결과에도 의연하게 아이를 키워낼 수 있다고 다짐했고, 나의 모든 것을 내려놓을 수 있다고 또 한 번 다짐했지만, 결과를 말하려는 선생님의 입술을 바라보고 있는 그 순간은 세상 어딘가 알 수 없는 곳으로 은둔해버리고 싶을 만큼 떨리고 힘겨웠다. 결과가 오진으로 판명 나는 순간, 그 터질 것 같던 심장소리가 어제만큼이나 생생하다. 그 날의 일은 나에게 결코 잊을 수 없는 스토리로 남았고, 아이에게 쓸데없는 욕심이 생길 때마다 떠올리는 소중한 경험이 되었다. 누구든 이런 극적인 경험을 한 번 하게 된다면 아이를 키우면서 느끼는 감정이 조금은 달라질지도 모른다. 아이가 시험에서 100점을 맞지 못했다고 속상해하는 것은 사치라고 생각하게 되지 않을까. 아이가 살아주고 걸어주어서 나도 살았고 이만큼 올 수 있었다. 그리고 나는 오랜 시간 동안 그것이 진짜로 오진이었다고만 생각했다. 그런데 어느 날 누군가 나에게 이런 이야기를 했다.

"그게 꼭 오진이 아니었을 수도 있어요. 세 명의 의사가 어떻게 똑같이 오진을 할 수가 있겠어요? 그 일주일 동안 기적이 일어난 것일 수도 있거든요."

한 번도 생각해보지 못했던 시나리오여서 깜짝 놀랐다. 어쩌면 그랬을지도 모른다. 그때만큼 간절했던 기도는 없었으니까. 아인슈타인은 "삶을 살아가는 데에 오직 두 가지 방법이 존재한다"고 말했다. 하나는 모든 것이 기적이라 여기는 것이며, 또 하나는 어떤 것도 기적이라 여기지 않는 것.

어쩌면 지금까지 지내온 하루하루가 기적이지 않았을까. 오진으로 판명되지 않고 현실이 되는 장애아들의 부모들이 그래서 나는 남이라고 생각되지 않는다. 그들에게 힘을 주시기를 늘 기도하고 매일 나에게, 그리고 사랑하는 이들에게 다가오는 장애물들에서 우리가 걸려 넘어지지 않게 해달라고 또 기도한다.

IV

우리를
실패하지 않게 하는
시간

Love never fails

많은 것들을 사랑하라,

왜냐하면 그곳에 진실의 힘이 깃들기 때문이다.

더 많이 사랑하는 사람은 더 많은 일들을 성취하고,

훨씬 더 많은 일들을 이룰 수 있다.

그래서 사랑으로 이뤄진 것은 잘 되게 마련이다.

- 빈센트 반 고흐 -

사랑이 도착할 때는

떠난 지 꼭 20년 만에 나는 다시 가슴으로 맺어진 호주의 가족을 방문하기로 했다. 이따금씩 출장 길에 들르기도 하고 짧은 휴가를 다녀가기도 했지만, 한 달에 가까운 긴 시간을 싹둑 잘라내어 온 건 실로 오랜 세월이 지나서였다. 늘 발 아래 보조바퀴를 단 듯 상당한 속도로 달리느라 세상을 돌아볼 겨를이 많이 없었던 탓에 한 달이라는 시간은 나에게 어마어마하게 긴 시간이었고, 게다가 그것을 쉬는 시간으로 낸다는 것은 엄두도 내지 못할 일이었다. 어떤 나라의 사람들은 1년에 최소 한 달을 쉬지 않으면 다시 살아갈 수가 없는 것처럼 늘 그렇게 쉰다고 하는데 나는 그래 본 적이 없었다. 아니나 다를까, 떠날 때가 되었음을 알리듯 눈에 병이 났다. 20년 넘게 하루도 빠지지 않고 하루 종일 컴퓨터를 보는 일을 하며 살았으니 눈이란 것이 얼마나 강한 것인지… 이제야 병이 난 것이 다행이다 싶을 정도로 두 눈은 그간 많은 것을 감당하며 살았다. 상상할 수 없는 크기의 자연이 우리 곁에 있어도 우리의 눈은 늘 몇 센티미터의 네모난 스크린 안에 갇혀 있고 지금은 더 작은 스크린을 손에 들고 매일매일 보며 살아가고 있으니, 이것은 얼마나 아이러니한 현대인의 삶인가 하는 생각이 든다. 몇 달간 모든 디지털 기기를 멀리 하라는 병원의 처방이 떨어지고 나서야 나는 숙명처럼 그 생활을 잠시 내려놓을 수밖에 없었다. 감히 헨리 데이비드 소로(Henry David Thoreau)처럼 호숫가에 집을 짓고 2년을 살아볼 수는 없겠지만, 단 한 달만큼은 완벽히 모든 디지털 세상에서 멀어져 보기로 했다. 그것이 아마 지금 이 순간 재현해볼 수 있는 헨리·시대의 호숫가 옆 집이 될지도 모르겠다. 주변에서는 긴 휴가를 준비하는 나에게 한 달 동안 아이들을 공부와는 완전히 먼 나라로 데리고 가는 것도, 그리고 초연결의 시대를 살면서 온라인의 세계에서 자신을 완전히 도려내 고립시키는 것도 강심장을 가진 사람이 아니면 할 수 없는 일이라고들 했다. 아무 특별한 계획도 없이 그저 바다 소리를 듣고, 달을 따라 해변가를 걷고, 무리 지어 하늘에 박힌 별을 보며 정원에 물 주는 일을 하기 위해 떠난다는 것이 말이다. 그런데 그리웠다. 나의 스무 살 적 그곳, 언제 어느 때 머무르든지 변하지 않는 모양으로 있어주는 진초록의 라임나무와 도무지 흉내낼 수도 없을 만큼 기분을 좋게 하는 로리킷 새들의 향연, 마음으로 맺어진 그곳의 엄마와 가족들…. 스무 살을 한 번 더 맞아볼 수는 없을까. 다시 후드 티에 청바지, 배낭을 메고 학교의 잔디밭으로 돌아가고 싶어 마음이 끙끙 소리를 냈다. 한 순간도 거스르지 않고 정시에 종을 재깍 울려 대는 시계탑처럼 살아온 지난 날이 조금은 한심스러워지는 순간에 도달했는지도 모른다. 끊임없이 새로워져야 하고 변화에 적응해야 하는 세상, 인간 세계를 뛰어넘을 듯 위대하고 대단한 사람들로 넘쳐나는 세상, 종이가 아닌 스크린이 가득 메운 세상과 잠시 떨어져 있고도 싶었다. 밥그릇을 지키려다가 어느새 딱딱해진 가치의 세상 안에서 부드러운 가치를 추구하고자 하는 마음이 여기저기 긁혀 불편한 지도 오래 되었다. 색깔 다른 경험들이 어느새 켜켜이 쌓여 이곳저곳의 세상들이 내 안에 숨어있어도, 그 모든 역동적인 세상마저 잠재운 채 늘 고요하고 변하지 않는 자태로 생각으로나마 나에게 휘게를 안겨주는 곳이 바로 그곳이었다. 아이러니하게도 그 변하지 않는 곳이 실은 나에게 가장 많은 변화를 가져다 준 곳이기도 하다. 돌아갈 수 없는 시간이 깃들어있어 가끔은 마음 저 안쪽 구석이 시큰하지만 말이다.

헨리 데이비드 소로는 '나는 삶의 가장 깊은 본질을 만나고 싶었기에 숲으로 들어갔다'고 말했지만, 나는 삶의 가장 깊은 본질을 만나기 위해 어딘가에 둥둥 떠있던 내 자신과 그 세상을 버리고 고향의 숲을 찾아 다시 비행기에 올랐는지 모른다. '길을 잃고 나서야, 다시 말하면 세상을 잃어버리고 나서야 비로소 우리는 자기 자신을 발견하기 시작하며, 우리의 위치와 관계의 무한한 범위를 깨닫기 시작한다'고 헨리도 동의했으므로.

랜킨 파크 동네에서 아침을 맞는 것이 무한히 행복한 이유는 일어날 때 들려오는 새소리 때문이다. 내가 사는 서울의 아파트에서도 새소리가 들린다. 그게 그곳에 살고 싶은 큰 이유이기도 했지만 아파트 빌딩 숲의 커다란 광장을 새초롬하게 울리는 멀리서 들리는 소리다. 랜킨 파크에서는 그 소리가 낮게 지척에서 들린다. 바로 옆에서 마치 내가 새가 된 듯이 느낄 만치, 놀랄 만큼 가까이에서 말이다. 그리고 햇빛의 노란색, 명도와 채도가 각기 다른 초록색의 그라데이션, 무언가를 갈망하듯 드높은 하늘의 빛깔이 한데 어우러진 창밖의 풍경은 나에게 또 한 번 더 없는 행복을 가져다 준다. 구름은 솜사탕을 만들다가도 보슬보슬 비를 머금은 은회색으로 변신해 하트 모양의 구멍 사이로 비를 뿌리기도 하고 가슴에 서리가 내릴 듯이 설레는 모양을 시시때때로 만들어낸다. 서울에 있을 때 동료는 사무실에 작은 물체 하나를 가져다 놓았었다. 새소리, 시냇물 소리, 화창한 아침의 빛 한 줄기가 드리우는 숲 속의 소리를 들려주는 기계였다. 그 작은 기계는 20가지가 넘는 다양한 모드를 자랑하며 늘 그의 책상 위에 놓여있었다. 가끔 그 동료의 방에 놀러 가서 뭐 이런 걸 다 가져다 놓느냐며 우스갯소리를 하고 핀잔을 주기도 했지만 사실은 그렇게라도 덕을 보며 지냈던 시간도 있다. 하지만 여기서는 그런 것이 필요 없다. 자연에서 지어진 그 상태로 듣는 것이다. 기계는 같은 패턴을 반복하지만, 자연은 계속 새롭고 짜맞춰지지 않은 기하학적인 무늬의 소리를 낸다. 일터에서 엑셀과 도표를 마주하고 앉아 무한 반복되는 숫자, 목표와 씨름하며 살

때는 잠 못 이루는 밤이 많았다. 그때 나는 핸드폰에 마음에 평화를 준다는 소리 어플을 깔고, 백색 소음이니 갈색 소음이니 하는 잠을 자게 하는 소리들을 들으며 잠이 들기 위해 안간힘을 썼었다. 나만 그런 것이 아니라 동료들 모두가 그랬다. 가장 효과가 좋다는 천연 수면 유도제를 찾아서 전 세계를 떠돈 이야기가 점심 시간을 메우기도 했다. 그런데 여기는 아무것도 필요 없이 밤에 잠이 소르르 든다. 그리고 햇빛에도, 나무에도 소리가 있다. 새소리와 함께 나는 그 소리에 화음을 곁들여 듣는다. 행복이 머리 위로 쏟아지는 순간이다. 이렇게 행복해도 될까 속으로 외치는 시간이다. 그리고 그 위에 우리가 재잘거리는 대화의 소리가 있다.

20년 전 나의 엄마가 되어 준 로나는 인도네시아인이다. 1960년대에 이미 인도네시아에서 국비장학생으로 호주로 유학을 갔으니 확실히 그녀는 다른 동시대의 사람들보다 반보는 앞서갔던 사람이다. 군이 호주로 오게 된 이유를 그녀는 담담히 이렇게 설명했다.

"난 선생님이 되고 싶었지. 사람을 키우는 사람이 되고 싶었어. 그런데 그 당시 우리나라의 학교라는 곳은 맹렬한 주입식의 교육과 경쟁으로 무조건 지식이 우수한 아이들을 걸러내는 데에만 초점을 맞추고 어떻게든 사회에서 힘을 가진 사람들의 집단에 속해 살아가는 것을 성공이라고 여겼단다. 아시아 특유의 교육적 정서이기도 하지. 나는 자기가 가진 미세한 재능과 강점을 발견하고 그것을 자신의 행복을 위해, 사회를 위해 나누는

삶을 꿈꾸었는데, 그 당시 내가 있던 곳에서는 어쩐지 나의 생각은 잘 받아들여지지가 않았어. 계속 뭔가 다른 사람 취급을 받으니 떠날 수밖에 없었지. 여기서는 너무나 자유로웠어. 지금도 그렇고."

그녀의 나이는 이제 일흔 다섯. 여전히 그녀의 목소리는 무척이나 높은 톤이어서 그녀가 말하면 마치 어린 아이가 말하는 것처럼, 혹은 새가 지저귀는 것처럼 들린다. 반면에 나는 보통 사람들보다도 중저음의 톤을 갖고 있어 같이 대화를 하면 진짜로 한 옥타브는 족히 차이가 날 법한 즐거운 화음이 되기도 한다.

이번 간식 메뉴는 호주 사람들이 즐겨 먹는다는 크럼펫(crumpet). 구멍이 숭숭 나있어 폭신폭신한 식감이 꼭 술빵과도 비슷한데, 구워서 버터나 오렌지 마멀레이드, 꿀을 곁들이면 든든한 아침 식사나 간식으로 손색이 없다. 크럼펫 굽는 냄새와 아이들이 뛰어다니는 아침이 지독히도 평화롭게 느껴졌다. 아무런 의무도 없으며, 그 어떤 해야 할 일도 없고, 약속 캘린더도 텅텅 비어있다. 아무것도 하지 않을 권리가 있는 자유, 그 자체를 느끼는 아침이다. 그녀를 처음 만났던 20년 전에는 그의 남편 알랜과 함께였다. 우리는 인터내셔널 학생들의 동아리에서 멘토와 멘티로 만났는데, 처음에는 그녀의 까무잡잡한 피부와 옷 차림새의 패턴, 강한 액센트 때문에 파푸아뉴기니나 통가 혹은 피지 같은 남태평양 어느 섬에서 온 사람인가 했었다. 그런데 알고 보니 인도네시아의 어느 섬에서 온 분이었다. 그녀는 키가 나만큼이나 작았는데 그에 반해 그녀의 남편인 알랜은 노르웨이 태생의 해군 출신으로 북유럽 특유의 장신에 푸른 눈을 가진 하얀 곱슬머리의 할아버지였다. 그의 직업은 패션 포토그래퍼라고 했다. 그런데 씩씩한 군인의 기상과 패션 포토그래퍼라는 멋지게 들리는 직업과는 어울리지 않게 그는 어딘지 모르게 거동하는 것도, 말하는 것도 부자연스러워 보였다. 해맑게 웃는 이 할아버지의 몸은 말을 듣지 않는 듯 구부러진 상태였으며 어느 것 하나도 혼자서 쉽게 해낼 수 없는 일상을 사는 듯했다. 헌팅턴 병. 그가 앓고 있다는 병의 이름이다. 함께 있는 모습도 그다지 어울려 보이지 않고 특수한 병을 앓으며 하루하루를 겨우 영위해 가고 있는 이 부부가 어느 날 내 삶에 들어온 것이다.

그때 나는 엄마가, 그리고 아빠가 필요했고 그들은 딸이 필요했다. 그리고 하늘은 그 사실을 정확히 알고 있었다. 누가 서로를 그렇게 부르기로 한 건지는 전혀 기억이 나지 않는다. 그냥 우리는 원래부터 가족이었던 것처럼 그렇게, 너무나 자연스러워 마치 어제 냉장고에 잊어버리고 넣어두었던 오렌지 마멀레이드를 다시 찾은 것처럼, 오랫동안 연습을 하지 않아 꾸덕꾸덕해진 연주 실력을 이제야 꺼내 보인다는 듯이 그렇게나 일상적으로, 원래 있었던 자리로 돌아간 듯 서로에게 가족이 되었다. 우리는 자주 함께 집에서 시간을 보냈고, 특히 모든 친구들이 집으로 돌아가버린 넉 달에 가까운 여름 방학에는 이 부부의 집에서 거의 살다시피 지냈다. 물리적으로 힘든 일들이 없지는 않았지만 그때만큼이나 고요함과 평화가 모든 것들을 물들이고 세상이 사랑으로 가득 찼던 때가 나에게는 드물었다. 그리고 색다른 문화를 체험한 그 시간은 어쩌면 나에게 보이지 않는 가장 큰 변화를 가져온 시기 중 하나였다. 언제 떠올려도 나를 다시 살아가게 하는 힘을 주는 그런 시간을 말이다.

"로나는 이 세상에서 남자가 가질 수 있는 최고의 아내지."

그는 많이 부자연스러워진 혀를 억지로 훈련시켜 이 말을 힘겹게 나에게 했었다. 그는 로나를 인도네시아어로 '사양(sayang)'이라고 불렀는데 그건 그 나라말로 '자기야'와 같은 말이라고 했다. 스물세 살의 대학생이 바라보는 이 부부의 삶은 결코 호락호락하지 않은 산등성이를 매일 걷고 있는 것만큼이나 땀을 흘리게 하는 것이었으나, 그 존재감과 의미는 마치 화산의 용암이 보이지 않게 가슴 속에 흘러내리는 것처럼 나에게는 뜨겁고 대단했다. 그 당시 나에게는 더욱더 그 나이가 멀게만 느껴지는 노부부가 보여주는 사랑이 그만큼 강력했다.

알랜은 식사를 할 때 음식물을 삼키는 것에 어려움이 많았다. 그래서 로나는 알랜을 위해 음식을 잘게 부수고, 뜨겁지 않게 호호 식혔다. 그렇게 먹여도 알랜은 결국 음식을 잘 넘기지 못하고 기침을 해서 식탁 위가 난장판이 되는 일이 한두 번이 아니었다. 2미터에 조금 못 미치는 거구의 알랜이 150센티미터가 조금 넘는 로나에게 돌봄을 받는 그 모습은 누가 보아도 안쓰러운 장면이다. 가끔은 그 큰 몸을 잘 가누지 못해 로나가 안간힘을 쓸 때면 내가 항상 한쪽을 붙잡아 도움을 드리려고 애를 썼다. 유안진 선생님의 에세이 중에 '여자에게 부부란 연인이었다가 아내가 되고 누이가 되고 어머니가 되어가는 길. 그래서 해탈과 경지에 이르고 남자는 연인 시절에는 보호자였다가 남편이 되었다가, 남동생이 되고, 아내의 아들이 되고 결국엔 아내의 손자쯤 되어버린다. 끊임없이 용서를 하는 여신과 잘못을 비는 신자와 같은 종교 같다'라는 구절이 떠오르는 장면이다. 자신의 잘못이 아니라 병 때문에 그럴 수밖에 없는 것인데도 알랜은 늘 미안하다고 말하고, 로나는 괜찮으니 다시 시도해 보자고 말하니 그들의 모습은 진정으로 여신과 신자를 보는 듯한 종교의 한 장면이었다.

"젊었을 때는 그가 나를 이렇게 돌봐주었지. 나는 그의 아기처럼 그냥 사랑하고 있기만 하면 되었어. 우주의 보호자처럼 그는 나를 보호해주고 감싸주고 기댈 수 있는 큰 언덕이 되어주었어. 이제 내 차례가 된 것뿐이란다."

지금 내가 보고 있는 광경과는 너무 다른 그녀의 이야기에 잠시 시계를 거꾸로 돌려, 집안 곳곳에 놓인 건장했던 그의 젊은 시절 사진을 둘러보려는데, 알랜이 다시 극심한 기침을 하기 시작했다.

"그래도 늘 그를 위해 최고의 음식을 만들어야 한단다. 그래서 아직도 나의 요리 연구는 끝나지가 않았지."

한 번 음식을 삼키는 일이 고도의 노력과 인내 끝에 이루어져야 하는 이 순간에도, 과연 그가 맛을 느끼면서 먹고 있는지 아닌지조차 분별하기 어려운 이 순간에도 그녀는 알랜의 품위를 지켜주고 있었다. 인도네시아에서 배운 요리와 호주의 요리학교에서 배운 요리가 어우러져 그녀의 요리는 항상 실용적이고 맛있었는데, 그런 그녀만의 요리법을 나는 그 식사의 전쟁을 매끼 치러내며 배웠다. 그 지치는 식사 시간에도 그녀는 꼿꼿이 정신을 차리고 알랜을 돌보는 동시에 나에게 요리를 가르치는 일을 흐트러짐 없이 해냈다. 그뿐인가. 70~80명 정도 모이는 모임이나 행사 때도 케이크와 빵을 구워 나르는 일쯤은 아무것도 아닌 듯 해냈고 집에도 늘 손님이 끊이지 않았으니, 나는 그녀에게 나누는 삶이란 어떤 것인지를 말이 필요 없는 일상의 모습 자체로 배우고 있었던 셈이다. 그녀는 인생에 대한 수많은 잠언들도 나에게 쏟아내 주었다. 그리고 그 요리의 비법과 인생의 비법들은 20년이 지난 지금에도 나의 레시피북에 고스란히 손글씨로 적혀있다. 비록 요리를 하다가 여기저기 흘린 물자국으로 얼룩이 져서 모양새는 볼품없지만 여전히 내 부엌의 멘토이다. 로나는 나에게 인생을 살면서 요리학교에 1년 정도 다니는 것은 필수라고 말하며 앞으로 인생이 길게 남아 있으니 언젠가는 나도 요리를 제대로 배우게 될 거라고 했는데, 나는 지금도 그녀의 말을 실천하지 못하고 있다. 사랑하는 사람을 위해 맛있는 것을 요리하는 것은 죽음과 사투를 벌이는 순간에도 중요하다는 것을 그녀는 몸으로 나에게 보여주었다. 그녀는 사실 요리뿐만이 아니라 그이후에도 회계학, 신학 등 많은 공부를 끊임없이 했고, 새로 비즈니스를 시작하는 스타트업 젊은이들에게 무료로 회계 서비스를 하는 봉사를 하기도 했다. 인생은 길다면서 말이다.

알랜은 나에게 모델처럼 앉는 법, 걷는 법 등을 가르쳤다. 모델과는 전혀 무관한 몸매를 가진 내가 그 느낌을 재현한다는 것은 애당초 기대하지도 않았다. 하지만 패션쇼에서 오랫동안 사진을 찍었던 알랜은 그런 것에 매우 익숙했고, 그 노하우를 누군가에게 알려주면서 자신의 살아있음을 느끼려고 하는 듯했다. 우아한 손가짐과 다리를 모으는 각도, 시선, 그리고 포즈까지…. 백조처럼 보인다고 해서 '스완 포즈'라는 이름을 그가 덧붙여 설명해주기도 했다. 어쩌면 이때의 가르침이 내 평생의 몸가짐에 많은 영향을 미쳤을지도 모른다. 로나는 고등학교의 수학 선생님이지만 남편을 따라 사진에도 지대한 열정과 통찰력을 가지고 있었다. 그녀는 가끔 우산 모양의 조명을 썼지만 햇빛이 좋은 날에는 차를 몰다가도 그 햇빛을 잡아야 한다며 전속력으로 달려 집에 도착해 사진을 찍는 날도 있었다. 나는 그들과 함께 수많은 사진을 함께 찍었고, 집의 곳곳은 스튜디오가 되었으며, 나는 그들만을 위한 작은 모델이 되었다.

그들의 집은 차가 없이는 아무 데도 갈 수 없는 숲 속 언덕 위에 있는 집이라 알랜을 태우고 외출을 하는 것은 또 하나의 큰 사건이었다. 일단 그가 앉을 수 있게 의자를 넉넉하게 뒤로 빼고, 머리를 다치지 않게 밀어

넣은 다음, 곤충의 다리처럼 길게 뻗어있는 그의 다리를 잘 구부려 안쪽으로 집어넣고 문을 닫으면 그제야 차에 태우는 일이 끝난다. 다시 차에서 내리려면 좀 전의 그 일을 반대로 또 한 번 해야 하는데 로나와 나 둘이서 하기엔 여간 힘든 일이 아니었다. 우리가 그렇게 가끔 알랜까지 차에 태우고 나가는 것은 교회를 가기 위해서이거나 또는 그가 좋아하는 이태리 레스토랑에서 카넬로니와 카푸치노 한 잔을 즐기기 위해서였다. 향긋한 몇 가지 치즈와 시금치가 들어간 카넬로니는 지금까지도 내가 좋아하는 음식이지만, 그대로 재현해내서 만들기도, 그 맛을 가진 레스토랑을 찾기도 쉽지는 않다. 하지만 여전히 그때의 맛과 향을 생생하게 떠올릴 수 있다. 한 개도 먹기 버거운 것을 항상 두 개나 집어주는 이 부부 때문에 나는 열심히 몸무게가 늘어가는 중이었다.

"데비, 우리가 살아가는 세상은 세속적인 것들로 가득 차있단다. 그런데 사랑이 있으면 그것들이 사랑 앞에서 녹아버리거든. 사랑의 문턱을 넘지 못하는 거야. 그러니 결코 사랑을 가진 사람을 이기지 못하지. 이제 데비는 대학교를 졸업하고 나가게 될 세상에서 많은 일들을 겪게 될 거야. 그리고 '사랑'이라는 단어가 그 세속의 세계에서는 잘 통용되지 않아. 명예나 돈, 힘과 같은 단어들을 더 많이 듣게 될 거란다. 사랑, 그건 책에나 존재하는 단어가 되는 거지. 하지만 그걸 꼭 붙잡아야 해."

알랜이 말을 잘 듣지 않는 혀를 움직이며 나에게 말했다. 그 시절은 내가 처음 하는 해외 생활이어서 잘 때도 라디오를 켜놓고 잘 정도로 영어를 열심히 들으려고 애쓰던 시절이었는데, 알랜의 말은 그 라디오에서 나오는 웅웅거리는 말보다도 더 정신을 바짝 차려야 알아들을 수 있는 음성이었다. 그의 발음은 정확하지 않았지만 그는 최선을 다해서 천천히 나에게 말했고, 그때 들었던 그 가장 어눌했던 말이 나에게는 세상에서 가장 크게 남는 명언이 되었다. 좋은 목소리와 발음이 사람의 마음을 울리는 것은 아님을 온몸으로 체험하는 순간이기도 했다. 나보다 족히 50년 이상은 더 살아낸 분의 이야기 속에는 '그렇게 살아가야 하는 거구나' 하는 깨달음이 있었다. 이런 이야기를 그 전에는 누구도 나에게 해준 적이 없었다. 학교에서조차 아무도 사랑을 갖고 살아야 한다고 말해주지 않았다. 그저 남들보다 앞서기 위해 열심히 경쟁하고 좋은 직장을 구하기 위해 모두 다 뛰고 있었기 때문에 우리는 0.1점에도 목숨을 걸었으며, 무엇이 더 중요한지에 관해서는 다들 생각할 겨를이 없어 보였다.

"네, 저는 얼마 전에 성경을 한 번 다 읽었는데요. 평생 간직하고 싶은 짧은 문장 하나가 남았어요. 'Love never fails(사랑은 결코 실패하지 않는다).' 고린도전서 13장 8절에 나오는 말이에요. 하나님은 사랑이시니까 결코 실패하지 않는다는 뜻도 되고, 사랑을 가지고 있으면 어떤 상황에서도 실패하지 않는다는 거 같기도 하고, 또 진정한 사랑은 결코 실패하지 않고 꼭 얻을 수 있다는 뜻인 거 같기도 해요."

내 말이 끝나자 로나가 기다렸다는 듯 외쳤다.

"저걸 말하는 거니?"

그녀가 가리키는 곳을 보니, 내가 방금 말했던 그 구절이 자석으로 만들어져 냉장고에 붙어있는 게 아닌가. 혼자서 어찌나 놀랐는지 온몸에 전기가 흐르는 듯한 전율을 느꼈다. 글씨가 빼곡하게 꽉 들어찬 두꺼운 성경책 속에서 똑같은 구절이 나의 마음에, 그리고 그 부부의 냉장고에 나란히 붙어있었던 것이다. 그 글귀가 새겨진 자석은 20년이 지난 지금까지도 나의 냉장고에 여전히 붙어있다. 그 짧은 문장의 힘을 발휘해야 하는 일들을 그 이후로 수없이 겪게 될 줄 그때의 나는 전혀 알지 못했다.

"데비, 너는 내 평생에 본 소녀들 중에 가장 사랑스러운 아이란다. 그리고 그걸 꼭 끝까지 지켜낼 아이야."

알랜이 말했다. 그러자 그 옆에서 로나가 빙그레 웃으며 맞장구를 쳤다.

"동의! Love never fails!"

과연 이 세상 어디에서 이런 응원군을 얻을 수 있을까. 그들은 그 어떤 누구도 나에게 해주지 않았던 말들을 나를 가득 채울 만큼 충분히 해주었다. 세상이라는 허허벌판에 나가기 전에 그들을 얻은 것이 얼마나 엄청나게 큰 선물이었는지…. 그 이전에 내가 겪었던 모든 암울한 기억이나, 그 이후에 나에게 다가왔던 모든 이겨내지 못할 것만 같은 일들을 나는 이때의 말들을 떠올리며 하나하나 이겨냈는지도 모른다. 헌팅턴 병을 앓는 할아버지의 구부러진 혀에서 나온 느릿한 말들이 지금의 나에게는 생명처럼 느껴진다. 살다보면 나를 미워하는 사람들도 만나게 된다. '미움 받을 용기'가 세간에 화제가 될 만큼 그렇게 보편적인 일이 되기 때문이다. 그러나 분명한 건 지구의 어딘가, 어느 순간에 나를 '가장 사랑스러운' 사람으로 기억해주는 사람들이 존재했었다는 사실이다. 지독히도 힘든 일이 있을 때마다 냉장고에 붙어있는 'Love never fails'라는 구절을 한 번 쳐다보면, 이 말은 약속을 어기지 않고 마법의 효력을 발휘한다. 덕분에 나는 고난의 파도와 누군가의 미움 속에서도 쓰러지지 않고 여기 건재해있다. 말의 힘이, 그리고 사랑의 힘이 얼마나 강력한지 나는 지금에 와서 더 많이 깨닫고 있는지도 모른다.

몇 년이 지나고 시드니 올림픽이 있던 해에 나는 다시 호주를 방문했다. 친구들과 올림픽 경기를 이것저것 구경하기도 하고, 시원한 아이스크림 하나를 물고 분수대의 물길 옆을 걷다가 물에 빠져 흠뻑 젖기도 했다. 그렇게 시드니 곳곳을 실컷 누비다가 녹초가 된 상태로 기차에 몸을 얹어 다시 랜킨 파크 집으로 돌아왔다. 알랜은 몇 년 전보다 더욱 부자연스러워진 몸을 이끌고 나왔지만 그 순수하고 천진난만한 미소만은 잃지 않고 있었다. 우리는 오랜만에 힘겨운 식사 전쟁을 함께 했고, 화이트 티를 만들어 디저트 타임을 즐기려는데 알랜과 로나는 저녁 식사를 성공적으로 마친 것을 축하하는 키스를 서로에게 했다. 한 끼 식사를 잘 끝낸 것이 축하할 일이 되는 세상에 나는 와 있었다. 아무리 높은 성과를 내도 별로 대단치 않게 생각하는 냉정하고도 칼 같은 커리어 사회에 살고 있던 나에게 그들의 모습은 모든 것을 무장 해제하게끔 만들었다. 그때 로나가 말했다.

"데비, 이제 알랜은 더 이상 앞을 보지 못하게 되었단다. 키스를 하려고 해도 내 입술이 어디 있는지 그는 지금 알지 못해⋯."

그 순간 쏟아져 내리는 눈물을 참느라 혼이 났다. 여전히 푸른 눈을 뜨고 계셔서 나는 잘 몰랐고, 언제나 눈동자의 초점이 명확하지는 않았던 터라 더욱 알아채지 못했다. 생각해 보니 밥을 먹을 때 나를 바라보는 눈빛이 어쩐지 나를 보는 건지 아니면 저 멀리에 있는 어느 곳을 바라보는 건지 알 수 없이 희미했던 것 같다. 그 이후로 두 분이 키스를 하실 때마다 서로를 향해 엇갈려가며 겨우 만나는 모습이 그리도 가엾고 가슴 아플 수가 없었다. 알랜은 앞이 전혀 보이지 않는데도 여전히 미소를 짓고 있었고 로나는 그런 그를 따뜻하게 바라보았다. 그 모습을 보고 있자니 내 심장이 두 갈래, 세 갈래로 갈라지는 듯했다.

"당신이 이렇게 오랫동안 아파서 나를 힘들게 할 줄 알았다면 내가 그때 당신을 선택하지는 않았을 거라고요!"

로나는 나만 겨우 들을 수 있는 작은 소리로 농담처럼 말했지만 나는 그때 알았다. 그녀도 모든 것을 품어주는 여신일 수는 없다는 것을. 왠지 안도의 한숨이 나왔다.

그렇게 또 몇 년이 흘렀고, 나는 다시 그곳을 방문했다. 하지만 알랜은 더 이상 그곳에 없었다. 그가 하늘나라로 떠났다는 소식을 듣고 달려간 것이기 때문이다. 나는 그때 막 직장을 옮겼던 터라 쓸 수 있는 휴가가 없었다. 그렇지만 가보지 않고는 견딜 수가 없어서, 주말 출장과 야근했던 것들을 차곡차곡 모아서 호주에 갈 수 있는 날들을 만들어냈다. 나에게 따뜻한 상사가 되어주었던 돈데 대사님은 나의 사정을 귀 기울여 들어주었다.

"꼭 다녀와야 네 마음이 편해지겠지? 다녀와야지. 다녀오렴."

눈물이 그렁그렁 맺히는 나의 어깨를 신사처럼 부드럽게 잡고는 이렇게 이야기해주셨고, 덕분에 나는 무사히 호주에 도착할 수 있었다. 나에게 평생 귓가를 맴도는 문장 몇 개를 남긴 채 알랜은 떠났다. 나는 응원군의 절반을 잃었고 짓누르는 슬픔과 상실감에 한동안 말을 할 수가 없었지만, 로나의 마음과 비교할 바는 아니었다. 로나는 내가 아는 한 무척이나 강하고 독립적인 여성이다. 셈에 능하고 이성적인 사람이지만, 사랑하는 사람을 잃은 현실 앞에서는 그녀 역시 당해낼 재간이 없어 보였다. 나는 그녀가 다시 살아갈 수 있으리라 굳게 믿었지만, 그 시간을 보내고 있는 그녀는 외롭고 위태로워 보였다. 그 모습을 보는 것은 마치 달리던 기차가 덜컹 서버린 뒤에 다시 움직이기를 무한정 앉아서 기다리는 것만큼이나 힘들고 기약 없이 느껴지기도 했다. 뾰족했던 그녀의 정신은 잠시 무뎌져 하는 일들이 제대로 순차적으로 진행되지 못했고, 그걸 스스로 느낄 때 그녀는 더욱 무너져 내리는 듯했다. 로나는 나에게 다시 아무렇지도 않게 용기를 내서 살아가려는 모습을 보여주고 싶어했지만, 나는 애써 그럴 필요 없다고 했다. 무너지고 싶으면 그런 대로, 그리우면 그냥 그리운 대로…. 이건 가끔 다른 사람들이 나에게 해준 말이기도 하다. 어찌 늘 그렇게 팽팽하게만 살 수 있는가. 헌팅턴 병이라는 희귀한 병을 10년 이상 다른 사람의 도움도 없이 혼자서 간호해냈던 그녀가 아닌가. 아무리 똑똑하고 철저한 사람도 늘 그렇게만 유지하며 살 수는 없는 법이다. 그런데도 그녀는 미련이 많았다. 마지막 알랜의 모습은 로나의 손자는커녕 그보다도 훨씬 못한 상태였을 것이고 기쁨보다 고통의 무게가 수십 배에 달했을 텐데도 그녀는 그 생명을 여전히 놓지 못하고 있었다. 시도 때도 없이 눈물은 터졌고, 나는 그것을 감당하기 위해서 그 자리에, 그녀 곁에 그저 묵묵히 있어주었다. 어렵사리 얻은 휴가를 그 어느 때보다도 값지게 쓰고 있다는 느낌이 들었다. '옆에 있어주기'라는 중요한 미션이 휴가와 여행의 주제가 될 수도 있는 것이다. 그리고 그때부터 지금까지 그녀 또한 내 옆에 늘 있어주면서 기댈 동산이 되어주고 있다.

하루 종일 비가 내렸다. 그냥 내리는 것이 아니라 세상이 온통 장대빗줄기 감옥에 갇힌 듯이 내렸다. 라디오 방송에서는 '기록적인 폭우'라고 연신 보도를 해댔다. 로나는 그 비를 바라보며 집을 살 때의 팁 하나를 알려주었다.

"보통 다들 집을 살 때 강이나 바다가 바라다 보이는 집을 사려고 하지. 그런 집들이 비싸긴 해도 멋지긴 하잖니. 그런데 실은 물 옆에 사는 것보다 초록 잎 가까이에 사는 것이 더 좋단다. 왜냐하면 인생에는 이렇게 비가 오는 날이 있기 때문이야. 그런 날은 강이나 바다, 하늘이 모두 푸른

색이 아니라 회색이나 고동색으로 변해서 하늘과 물이 모두 우울한 색깔이 되거든. 나무는 비가 와도 최소한 우울한 색으로 변하지는 않아. 또 바닷가 근처에 살면 소금기를 품은 공기 때문에 집에 있는 금속이란 금속은 모두 부식돼서 부러지고 끊어진단다. 그래서 난 바닷가 바로 앞의 비싼 별장들이 하나도 부럽지가 않아."

그녀만의 지론이었다. 나는 항상 물가에 있는 집을 꿈꿨었는데, 비가 오는 날은 생각하지 못했다. 내가 다시 물었다.

"겨울이 오면 초록 잎이 없어지지 않나요?"

"겨울에도 초록을 꿋꿋이 지키는 나무들이 꼭 몇 개는 있는 데다가 겨울나무도 그리 우울하지는 않아서 봐줄만 하거든. 가을에는 노랑이나 적주황색의 나뭇잎도 즐길 수 있잖니. 나는 전적으로 나무와 꽃이 보이는 배경에 한 표야. 그리고 사람도 인생의 날씨에 따라 변하는지를 봐야 해. 어떤 날이 와도 자신의 아름다운 색을 지키는 나무 같은 사람이 좋지. 바다처럼 색이 바뀌는 건 힘들어."

일리가 있는 그녀의 말에 갑자기 나도 초록이 있는 집에 살고 싶어졌다.

우리는 그 감옥 같은 빗줄기 속에서 한 발짝도 밖으로 내디딜 수가 없었기에 집에서 요리를 하기로 했다. 내가 좋아하는, 그렇지만 결코 내가 만들면 그녀의 손맛이 나지 않아 아쉬운 인도네시아의 대표 요리 '른당'을 만들기 시작했다. 아주 예전에 그녀에게 '거도거도'나 '퍼거델' 같은 인도네시아 음식을 배운 적이 있는데, 른당은 제대로 배우지 못했었다. 우리는 소고기를 손질하고, 진저와 튜머릭을, 레몬그라스와 월계수잎 그리고 링가링가잎 등을 넣고 마지막으로 코코넛 밀크를 넣었다. 그것들이 모두 조화를 이루어 서로에게 독특한 맛과 향을 낼 수 있도록 오래도록 끓여야 했다. 생각만 해도 군침이 고이는 른당의 냄새가 부엌을 가득 채우며 빗소리와 함께 청각과 후각 사이를 동시에 날아다녔고 그동안 우리는 다시 대화를 시작했다.

"Mom, 사랑 이야기를 들려주세요. 정작 한 번도 어떻게 알랜을 사랑했고 어떻게 보내셨는지 스토리를 이야기해주지 않으셨잖아요."

그렇게 20년이 무심히 흘러 우리는 다시 그때와 같은 정원 옆에서 같은 테이블에 앉아 같은 머그컵의 투박한 손잡이를 잡고 이야기를 시작했다. 빗소리를 타고 그녀의 목소리가 다시 공기를 메웠다. 그런데 이번에는 평소처럼 힘 있는 목소리가 아니라 추억 저편의 이야기를 캐내느라 그녀의 씩씩함이 잠깐 빠져버린, 두 눈에 수분기가 가득한 목소리였다.

"그러니까 사랑이 나에게 도착할 때는 말이야…. 알아보게 되는 법이지. 그가 나의 대학교 졸업앨범을 찍었던 그 순간 말이야."

그녀의 집 벽에는 바로 그 사랑이 도착하던 순간의 사진이, 모든 우울하거나 기분이 언짢은 일들을 단숨에 밀어내 버리는 힘을 발휘하며 집안 가장 중앙에 걸려 있었다. 한눈에 보기에도 입꼬리를 뾰족하게 들어 올린, 귀엽고 발랄하고 사랑스럽기 짝이 없는 그녀의 대학교 졸업 사진은 마치 사랑이 도착하는 순간을 영원히 기억하고 있기라도 하듯 수십 년을 그곳에 자리하고 있었다.

로나는 이겨내야 할 일들이 많다는 사실을 알고 있었지만 그의 청혼을 받아들였다. 쉽지 않은 현실은 그녀를 힘들게 하는 짐이 되었지만, 그래서 나는 그녀의 딸이 되었나 보다. 삶을 처음부터 끝까지 함께 나누는 엄마와 딸로 말이다.

그녀와 이야기를 나누다가 호주로 오기 전 그녀에게는 인도네시아 남자친구가 있었다는 새로운 사실을 알게 되었다.

"그는 신사적이고 현명한 외교관이었지. 나중에 동유럽 여러 나라에서 대사로 근무하기도 했었단다. 그런데 문화적 장벽으로 인해서 그와의 사랑은 쉽지가 않았어. 당시 인도네시아에는 250개가 넘는 다양한 민족이 공존하고 있었는데, 그 중에서도 같은 문화를 공유하는 같은 부족끼리 결혼을 해야 했단다. 나의 아버지와 어머니도 같은 민족 출신이었지. 우리 부모님은 생각이 깨어있는 분들이어서, 딸들을 매우 독립적이고 자신의 커리어를 가진 사람으로 키우고자 하셨어. 그 당시 아시아의 여자들은 대부분 남편만을 보필하며 살았는데 말이지. 그런데 남자친구의 집안은 여자에 대해 전형적인 생각을 가진 집안이고, 우리와는 매우 다른 문화를 가지고 있는 민족이었기 때문에 우리의 만남을 심하게 반대하셨어. 결국 나는 모든 것을 박차고 국비장학생으로 호주를 가게 되었고 그는 큰 상처를 입은 것 같았어. 호주에 와서도 두어 명의 남자들이 적극적으로 구애를 했었지. 다들 나와 비슷한 또래였고 좋은 배경을 가진 사람들도 있었어. 그런데 알랜은 물질적으로 부자는 아니어도 그의 마음만은 정말 풍요로운 사람이었거든. 그리고 진정으로 친절하고 진실한 마음을 가진 사람이었지. 그래서 알랜을 만났어. 돈은 언제든지 노력하면 얻을 수 있지만 세상에서 보기 드문 친절한 마음은 살 수가 없는 것이니까 말이야."

그리고 그녀는 그렇게 마지막 순간까지 최선을 다했다.

"알랜을 잃고 자카르타에 다시 돌아갔을 때 옛 남자친구의 여동생을 만나게 되었지. 그가 유럽에 파견근무를 나가 있을 때의 이야기를 들려주더구나. 어떤 아시아 여자가 걸어가는데 그게 꼭 나인 줄 알고 뒤쫓아 갔었다는 이야기를 서너 번이나 했다는 거야. 그는 결혼을 해서 이미 네 명의 아이들이 있었는데도 말이지. 그런데 정말 신기한 사실은 말이야. 그가 죽음에 임박했던 무렵에 나도 그의 꿈을 꾸었어. 꿈 속에서 그가 내 뒤를 따라오길래 내가 뒤를 돌아다보는 그런 꿈을 꾸었단다…."

믿을 수 없는 우연이었다. 죽음의 마지막 순간까지도 그녀를 잊지 못했다는 그의 이야기를 나에게 잔잔하고 담담하게 들려주었다. 20년 만에 처음 듣게 된, 그녀 안에 있는 또 다른 액자 소설과 같은 스토리였다. 사랑은 이렇게도 엇갈리고, 사랑은 어쩌면 결혼이라는 모습과 같은 것이 아니라고 말하는 시가 떠올랐다.

"잊지 못하는 사람은, 사랑은, 누구에게나 있는 거란다."

죽는 순간까지도 그녀를 잊지 못했던 한 남자와 죽는 순간까지도 최선을 다했던 그녀, 그들 모두는 사랑하였으므로 진정 행복했던 인생을 살았을 것이며 가슴에 가장 소중한 그 어떤 것을 품었을 것이다.

한참을 회상에 젖어있던 그녀의 눈빛이 갑자기 경쾌하게 반짝이더니 이번엔 20년 전 나와 친구들의 이름을 낱낱이 기억하며 하나하나 이야기를 시작했다. 나는 오랫동안 까맣게도 잊고 있었던 이야기였다. 멋진 북부 인디언 파일럿 지망생과 연애를 했던 친구는 비행을 갔다 온 이야기를 들려주기도 했고, 금발을 늘어뜨린 푸른 눈동자의 남자를 짝사랑했던 친구는 밤새 그 집 앞에서 그를 기다리거나 도시락을 싸서 나르기도 하며 법석을 떨기도 했다. 뭐든 조금씩은 부러웠지만 대신 나에겐 다양한 도시와 세계에서 온 멋진 친구들이 많았다. 이제 막 운전을 배우던 나에게 주차하는 법을 가르쳐주었던 모리셔스에서 온 친구, 일부다처제인 자신의 나라에서 오직 한 명의 부인을 두었다는 사실을 뻐기면서 이야기하던 파푸아뉴기니 박사님, 의과대학 공부를 하고 있지만 피아니스트인 줄 착각하게 만들 만큼 대단한 연주가였던 싱가포르 친구, 네팔 음식을 가르쳐주었던 비행 심리학도, 아시아인을 실제로 보기 어려운 시골에서 자라서 내 얼굴을 한참은 분석하며 보았던 독일 친구, 영국의 문화를 나에게 알려주며 가끔 천사로 착각하게 만들었던 따뜻한 영국 남매, 길을 잃어버릴 만큼 큰 자신의 집에 나를 초대하여 말을 키우는 법을 알려주었던 호주 친구, 나의 충실한 컴퓨터 선생님이 되어준 IT 천재 스리랑카 친구, 가족들과 함께 조국을 탈출한 모험기를 들려주던 아프가니스탄 친구, 손으로 음식을 매력적으로 먹는 법을 알려준 인도 친구…. 모두 다 떠올리지 못할 만큼 많은 친구들이 있었다. 한번은 친구들이 나의 생일날에 기숙사의 카페테리아를 통째로 빌려 깜짝 파티를 해주었는데, 준비하는 시간 동안 나는 마치 정글 속의 추장 딸이나 되는 듯 주인공이 되어 눈이 가려진 채 친구들에게 붙잡혀 있었다. 퍼커션 두드리는 소리와 함께 드디어 파티가 시작됐다. 친구들은 그 전날부터 재워둔 고기들로 상상을 초월할 만큼 많은 양의 바비큐를 구워댔고, 도무지 어디서 구해 온 건지 재주도 좋다 싶은 장작 한 무더기를 피워 모닥불을 만들었다. 우리는 그 주변을 돌면서 밤새 춤을 추었다. 아프리카의 춤, 남미의 춤, 남태평양의 춤 등 다양한 나라의 춤들이 그날의 모닥불 주위를 열정적으로 수놓았고 까만 하늘의 별들이 모닥불보다 더 진한 빛으로 우리를 총총히 밝혀주었으니, 그날 밤이 나에게는 오래도록 기억할 수 있는 로맨스가 되었다. 친구들은 나에게 작은 손목시계와 큰 종이를 선물로 주었다. 종이에는 나의 이름 'Debbie'가 어떤 성격과 기질, 강점을 가졌는지 예쁜 일러스트와 함께 적혀있었는데, 그것은 그 후로도 나의 사무실에, 방에 계속 놓여져 내가 누구인지를 떠올리며 정신을 가다듬게 만들어주었다. 그만큼 멋진 단어들로 꽉 찬 나에 대한 설명은 지금까지도 다시 들어보지 못했으니…. 맘 로나는 나를 좋아했다던 그 시절 아이들의 이름도 전부 기억하고 있었다. 모두 어디론가 가버렸기에 그것은 일시적인 것이고 무엇이 진짜였는지 알 길은 없다. 우리에게는 진품과 가품을 구분하는 능력이 없는 데다가 명품을 가려내는 눈은 더욱 그러하고 20대에는 더더욱 그러하기 때문이다. 무엇이 진짜인지는 20년쯤은 더 흘러봐야 알 수 있을 것 같다. 20년이 지난 그때도 변하지 않고, 꺼지지도 않고, 마음에서 여전히 타고 있는 꿈이나 우정이 있다면 그것이 진짜다. 그 시절 그 동네에는 인구밀도가 희박하여 여학생들도 그리 많지 않았으니 누구라도 그랬을 법하고, 어느 시절엔가는 모두에게 그런 일들이 있었으리라. 맘 로나는 에피소드들의 자세한 구석마저 기억하고 계셨는데 나의 기억력이 일흔 다섯 살의 그녀만 못한 것 같았다.

"젊은 날의 일들은 다 부질없는 거라고 사람들이 이야기하지만요. 그래도 그 시절이 참 좋았어요 그렇죠? 즐거운 기억이잖아요. 다시 돌아갈 수 없는…."

'다시 돌아갈 수 없는(irreversible)'이라는 단어 하나를 말하는데 금세 눈에 눈물이 들어찬다. 그리고 지금 이 순간도 곧 다시 돌아갈 수 없는 시간이 된다.

나는 그곳에 방문할 때마다 집 정원에서 딴 꽃들로 꽃 한 다발을 만들어 로나와 함께 알랜의 산소에 방문하곤 했는데 이번에도 역시 잊지 않고 들렀다. 무덤의 비석에는 그가 남긴 어떠한 업적도, 혹은 패션 사진가로서 한 시대를 살았던 것도 적혀있지 않다. 오직 '사랑 받았던(beloved) 로

나의 연인이었고 남편이었다'는 것만 적혀있다. 그의 주변에도 수많은 비석이 있었다. 비석에는 환한 미소를 짓고 있는 고인의 사진들이 저마다 박혀있었는데, 왠지 모르게 쓸쓸하고 가여운 마음이 쓱 등 뒤를 쓸어내리고 지나간다. 모두 누군가에게 사랑 받았던 흔적이 새겨져 있다. 누군가의 연인, 누군가의 엄마, 누군가의 아빠로 말이다. 알랜이 생전에 말했던 것처럼 사랑은 한 사람의 인생인 것 같았다. 삶은 성취의 스토리인 줄 알았는데 알고 보니 러브스토리다. 치열하게 살아가고 있는 시점에 필요한 온갖 학위와 공로, 명예와 직위, 가진 돈의 액수가 하나도 적혀지지 않는 것이 무덤의 비석이었다. 죽음의 순간에는 이루어냈던 모든 것들이 마치 인어공주의 물거품처럼 변해 그 어느 하나도 내세우며 자랑하지 못하고 함께 묻힌다. 그래서 처음 세상에 나갈 때 느끼는 그 두려움은 용기와 성취로 바꿔야 하지만 마지막에는 사랑으로 전환시켜야 하는 것이다. 그리고 덩그러니 한 문장만이 남는다. 그 문장에 누가 들어갈 것인가. 그 한 문장만을 남기는 것이 아쉬워 사람들은 살아있는 동안에 그리도 많은 이야기를 만들어내고 책을 쓰고 그림을 그리고 노래와 시를 만들며 야단법석인지도 모른다.

"내가 하늘나라로 가면 말이야, 나의 시신을 알랜 위에 눕혀달라고 변호사에게 말해두었단다. 그렇게 다시 한 몸으로 하늘나라에 가고 싶으니까 말이야."

진정한 사랑은 결코 실패하는 법이 없으니 반드시 꼭 얻게 되는 것이었다. 하늘나라에 이르기까지.

　며칠 후 비가 좀 잦아든 날에는 오크베일 농장으로 피크닉을 떠났다. 캥거루며 코알라, 웜뱃, 공작, 염소, 양, 황소, 이뮤, 라마 등 모든 동물들이 사육장에 갇혀 있지 않고 사람과 한 공간에 있는 농장이라 자연 야생의 상태 그대로의 기쁨을 맛볼 수 있는 곳이다. 비가 와서 농장이 반쯤 물에 잠겨 입장료를 반이나 깎아주었다. 농장 바닥이 제법 질퍽했지만 아이들은 전혀 개의치 않고 물과 풀밭 사이를 뛰어다니며 즐거워했다. 동물들과 직접 교감하는 시간을 충분히 만끽하고 돌아오는 길에 우리는 기념품으로 부메랑을 하나씩 샀다. 그리고 해변 앞의 넓디 넓은 푸른 초원에서 부메랑 던지기 놀이를 했다. 서울에 돌아가면 과연 어디에서 이 부메랑 던지기 놀이를 할 수 있을지 마땅히 떠오르는 장소가 없어서 일단 여기에서 실컷 해보기로 했다. 부메랑 던지기는 온전히 드넓은 곳에서만 가능하다. 던진 부메랑이 어디를 거쳐 다시 나에게 돌아올지 모르기 때문에 생각의 공간을 넓게 두어야만 던질 수 있는 것이다. 다른 편의 초원에서는 야외 결혼식이 시작되려 하고 있었다. 자연상태로 준비된 꽃 장식, 푸른 잔디 속에서 그들은 의자만 덜렁 들고 와서 여유롭게 준비를 하고 있었다. 원래 결혼식이란 그렇게 간단한 것이었다.

　다시 랜킨 파크 집으로 돌아온 우리는 오전 내내 집 앞 정원에 쪼그리고 앉아 잡초를 제거하는 일을 했다. 태양이 어찌나 강렬한지 얼굴을 가려야 한다는 생각이 간절했지만 한동안 그렇게 햇빛 샤워를 하며 잡초를 뽑았다. 정원이 그날따라 넓게 느껴졌는데 시원한 망고 주스가 새참처럼 대기하고 있다가 우리를 시원하게 위로해주었다. 그리고 마지막 노동의 선물은 파슬리 씨앗이었다. 나는 손가락 끝으로 후루룩 훑어 파슬리 씨앗을 작은 상자에 담았다. 파슬리 씨앗은 서울의 우리 집 화분에 심겨져서 5개월을 컸는데, 단 한 끼의 오믈렛에서 그 당당한 추억의 몫을 피워냈다. 문익점이 목화씨를 붓 뚜껑에 담아 온 것이 연상되어 '풋'하고 웃음이 나왔지만, 얼마나 먼 거리에서 온 스토리가 담긴 한 끼였는지, 먹기가 아까워 한참을 들여다보고 있었다.

사랑, 그 외에는 설명할 길이 없는

꿀처럼 단 잠에서 막 일어난 일요일 아침, 호주에 있는 제임스에게서 한 통의 문자가 도착했다.

'데비, 오늘 아침 우리 가족의 모습이에요. 아이들이 정말 많이 컸지요? (웃음&하트)'

문자와 함께 온 사진 속에는 그의 아내 조우, 그리고 그의 한국 아이들 세 명이 너무나 활짝 웃고 있었다. 제임스 가족의 미소를 보고 있으니 내 얼굴에도 그 행복한 미소가 번졌다. 제임스 가족은 아이들의 고향인 한국을 알려주고 체험하게 해주기 위해서 2년에 한 번 정도 한국을 찾는데, 나는 그들을 호주와 한국에서 번갈아 가며 만나서 그런지 오래 떨어져 있지 않은 기분이었다. 이번 호주 방문길에는 제임스의 가족과 꼭 시간을 함께 보내기로 했다. 우리의 첫 만남은 시드니의 불꽃 축제에서였다. 시드니의 작은 아파트에 제임스의 가족과 우리 가족, 맘 로나, 그리고 리타 아주머니까지 모두 모여 캠핑을 하듯 파스타와 수프로 저녁 식사를 만들어 먹고, 한 해가 가는 시간의 끝에서 불꽃을 보며 함께 보내기로 한 것이다. 신나고 들뜬 기분이 벌써 불꽃처럼 튀어 올라 아이들은 제어가 잘 되질 않았다. 오페라 하우스와 하버 브릿지가 정면에서 보이는 명당 자리인 키리빌리 베이로 걸어가는 길은 대부분의 불꽃 축제가 그렇듯이 수많은 인파로 북적이고 있었다. 엄마를 꼭 붙잡지 않으면 국제미아가 되기 십상이라고 아무리 이야기해도 아이들은 신이 나서 성큼성큼 앞으로 걸어갔고 우리는 아이들을 쫓아가느라 바빴다. 잔디밭에 담요를 깔고 앉아 터지는 각국의 불꽃을 보며 새해를 맞는, 잊을 수 없는 거대한 추억이 우리를 저만치서 기다리고 있었다. 사람들은 보통 아침이 오기를 기다리지만 우리는 지금 밤이 오기를 기다린다. 하늘이 먹색이 되어야 불꽃은 힘을 발휘하니 어둠이 하늘을 메워주어야 모든 준비가 끝난 것이다. 드디어 불꽃이 터졌다. 사람들은 일제히 자기도 모르게 환호성과 탄성을 지른다. 예쁘게 밤 하늘을 수놓는 불꽃을 보며 나를 힘들게 했던 모든 일과 사람들은 불꽃 속에 보내 날려버리고, 우리는 이번 한 해도 잘 살아내었다고 서로를 격려했다. 그리고 나도 누군가의 삶에 불꽃 같은 환희를 안겨주는 그런 삶을 살아야겠다고 다짐했다. 아이들은 불꽃 아래에서 신나게 숨바꼭질과 나무타기를 하고, 우리는 하늘에서 대포처럼 터지는 불꽃을 하염없이 바라보며 무아지경의 밤을 보냈다.

다시 랜킨 파크로 돌아왔을 때, 이번에는 제임스가 그의 집으로 우리 가족 모두를 초대해주었다. 이른 아침, 맘 로나가 만드는 익숙한 오트밀 브륄레(brulee)가 보글보글 끓는 냄새가 났다. 이곳에 오면 항상 아침 식사로 먹는 이 간단한 음식이 드디어 고향에 왔다는 느낌을 한껏 주었다. 오트밀이 끓는 냄새와 샐러리를 볶는 냄새는 어디에 있든 항상 나에게 이 집을 기억나게 한다. 마치 프루스트 효과(proust phenomenon)처럼 말이다. 아침 식사를 마치고는 제임스의 집으로 갈 채비를 했다. 수영장에서 놀 수 있게 아이들의 수영복을 준비하고 한국에서부터 가져온 선물을 챙겨 그의 집으로 향했다. 호주는 땅이 넓고 인구가 적어 1인당 차지하는 면적이 넓기로 유명한데, 제임스의 집 역시 일곱 식구와 커다란 강아지 피피가 살기에 충분하고도 남을 만큼 넓었다. 흡사 유럽의 어느 성처럼 커다랗고 웅장한 곳이었다. 예전에 호주 친구 소피의 집에서 여름방학을 보냈던 기억이 있는데, 집이 너무 넓어서 집 안에서 길을 잃기도 하고 저녁 식사 시간이 되면 각 방에 인터폰으로 방송을 하는 광경을 본 적은 있으나, 제임스 가족은 항상 소박하고 검소한 모습이었기에 더욱 놀랍고 감동적이었다. 이렇게 끝도 없이 넓은 집에 다섯 명의 아이들 방을 비롯해 별채로 붙어있는 커다란 세탁실, 리조트만큼이나 큰 수영장, 강아지의 집에 이르기까지, 주부의 일이 얼마나 많을지 가히 상상이 되지 않았다. 그런데

브륄레(brulee): 오트밀과 우유를 넣고 끓인 죽을 말한다.

프루스트 효과(proust phenomenon): 프랑스의 작가 마르셀 프루스트의 『잃어버린 시간을 찾아서』에서 유래된 말로 특정한 냄새를 맡을 때 추억을 떠올리게 되는 현상이다.

믿기지 않는 일은 조우가 자신의 일을 하는 엄마라는 사실이었다. 다섯 명의 아이들을 돌보며 직장 일을 해내는 조우의 일상은 어떤 모습일지…. 한 벽면의 칠판 가득 일주일의 스케줄이 빼곡히 적혀있었다. 자신이 낳은 벤과 사라, 그리고 한국에서 입양한 아이들 셋까지 그녀가 해야 할 일은 대략 백만 스물한 가지처럼 보였다. 그러나 그녀는 늘 침착하고 차분하게 작은 일까지 세세하게 챙기는 일이 하나도 힘들어 보이지 않았다. 나의 일상은 그녀 앞에서 꼬리를 푹 내려야 하는 정도였다. 나에게 제임스의 가족은 살아 있는 『작은 아씨들』과 같은 스토리이다. 다섯 명의 아이들이 가지는 제 각각의 개성, 그리고 사랑의 나눔을 보고 있으면 늘 그 소설이 떠올랐다.

"아이는 하나만 키우는 것도 엄청난 에너지가 드는데 어떻게 세 명을 더 입양할 생각을 한 거죠?"

입양된 아이들은 정신적인 트라우마를 갖고 있는 경우도 있어서 치료 프로그램에 참여하는 일도 칠판의 스케줄 안에 들어있었는데, 제임스와 조우는 당연하다는 듯 이렇게 대답했다.

"글쎄요… 사랑, 그 외에는 설명할 길이 없을 거 같아요."

갓난 아이를 키우며 잠이 부족해서 힘들어하던 조우의 얼굴이 스쳐갔다. 그건 나에게도 사랑, 그 외에는 설명할 길이 없는 모습이었다.

우리가 도착하자 나만 한 크기의 강아지 '피피'가 폭신폭신해 보이는 털을 아래 위로 흔들며 펄쩍펄쩍 뛰면서 맞아주었고, 제임스는 여자들이 수다를 떨며 집을 구경하는 동안 정원 데크에서 소시지 바비큐를 굽기 시작했다. 아이들은 이미 겉옷을 벗어둔 채 수영복 차림으로 물 속에서 공놀이를 시작한 뒤였다. 점심은 구운 양파와 바비큐 소시지, 그리고 파인애플과 향긋한 채소들을 곁들인 핫도그였다. 우리는 길다란 식탁에 모여 작은 손을 모으고 식전 기도를 한 뒤 함께 핫도그를 먹었는데, 생애 최고로 맛있는 핫도그였다. 피피와 아이들은 리조트에 온 것처럼 하루 종일 수영장과 풀밭을 넘나들며 뛰어 놀았고, 우리는 저녁 식사까지 함께하며 즐거운 한때를 보냈다. 산더미처럼 쌓아 올린 열대 과일과 코코넛 가루를 입힌 레밍턴 케이크를 함께 디저트로 먹으며 수영하는 아이들을 창문 너머로 바라보고 있던 맘 로나가 말했다.

"실패하지 않는 사랑, 조건 없는 사랑은 말이야. 히브리어로 '헤세드(hessed)'라고 한단다. 옛날에 어떤 왕이 있었어. 그런데 그 왕의 아들이 큰 죄를 지었단다. 매를 맞아 죽임을 당하는 형벌을 받아야 하는 죄를 짓고 만 거야. 한 나라의 왕으로서 법을 집행해야 하지만 차마 그럴 수 없어서 왕은 너무 괴로웠지. 아무리 죄를 지은 아들이라고 해도 여전히 사랑하는 아들이잖아. 이 왕은 과연 어떻게 했을까?"

"글쎄요. 정말 어려운 이야기인걸요. 저라면 어떤 선택을 할지. 도저히…."

"그렇지? 왕은 죄를 지은 아들을 껴안고 자신이 대신 그 형벌을 받았단다. 그것이 정의와 사랑을 같이 이룰 수 있는 유일한 방법이었으니 말이야. 그러니까 이건 정의에 관한 이야기가 아니라 은총에 관한 이야기인 거지.”

나는 그날 키에르케고르(Kierkegaard)의 『사랑의 행함(Works of Love)』에 나오는 '더 높은 사랑(higher love)'이란 이런 것이 아닐까 생각했다. 맘 로나가 나에게 주는 사랑, 제임스와 조우가 아이들에게 주는 사랑…. 그렇다면 나도 그런 더 높고 더 큰 사랑을 할 수 있는 사람이 되어갈 수 있지 않을까 생각했다.

다음 날은 완다 가족과 함께 보내기로 했다. 완다는 나와 함께 로나의 딸이 되었으니 우리는 저절로 자매가 된 셈이다. 제임스의 집이 리조트라면 완다의 집은 그 자체로 동물원이었다. 그녀의 집에는 '퀸즈랜드룸'이라고 부르는, 아주 널찍한 아웃도어 공간이 있는데, 그곳에는 네 마리의 로리킷(lorikeet)'이 살고 있어서 집 안 어디나 새가 날아다닌다. 디디, 치키, 파비오, 나나. 모두 완다와 그녀의 딸인 사라가 돌보는 로리킷들의 이름이다. 완다는 '도미노'라는 달마시안 강아지도 키웠는데 12년을 살다가 얼마 전에 죽었다고 한다. 집 한 켠에는 도미노의 초상화 그림이 큰 공간을 차지하며 붙어있었다. 완다의 남편인 트레버는 집을 고치는 데 탁월한 재주가 있어서 다른 사람의 도움을 받지 않고도 욕실을 고치고 방을 합치는 등 집을 아름답게 만들어 가고 있었다. 그리고 그들의 딸 사라는 교육대학

' 로리킷(lorikeet): 호주에서 주로 서식하는 앵무새류의 새를 가리키며 작고 밝은 색이 특징이다.

학생으로 아이들을 가르치는 선생님이 되기 위한 준비를 하면서 집안의 새들을 돌보는 일을 맡았다고 했다. 완다는 1950년대 밀크바(milk bar)* 의 분위기를 재현한 부엌에서 저녁에 먹을 레트로 스타일의 음식을 준비했다. 음식을 만들 때에도 새들은 날아와서 그녀의 어깨에 살포시 앉아 음식 만드는 것을 지켜보는 듯 한참을 머물다 가기도 했다. 그 장면은 마치 팀버튼의 판타지 영화 속에 들어와 있는 느낌을 주기도 하고, 로알드 다알의 소설 속에 들어와 있는 느낌을 주기도 했다. 사라는 새 '나나'가 다리를 다쳐서 동물병원에 다녀오는 중이었다. 나나의 다리에 아주 미세한 줄이 박혀서 빼냈는데 자칫 잘못해서 신경을 건드렸으면 다리를 못쓰게 될 수도 있다고 했다. 우리는 그 주제로 한참 이야기를 나누었는데, 가족들 모두 매우 심각한 상황이었다. 우리는 곧 새들이 잔뜩 살고 있는 블랙벗 리저브 공원에 가기로 한 터라, 나나를 그 공원에 다시 놓아주어야 하는 건지에 대해 조금 더 상의를 하고 집을 나섰다. 가는 길에는 '앤디네 가게'에 들러서 피쉬앤칩스를 산더미만큼 사서는 피크닉 가방에 넣고 공원으로 향했다. 공원 곳곳에서 생일 파티가 열리고 있어 알록달록한 색깔들이 많았는데, 조용한 우리의 테이블에는 공작새들이 걸어와서 그 깃털을 펼쳐주니 다시 천연 피크닉 배경이 되었다. 다섯 마리의 오리 가족, 로리킷을 비롯한 다양한 종류의 새들, 왈라비와 올빼미가 이날은 우리와 함께해

---

* 밀크바(milk bar): 호주의 도시 외곽에 우유나 신문, 밀크세이크나 간단한 음식을 팔면서 사람들이 이야기를 나누는 바 분위기의 스토어이다. 1930년대에 영국에서 처음 생겨나 호주, 미국 등지로 퍼져나갔다.

주었다. 그리고 완다는 공원지기와 심각한 대화를 나누었다. 나나를 살려서 이곳에서 더 자유롭게 살게 해주는 방법을 논의하는 것이었다.

집에 돌아온 우리는 재료를 가득 넣어 두툼하게 만든 라자냐를 구울 준비를 했고, 아이들은 사라와 함께 퀸즈랜드룸에서 새 모이를 주다가 구식 팩맨 게임기 앞에 다 같이 모여 게임을 즐겼다. 완다는 아이들을 위해 젤리나무를 만들어서 식탁에 놓았는데, 덕분에 어른이고 아이고 할 것 없이 젤리나무에서 젤리를 따 먹으며 헨젤과 그레텔이 된 듯한 한때를 보냈다. 한 조각만 먹어도 든든한 완다표 라자냐와, 커스터드 그리고 휘핑크림을 잔뜩 얹은 트라이플을 디저트로 먹으며 우리는 꽃과, 새와, 집에 대한 이야기를 나누었고, 곧 짐바브웨로 아이들을 가르치는 봉사를 하러 떠날 사라의 계획에 대해 이야기했다. 나의 현실로 돌아가면 사람들은 주로 정치나 금리, 부동산 이야기를 하기 때문에 지금 여기서 나누는 이야기는 비현실적인 내 삶의 한 챕터로 남을 수 있도록 북마크를 끼워 놓는다. 언제든 다시 꺼내 보며 행복해 할 수 있도록.

다음 날은 맘 로나가 쉬고 싶어했기에 아이들과 나만 길을 나섰다. 지하철 같은 것은 아예 없고 도무지 버스도 잘 다니지 않는 이곳에서 운전을 하지 않고, 또 핸드폰의 '길찾기' 기능도 없이 길을 나서는 것은 참 어려운 일이었다. 하지만 우리는 일단 버스 시간표 하나를 손에 쥐고 숲 속

길을 걷는 것을 택했다. 게다가 이 동네는 학교 방학 기간에 버스 한 대를 놓치면 하염없이 기다려야 하는 일이 다반사라, 오늘 외출에서 가장 큰 과제는 일정에 맞춰 버스를 타는 일일 것 같았다. 버스를 타고 꼭 20년 전 1년을 머물렀던 대학교에 내려서 아이들과 캠퍼스를 걸었다. 그때는 없었던 울루투카 원주민 문화센터에서 호주 원주민들의 삶을 연구하는 곳을 살펴보고, 현대적으로 단장한 도서관에 들러서 한참 동안 책을 읽었다. 고서가 마치 플라타너스 나무들처럼 양쪽에 늘어서 꽂혀있는 모습은 그 자체로 장관이었다. 어릴 적 도서관은 나에게 더 없는 기쁨을 주는 놀이터였기에 도서관의 모습은 그 자체로도 나에게 묵직한 행복감을 가져다 주었다. 책을 좋아하는 딸아이는 그 오래된 책들을 골라서 몇 권을 가지고 나와 크게 숨을 들이마시며 먼지가 앉고 종이의 질감도 푸석푸석하기 짝이 없는 고서에서 나는 냄새를 맡았다.

"엄마, 저는 이 오래된 책의 냄새가 너무 좋아요!"

디지털 게임에만 빠져 있는 줄 알았더니 요즘 아이 같지 않게 종이의 질감과 냄새를 좋아한다는 것을 알게 된 순간 내 딸이 갑자기 낯설고 신기하게 느껴지기까지 했는데, 바로 나의 어린 시절이 떠올라서 씽긋 웃어주었다. 이 도서관에 오지 않았다면 결코 이 아이의 새로운 면을 알지 못했으리라. 야외놀이터에 나와서는 벽에 걸린 거대한 체스판으로 체스놀이를 했고, 많이 걸은 뒤의 허기는 시나몬 도넛으로 달랬다. 20년 전 쇼핑몰의 한구석에 있던 도넛 가게에서 먹었던 시나몬 도넛이 아직까지 잊어지지 않아서 기억을 더듬어 찾아간 것이었다. 그때만 해도 이름조차 없었던 그 도넛 가게는 이제 호주 전역에 프랜차이즈를 갖고 있을 만큼 성장해 있었다. 20년의 세월은 한 귀퉁이에 있던 이름없는 것을 유명하게 만들 수 있는, 그런 긴 세월이었던 모양이다. 나에게는 축지법을 쓴 듯 짧게만 느껴지는데 말이다. 아이들도 예전의 내가 그랬던 것처럼 그 도넛을 무척 좋아했다. 이곳을 떠나기 전에 도넛을 한 번 더 먹는 일이 아이들과 나의 미션이었을 정도였다. 다시 버스를 타고 우리는 영화관으로 향했다. 〈주토피아〉라는 애니메이션 영화를 보고 나오는데 다른 동물들보다 한참은 느리게 말하는 나무늘보의 장면이 너무 재미있어서 계속 그 장면의 대사를 따라 말하며 아이들과 장난을 쳤다. 드디어 집으로 가는 버스를 타려고 오르는 순간, 교통카드가 없는 나는 동전과 지폐를 꺼내서 아이들과 나의 버스 값을 내고 있었는데, 버스 기사 아저씨는 나와 아이들에게 친절하게도 자신이 얼마를 받았고, 얼마를 남겨줘야 하는지를 설명해주었다. 다른 승객들이 버스 안에서 기다리고 있는데도 아랑곳하지 않고 기사 아저씨는 나와 아이들 한 사람, 한 사람 모두에게 그것도 아주 천천히 설명하면서 동전을 하나하나 세어서 손바닥 위에 떨어뜨려주었다. 아니 이게 무슨 일인가! 그리고 그 시간 동안 불평하는 승객들이 아무도 없었다. 버스 값을 모두 지불하고 자리로 돌아오자 아이들은 참고 있던 웃음을 크게 터뜨리며 말했다.

"엄마, 기사 아저씨가 나무늘보 같아요! 하하하."

진짜로 그랬다. 〈주토피아〉가 현실이 된 듯 그날 우리는 다 함께 웃지 않을 수 없었다. 버스를 기다리고 이동하는 긴 하루가 그렇게 잘 마무리되고 있었는데 뭔가 이상했다. 버스가 가는 방향이 익숙지 않은 것이다. 불안한 마음에 기사 아저씨에게 랜킨 파크로 가는 버스가 맞는지 물어보았다.

"랜킨 파크? 잘 모르겠는데요."

아니, 이 작은 도시에서 랜킨 파크를 모르다니. 어떻게 이런 일이 있을 수 있을까. 같이 탄 승객들에게도 물어보았는데 그들 역시 모른다는 것이다. 핸드폰으로 검색이라도 해보고 싶었지만 그때 내가 갖고 있는 핸드폰은 오로지 전화를 걸고 받는 기능만 되는 핸드폰이었다. 우리는 동화 속 미궁에 빠진 소년소녀 모험단이라도 된 듯 무작정 길가에 내렸다. 허허벌판. 이 나라는 너무 넓고 사람은 너무 없었다. 마침 오고 있는 버스에 물어보니, 우리는 갈아타야 하는 버스를 계속 타고 가고 있었다는 사실을 알게 되었다. 아이 둘을 데리고 하마터면 숲 속에서 망연자실 했을 순간을 가까스로 모면하고, 다시 버스를 타고 갈아타서 마지막에는 맘 로나에게 SOS를 보내 마침내 집에 도착했다. 『15소년 표류기』를 수십 번도 넘게 읽은 딸아이가 말했다.

"괜찮아요. 모험을 한 번 경험한 거죠. 다행히 구조되었잖아요!"

맘 로나는 말했다.

"내가 이야기했잖니. 왼쪽으로 나갈 때는 222번, 오른쪽으로 나갈 때는 224번을 타야 한다고 말이야!"

그녀의 인도네시아 액센트가 유난히 도드라지게 들렸다. '222(뚜뚜뚜), 224(뚜뚜뽀)'라고 말이다. 그 이후로 내가 잠깐이라도 길을 헤매는 일이 생기면 아이들은 한 목소리로 장난스럽게 외쳤다.

"엄마 기억해야죠. 뚜뚜뚜 & 뚜뚜뽀!"

우여곡절 끝에 무사히 집에 도착한 우리는 이윽고 마지막 만찬의 순간을 맞이했다. 리타 아주머니가 아이들의 접시에 조금씩 먹을 것을 떠놓아 주시면서 물었다.

"충분한 양이 되면 '추큽'이라고 말하렴."

"네? 추큽? 그게 무슨 뜻이에요?"

"인도네시아어로 '충분하다(enough)'라는 뜻이지."

"아, 그렇구나"

아이들은 발음이 재미있어서 그런지 계속 따라 말했다.

"추큽! 추큽!"

이 순간 나에게 주어진 것들이 저절로 추큽을 외치게 했다. 나에게 보내진 천사 같은 사람들, 매끼의 식사, 사랑이 충만한 공기, 즐거운 이야기, 그 은총이 나에게 진정으로 추큽이었다. 아이들도 말했다.

"엄마, 이 정도면 정말 추큽!"

밥을 다 먹은 아이들은 여기에 와서 스스로 개발한, 정원에 있는 거미줄에 낙엽을 던져 잘 붙으면 점수를 매기는 '자연 속 다트 놀이'를 했다.

거미줄이 어쩌나 크고 튼튼한지 다트놀이로 손색이 없었고, 낙엽이 척척 거미줄에 붙을 때는 큰 아이, 작은 아이 모두 신이 나서 소리를 질렀다. 거미줄은 잘 보이지가 않으니 낙엽이 붙은 거미줄은 마치 낙엽이 공중에 떠 있는 착각을 하게 만들어서 사진을 찍으면 정말 마법이라도 부린 것처럼 낙엽이 공중 부양된 상태로 나왔다. 낙엽을 던지며 웃고, 사진을 보며 또 한 번 웃음보가 터지는 아이들…. 거미가 거미줄을 만드는 것을 처음부터 끝까지 지켜보면서 거미가 얼마나 정교하고 수학적인 방법으로 집을 짓는지를 알아내고는 흥분하면서 나에게 그 이야기를 들려주기도 했다. 아이들은 지치지도 않는지 디저트로 먹은 과일의 씨앗을 누가 멀리 뱉나 하는 게임도 했다. 널따란 정원이 있어서 가능한 일이다. 그 씨앗이 정원의 어딘가에 뿌리를 내리고 무엇이 되어 자랄까 하는 이야기를 나눈다. 아이들의 손에서 디지털 게임이 사라졌던 한달 남짓의 시간은 어느새 그렇게 새로운 게임으로 대체되어 있었다.

비행기를 타기 위해 집을 나서는 그 새벽의 하늘에서는 흐드러지게 박힌 별들 사이에서 별똥별이 수없이 떨어지고 있었다. 내가 살고 있는 곳에서는 결단코 볼 수 없을 것이 분명한, 이 선명하지만 꿈을 꾸는 듯한 별똥별이 칠흑 같은 하늘에서 긴 선을 그리며 순식간에 떨어졌다. 그럴 때마다 아이들과 나는 꼬리를 흔들며 기뻐하는 강아지처럼 어쩔 줄을 모르고 좋아했다. 호주에서의 이번 여름은 비가 온 날도 많았는데, 그날 화창하게 갠 하늘은 우리를 위해 마지막 선물로 별들을 후드득 뿌려주고 있는 듯했다.

"엄마, 이건 너무 낭만적이에요."

아이들이 한 목소리로 말했다. 우주를 선물로 받은 날이다. 우리를 지켜보던 리타 아주머니와 맘 로나는 하늘의 별들을 보는 것만으로도 이렇게 좋아하다니 우리를 기쁘게 하는 일은 누워서 떡 먹기 같다고 했다. 그런 하늘을 보는 것은 그들에게는 일상과도 같다면서 말이다. 마지막 날의 피날레는 우리가 생각하지도 못하고 기대하지도 않았던 기발한 축제가 되어 우리를 환송해주었고, 이내 헤어짐의 눈물이 마치 또 하나의 별똥별처럼 모두의 얼굴을 타고 빛나며 떨어졌다.

그렇게 천천히, 나를 둘러싸고 있는 것들에서 잠시 벗어나 삶의 멘토를 찾아가고 헤세드의 사랑을 가진 사람들을 충분히 만끽하는 시간은 그동안 닳아진 엔진오일을 갈아 끼워주고, 윤활유를 주는 최고의 방법이 되었다. 컴퓨터와 디지털 기기에 점령되어 어느 병원을 다녀도 낫지 않았던 나의 눈이 짙은 하늘의 별과, 나무들이 만들어내는 푸른 공기, 그리고 충만하게 넘치는 보살핌 속에서 거짓말처럼 나은 것은 설명할 나위 없이 덤으로 얻어진 것이고….

사랑이 문화가 됩니다

　행복은 자신의 소명에 응답하는 것이라고 꾸뻬 씨가 말했던가. 그런데 소명을 인생의 어느 때 찾는가는 그리 중요하지가 않다. 그것은 꼭 한 가지가 아닐 수도 있고 중간에 모습이 완전히 바뀌는 것처럼 느껴지기도 하며 인생의 곡선에서 꼭지점을 다시 찍을 때마다 각각 다른 단어로 나타나기도 한다. 자신의 소명을 찾아내고 알아채는 것은 우리에게 주어진 미로 찾기처럼 신비로운 일이라서 세상을 살아가며 꼭 경험해야 하는 비밀스런 장치라고 보면 된다. 그것은 어느 날 친구랑 같이 벚꽃 핀 봄 길을 신나게 걸어가다가 불현듯 스쳐가기도 하고, 계획에 없던 여행을 하다가 우연히 들른 모퉁이 집 아이스크림 가게에서 튀어나오기도 하고, 노숙자를 위한 배식 봉사를 하다가 마주치는 눈빛 안에서 보이기도 하고, 아무 생각 없이 누군가 나에게 말해준 단어 하나가 귀에 꽂혀 빠져나가지 않아 생기기도 한다. 스쳐가거나 튀어나오거나 보이거나 빠져나가지 않은 그 단어들이 모여서 머릿속에서 문장이 되고 그림이 되고 영상이 되어가면, 바로 그것이 소명이 되어 가고 있다는 신호이다. 소명을 늦게 찾는 사람들 중에는 서로 아무런 관련이 없어 보이는 직업들을 몇 개 혹은 여러 개까지 전전하는 경우도 있는데, 그건 소명을 위한 스토리보드 안에 있는 재료들일 뿐이다. 그 안에는 자신만이 가지는 재능이나 강점뿐만 아니라 꾹꾹 눌러 담아두었던 나의 상처, 아픔, 불편함, 아쉬움들이 모두 들어있기도 하다. 그래서 꿈꾸는 희망, 사랑, 기쁨, 감사가 두터운 띠를 두르고 있는 것이다.

　머릿속에 무언가가 자꾸 그림이 되어 가고 있을 무렵, 나는 다시 어둡고 매서운 바람이 반겨줄 1월의 코펜하겐을 찾았다. 그리고 나는 우리를 살아가게 해줄 빵을 벌기 위해 우선은 비즈니스 회의에 참석했다. 아침부터 밤까지 마라톤 회의와 교육이 이어져 북유럽 거인들도 고개를 절레절레 흔들며 꽉 짜인 일정 속에서 힘들어했지만 누구 하나 직접적으로 불평하는 이는 없었다. 짧은 시간에 많은 양의 정보를 얻어가려면, 그리고 우리를 먹여 살려줄 빵을 얻으려면, 이 정도의 스케줄쯤은 꾹 참아야 한다는 것을 모두가 국적을 불문하고 잘 알고 있는 터였다. 하고 싶은 일만 할 수 있는 삶을 부자라고 부른다지만, 그들에게도 누군가의 행복을 위해 힘든 시간을 참아내는 시절이 반드시 있었을 것이라 믿으며, 또 하루를 살아낸다. 매일 이어지는 미팅의 행군에 참여하기 위해 어느 날은 혼자 호텔 방에서 룸서비스로 파스타를 시켜 자장면처럼 먹으며 남은 일을 하기도 했다. 눈보라 휘날리는 깜깜한 겨울이어서 그런지, 교회 종소리가 뎅그렁 울리는 이 고즈넉한 곳이 이번에는 많이 힘겨웠다. 그동안 많은 문을 열어젖히며 살아온 듯한데 아직도, 여전히 또 다른 닫힌 문 앞에 서있는 것 같았다. 다시 또 당차게 문을 열며 살아야 하는데 마음엔 눈물이 넘실넘실한다. 다른 이들에게 그것이 보이지 않는 것이 다행인 지경이었다. 그 깜깜하고 고요한 호텔 방에서 친구가 보내준 〈그대 내게 행복을 주는 사람〉이라는 노래를 들었던 밤은 말로 설명하기 어려운 카타르시스의 순간이었다.

이제 다시 씩씩해질 시간이다. 이번 기업교육 세미나의 주제 중 하나는 과연 어떻게 이 비즈니스의 전쟁터에서 적군을 아군으로 만들 것인가와 같은 내용이다. 누가 '힘' 혹은 '권력'을 가지고 있는가를 재빨리 파악해내고 그의 반대편에 선 자는 누구인가, 내가 접근해서 비즈니스를 성공적으로 만들기 위해 도움을 줄 만한 사람은 조직 내에 누구인가 등을 파악하는 게임이 주를 이루었다. 우리는 즐겁게 가상전쟁을 하듯 이 비즈니스 게임을 즐기며 함께 웃었지만, 문화와 국경을 초월하여 존재하는 이 '힘' 대결의 구도에서 목표를 성취하기 위해 이렇게나 계산적이고 전략적인 삶을 살아야 한다는 사실이 남의 옷을 빌려 입고 선 것처럼 어긋나고 어울리지 않게 느껴지기도 했다. 이곳의 문을 열고 다시 현장으로 나가는 순간, 전략대로 되는 것은 불과 몇 퍼센트에 불과하다는 것을 이제는 잘 알고 있어서 그런지도, 혹은 여자인 나 혼자만 그렇게 느끼는지도 모른다.

전쟁을 하지 않고 사람의 마음을 얻는 비즈니스를 전 세계에 걸쳐 하는 것, 그것이 나에게 남겨진 숙제였다. 오대양 육대주의 비즈니스를 책임지고 있는, 이 스케일 큰 남자들도 길고 긴 하루의 회의가 끝나고 돌아오는 차 안에서는 누구라고 할 것도 없이 머리를 뒤에 기댄 채 다 떨어진 에너지를 조금이라도 보충하려는 듯 깊은 한숨을 내쉰다. 어떤 일이든 가족들을 위한 빵을 벌기 위해 살아간다는 것은 몸과 마음을 지치게 하지만 가장 기본적인 삶의 안전을 위해 무엇보다 숭고한 일이라고 여긴다.

"데비, 시차가 없는 우리들도 이렇게나 힘든데 당신은 대체 어떻게 버티고 있어요? 피곤하지 않나요?"

그들의 반도 안되는 작고 왜소한 하드웨어를 가진 나는 말할 나위 없이 힘겨웠지만, 세상은 일하는 여성에게 강한 체력 또한 요구한다는 것을 알기 때문에 나는 힘들다는 말을 밖으로 꺼내지 않았다. 옆 동료가 누구인지 확인하지도 않은 채 많은 양의 과제를 들었던 머리를 누군가에게 떨구고는 남자들의 수다를 가만히 엿듣는다. 회의 내내 의욕적으로 칼끝 같은 발언을 하던 그들의 생각이 드디어 집에 두고 온 가족을 향한다. 피부에 종양이 생겨 수술을 하고 누워있을 거라는 아내 걱정, 아이 넷을 돌보며 집에서 분주한 하루를 보내고 있을 아내 걱정, 대학시험 준비를 하고 있다는 큰딸 아이 이야기…. 어쩌면 생을 유지하기 위해 분주한, 이 세상의 한가운데에서 다시 살아가게 하는 사람들을 떠올리는 것이 그들에겐 다름 아닌 휴식이었다. 달리다가 쉼표를 찍을 때 머릿속에서 들여다 보게 되는 누군가가 있는 사람은 행복하다. 나는 딱 한 마디를 했다.

"아… 해를 제대로 본 지가 일주일은 되었잖아요. 태양이 그리워요…."

일주일 내내 해가 나는 것을 보기 어려운 곳에 있었더니 저절로 나온 말인데, 말하고 보니 태양과 아들의 영어 발음이 같아서 그런지 아들이 그립다는 말 같기도 했다. 그러자 옆에 있던 아너드가 말했다.

"그래요? 나는 해를 제대로 본 지 족히 두 달은 된 거 같은데. 하하."

그는 북유럽에서 사는 사람이니 그럴 만도 하리라. 어떤 사람의 불평이 더한 상황에 있는 사람에게는 사치스러운 것이 되기도 하니, 꺼냈던 불평을 도로 주머니 속으로 넣어야 할 때가 있다.

호텔 방에 돌아와 잠시 숨을 고르고 옷을 바꿔 입고는 저녁에 열릴 마지막 파티에 참석하기 위해 다시 몸을 일으켰다. 코펜하겐에서 제일 핫한 레스토랑들 중 하나라고 자부하는 곳에 모두 함께 모였다. 오렌지색 인테리어가 식욕을 자극할 만했지만, 익숙한 덴마크 음식의 향이 그날따라 왠지 겉돌고 있는 느낌이 들었다. 이제는 버틸 기력이 간신히 밑바닥을 긁어내야 남아있는 정도이기도 했고, 고향이 잠시 그리워져서 인지도 모른다고 생각하고 있었는데, 나와 함께 유일하게 여자인 스페인에서 온 페르난다가 옆에 다가와 앉으며 말했다.

"데비, 오늘 하루는 어땠어? 나는 쉴 틈도 없이 얼마나 많은 회의를 했는 지 오늘은 결국 두통약을 먹고 말았다니까. 이 거인 남자들을 당해낼 재간이 체력적으로는 불가능하니까 말이야."

드디어 공감할 수 있는 대화를 할 수 있게 되어서인지 다시 음식 맛에 생기가 돌기 시작했다. 이 세상 어디도 일을 하며 산다는 것은 숲 속 빈터를 거닐며 사색을 하거나 모닥불 앞에 앉아 뜨개질을 하는 삶과는 다르기 때문에, 현실에서는 그것이 가시가 돋은 덤불이 되거나 헤쳐나가야 할 뜨거운 풀무불이 되곤 한다. 가장 적게 일하고 평화로워 보인다는 북유럽에서조차도 말이다. 그럴 때마다 나는 마음 속에서 맑고 쾌활하게 흐르는 시냇물 소리에 귀 기울이는 법을 조금씩 터득해갔고 그게 내 자신에게 한 가지 자랑거리가 되고 있었다. 페르난다는 스페인이 얼마나 삶을 즐기는 문화가 발달되었는지에 대해 이야기하기 시작했고 옆에 있던 스페인 동료들도 그녀의 말을 거들었다. 유럽 사람들끼리 모여도 스페인이나 바르셀로나 이야기가 나오면 저마다 탄성을 지르는데, 그만큼 스페인은 훼손될 수 없는 특별한 분위기를 지니고 있는 곳이기에 모두가 동경한다. 나에게는 아직 상상 속에 머물러있는 곳이라 더욱 흥미진진해서 귀를 바싹 대고 들었다. 두통약 이야기를 언제 했는지 모르게 다시 에너지가 생긴다. 퇴근 후에는 밴드의 보컬리스트로 활동한다는 어느 스페인 동료의 이야기는 듣는 것만으로도 일에서 벗어나고 싶은 저녁을 근사하게 채워주었고, 와인이 그들의 문화에서 차지하는 비중에 관한 소소한 이야기부터 카탈루냐의 독립 논쟁에 얽힌 이야기까지 방대한 대화가 마치 넘버링이 된 판화가 차례차례 찍혀 나오듯 다른 색상을 뿜어내며 계속 이어졌다. 천장이 낯은 레스토랑이 수많은 이야기들과 저마다의 목소리로 가득 채워져 온통 다양한 소리들로 울려대고 있을 무렵, 페르난다가 나에게 다른 큰 목소리들과는 차별화되는 나직한 목소리로 말하기 시작했다.

"실은 11년 전의 나는 말이야. 정말 힘든 시기를 보내고 있었어. 너무 어린 나이에 철없이 했던 결혼 생활이 끝이 났고 나는 겉잡을 수 없는 방황의 시간을 보낼 수밖에 없었거든. 그런데 그즈음 사무실에서 커피를 뽑으러 사내 카페테리아에 갈 때마다 마주치는 남자가 있었어. 우리는 그냥 잠깐 눈인사를 나누었고, 그렇게 헤어졌지. 그런데 자꾸 같은 시간에 마주치게 되더라고. 그래서 조금씩 대화를 하게 되었어. 그는 참 배려심이 많고 따뜻한 사람 같았어. 그런데 어느 날 팔에 작은 타투를 하고 나타났지 뭐야. 작은 천사 같은 모양이었는데 그날 자신의 팔을 나에게 불쑥 보여주며 이렇게 말하는 거야. '이게 바로 당신이랍니다'라고 말이지. 어머나, 그가 나를 좋아하고 있었다는 걸 나는 그날 알게 된 거야."

"어쩜, 너무 로맨틱하다. 그렇게 고백할 수도 있는 거구나! "

"그렇지? 그는 지금 나의 남편이 되었단다. 집에서 오매불망 엄마를 기다리고 있을 두 아이들도 생겼고 말이야. 그리고 그는 여전히 로맨틱해. 지금의 나는 정말 행복하고. 이 행복이 계속 되길 바랄 뿐이야. 우리는 노력하고 있으니까. 11년 전 나의 삶을 돌이켜보면 지금과 너무 달라. 그때는 죽고만 싶었는데 지금은 천국에 살고 있는 것 같거든."

이 이야기를 듣지 않았다면 나는 그녀가 그냥 제품의 실험 결과를 보고하는 일을 하는 사람 정도로 알았을 텐데 그날 밤의 이야기 덕분에 그녀가 비로소 한 사람으로 다가왔다. 그녀를 다시 살아가게 하는 시간은 그 작은 카페테리아 안에 준비되어 있었던 것이다. 전혀 예측할 수 없는 그런 곳에서 그 시간을 맞이한다는 것이 마치 미로를 찾는 게임인 듯 오묘하게 느껴지지만 그렇기 때문에 뜻밖의 감사함이 찾아오는 것이다. 그리고 우리는 동의했다. 그러니까 삶은 더 살아보아야 하는 거라고, 힘들다고 아무 데서나 끝내면 안 된다고 말이다.

그날 밤의 파티는 줄기차게 나오는 와인과 사람들의 꼬리를 무는 천일야화 때문에 끝이 나질 않았다. 간절히 쉬고 싶어하는 몇몇 사람들과 눈짓으로 신호를 주고받고는 먼저 무리를 지어 나와 택시를 타고 호텔방으로 가기로 했다. 그런데 다시 각각 자신의 나라로 흩어질 동료들과 포옹을 나누는 일은 또한 하나의 의식처럼 길고도 길었다. 시차는 아직도 제대로 적응되지 않았는지 지구는 계속 반대편 시간의 시그널을 나에게 보내고 있었고, 중간에 쉬어가는 틈도 없이 수많은 숫자와 목표치를 머릿속에 밀어넣은 상태로 마지막 파티를 빠져 나왔다. 몰려온 피곤함은 두 눈동자 위를 떠날 생각이 없었고 늦은 회식으로 머리 위가 윙윙거리는 것처럼 아파왔지만, 다음날 아침 일찍 나는 코펜하겐 외곽에 있는 한 학교에 방문하기로 약속해둔 터라 아직 긴장을 풀 때가 아니었다. 아주 오래 전에 덴마크의 친구가 나에게 얼핏 이 학교에 대해 이야기해준 적이 있었는데, 그 이후로 내 머릿속에서는 그 학교가 빙빙 돌아 떠나질 않았다. 어른이 되기 위해, 그리고 예술이 되는 사람이 되기 위해 꼭 필요한 학교. 외교 상황에 상관없이 전 세계 사람들이 모여 가족이 되는, 그리고 내가 좋아하는 것들이 한꺼번에 들어있는 선물 상자 같았던 어른들을 위한 마법 학교였다. 이번에는 그곳에 꼭 가보리라 결심했던 나의 의지는 모든 육체의 연약함과 한계를 무너뜨리고, 춥고 어두운 북유럽의 겨울을 뚫고 동이 트기 한참 전 새벽녘에 눈을 번쩍 뜨고 일어나 중앙역으로 향할 수 있게 해주었다.

코펜하겐역에서 엘씨뇨로 가는 기차를 타고 눈 덮인 지붕들만이 간간이 보이는 깜깜한 밖을 쳐다보며 졸다 보니 한 시간이 채 지나지 않아 곧 엘씨뇨역에 도착했다. 그곳에 내려 다시 추위 속을 호호 불며 걸어가 801A버스를 타고 세 정거장쯤 가니 아담한 학교가 하나 나왔다. 잘 찾아왔다는 안도감에 심호흡을 한 번 하고 주위를 둘러 보는 찰나 다시 살을 에는 듯한 차가운 바람이 폐 속까지 불어왔지만 새로운 기대와 호기심에 심장은 쿵쾅거리는 소리를 내며 뜨겁게 요동쳤다. 학교 안으로 들어섰다. 추운 겨울인데도 아담하고 연푸른 풀밭이 잘 손질된 채 펼쳐져 있어 뜨개질해놓은 니트 스웨터처럼 포근함이 느껴졌다. 나는 캠퍼스를 지나 사람의 그림자가 보이지 않는 고요한 건물 안으로 조심스레 문을 열고 들어갔다. 한쪽 벽에는 선생님들과 직원들, 그리고 학생들의 사진이 붙어있었는데 사진 속 그들은 하나같이 익살스런 표정을 짓고 나를 반겨주었다. 사진마다 재미난 말꼬리 표가 붙어있어 누가 선생님이고 누가 학생인지 분간할 수 없었고, 재치 있는 사진들을 보고 있자니 빙그레 웃음이 나왔다. 사진만으로도 학교의 분위기를 짐작할 수 있었다. 반대쪽 벽에는 이 학교의 교육철학에 주춧돌이 된 덴마크의 아버지, '그룬트비'라는 분의 사진이 매우 다른 분위기로 엄숙하게 걸려있었다. 그 옆에는 진청록 바탕에 황금색 글씨로 문장들이 적혀있었는데, 10년을 넘게 들어도 덴마크어에는 까막눈이라 뭐라고 쓴 건지 알 수는 없었다. 아주 오래된 말이지만 현재에도 변하지 않는 어떤 생각이 담겨있으리라는 짐작만 할 뿐이었다. 나중에 친구에게 물어보니 워낙 덴마크 고어(古語)인지라 요즘에는 잘 쓰이지 않는 말이라고 했다.

나는 이 학교를 방문할 수 있도록 안내해준 행정 담당자 카렌을 만나고 싶었지만, 그날은 카렌이 손자와 손녀를 돌봐야 하는 날이라 나오지 않았다고 했다. 대신 그녀가 건네준 전화번호로 클라우스라는 담당 선생님께 전화를 걸었다. 그 순간 한 청년이 건물 안에서 뛰어 나오고 있었는데 나는 그가 클라우스 선생님일 줄은 꿈에도 몰랐다. 보통 학교에서 볼 수 있는 선생님의 모습은 아니고 창의적 직업군 어느 하나에 속하는 사람처럼 보였으니까.

"안녕하세요, 제가 바로 클라우스예요. 추운데 아침 일찍 오느라 힘드셨죠?"

만나자마자 사회적 거리감 같은 건 거의 느껴지지 않았고 원래 만나기로 한 친구를 만난 것처럼 편안했다. 그는 신학과 철학, 심리학을 공부한 박사님이었는데 그런 것 따위는 크게 중요치 않았다. 그는 마치 어디선가 드럼을 두들기다가 나왔을 법하게 캐주얼한 느낌이었다. 우리는 학교 교정과 건물의 곳곳을 거닐며 학교에 대한 이야기를 시작했다.

"여기는 전 세계 사람들이 다 모여있어요. 80명 정도가 항상 함께 생활을 하는데, 가족처럼 생활하기에 알맞은 인원이라고 생각해요. 대학생들이 제일 많긴 하지만 이곳에서 공부하는 데 나이 제한은 없어요. 이 학교가 생긴 게 1921년인데요. 세계1차대전의 참담함을 겪으면서 서로를 이해하고 대화하며 평화로운 세상을 꿈꿨던 한 사람의 비전과 꿈이 담겨있죠."

"네, 정말 그렇군요. 세계대전은 끝났지만 지금은 또 다른 형태로 세계는 안전지대가 아니죠. 경쟁하고, 올라서고, 이기는 법은 배우는데 사랑하고 서로를 돌보는 법은 거의 배우지 않으니까요."

학생들을 위한 공동체룸, 영화관, 식당 등을 천천히 걸으며 둘러보았다. 아니나 다를까 그곳에도 덴마크 디자인 특유의 편안하고 시간이 지나도 질리지 않는 아름다움이 단아하게 반영되어 있었다. 이날따라 나에게는 보이는 모든 것들이 장난감 미니어처처럼 느껴지기도, 혹은 마치 건축 모형의 증강현실 속에 들어와있는 듯해서 꿈과 현실 사이의 어느 중간 즈음을 걷고 있는 것 같았다.

우리는 지금 진행되고 있는 수업을 잠시 보기 위해 강당으로 들어갔다. 대학생으로 보이는 우크라이나인이 우크라이나와 자신이 겪었던 내전 등에 대한 발표자료를 가지고 수업을 이끌고 있었다. 선생님은 오히려 학생처럼 앉아서 학생의 말문이 막힐 때마다 거들어주는 역할만 했다. 그가 이야기하는 우크라이나의 이야기는 뉴스를 통해 보는 보도와는 사뭇 달랐다. 그 수업에 함께 하고 있는 이들 모두 매우 진지한 표정으로 발표를 들으며 미디어라는 중간매체를 통하지 않은 실제의 스토리를 생생하게 체험하는 중이었다. 러시아와의 갈등으로 인해 자신이 겪고 보았던 일들을 들려줄 때는 어린 친구가 터져 나오는 눈물을 삼키느라 힘들어해서 보기가 안쓰러웠지만, 홀로 서서 발표를 하는 것이 아니라 끝까지 잘 할 수 있게 지지해 주는 친구들이 그녀의 옆에 결혼식의 들러리처럼 같이 서있는 모습이 인상적이었다. 인생에는 항상 이런 지지자들이 주변에 버티고 있다는 것을 보여주는 듯했다. 우리는 다시 수업에서 빠져 나와 클라우스 선생님의 집무실로 향했는데, 참관을 마치고 나오는 길에 그가 이렇게 말했다.

"여기에는 우크라이나 학생들도 있지만 러시아 학생들도 있답니다. 하지만 여기서는 나라의 이름은 중요하지 않아요. 미움이나 반목 같은 것은 내려놓고, 정치와 문화를 초월해서 서로를 이해하고 배려하는 법을 배우지요."

그의 사무실에서 우리는 잠깐 이야기를 다시 나누었다. 이 학교는 어떻게 시작되었고 어떻게 운영되고 있는지에 관한 이야기였다.

"사실 면밀히 생각해 보면 매우 '철없는 철학'에서 시작된 거나 마찬가지라고 할까요. 시험도 없고, 경쟁도 없죠. 평가도 없어요. 아, 평가가 한

가지 있기는 해요. 학생들이 이곳에 머무르는 동안 '오직 행복했는가' 그 한가지가 바로 평가항목이죠."

"마치 '경쟁과 상처로부터 자유로운 구역(free zone)'과 같은 곳이군요. 맞아요. 우리 중 과연 누가 다른 사람을 평가할 수 있는 자격이 있을까요? 그럼 시험도 없고 평가도 없는데 학생들이 수업 시간에 저렇게 진지한 거군요. 온전히 배우고자 하는 스스로의 동기 부여가 있어야만 가능한 일이니, 이게 바로 진짜 배움이라는 거네요. 그렇다면 결국 평가 받는 것은 학생들이 아니라 학교인 거고요."

"그런 셈이 되나요? 매일 다양한 나라의 문화를 나누는 밤이 펼쳐지고, 스포츠와 예술, 인터내셔널 스토리텔링 활동 등이 있어서 단 하루도 지루할 틈이 없고 즐거워요. 이런 시간들을 함께 하면서 나와 전혀 다른 배경과 문화를 가진 사람들이 가족이 되는 거예요. 그리고 그 속에서 내가 누구인지, 무엇을 할 때 행복한지, 나의 소명은 무엇인지를 알아가는 거지요. 이것에 대해 한 번이라도 생각할 시간을 가진다는 것은 긴 인생을 놓고 볼 때 매우 의미 있는 일이거든요. 이를 통해 앞으로의 삶에서 어려움을 당할 때 극복할 힘이 되어줄 시간과 사람들을 얻기도 하고요. 높은 의식 수준을 가진 글로벌 인재가 되는 교육을 추구하지만 누군가를 가르치려는 건 아니에요. 선생님은 돕는 가이드 역할만 하고, 학생들은 스스로 스토리를 나누고 배우며 성장한답니다. 기본적으로 글로벌 시민이 되기 위한 언어, 즉 영어 교육도 하고 여기는 덴마크니까 덴마크어 교육도 하고 있어요. 그리고 덴마크 문화를 교육하고 체험하게 하기도 하죠. 심심할 틈 없이 하루하루가 지나가요. 여기는 우리가 살아가는 세상의 잣대와는 다른 기준으로 살아가지만, 결국은 이들이 보통의 세상, 보통의 대학으로 다시 돌아가서 잘 살 수 있게끔 돕는 거랍니다. 마음과 생각의 근육을 키워서 말이죠."

얼마 전 기업 고객들을 위한 아카데미를 기획하는 일을 함께 했던 싱가포르 선생님은 나에게 이런 말을 한 적이 있다. 교육을 '가르친다(teaching)'라고 표현하지 말고 '나눈다(sharing)'라고 표현해야 한다고 말이다. 그의 말대로 여기는 가르치고자 하는 학교가 아니라 자신이 가진 것을 나누는 학교라는 의미였다. 나는 클라우스 선생님에게 말했다.

"네, 말하자면 사람들에게 다시 살아갈 수 있게 하는 시간을 선물하는 거군요. 아주 행복하고 즐거운 분위기 속에서 말이죠."

"네, 우리에게는 최소한 몇 퍼센트의 여백이 필요하죠. 스스로 생각할 시간을 갖는 것 말이에요. 그 시간을 갖도록 도와주는 것들은 찾아보면 여러 가지가 있어요. 여기서는 스스로 배움을 디자인하고, 삶을 디자인하고, 미래를 디자인하지요. 요즘 대학생들이 풍요의 시대에 살고 있는 거 같지만 경쟁에만 쫓기다가 정작 자신이 무엇을 하며 살지 찾지 못하고 절망하거나, 주변의 기대에 부응하지 못하는 것에 좌절하고, 무엇을 위해 살아야 하는지 몰라 방황하곤 합니다. 최악의 경우 세상에 나가보기도 전에 자살을 하는 경우도 종종 보게 되잖아요."

그 대목에서 나는 잠시 뜸을 들이며 뭔가 준비되지 않았던 대답을 하려고 머뭇거렸다.

"네… 그렇죠. 저도 그렇게…… 사랑하는 사람들을 몇 잃은 적이 있어서 잘 알고 있답니다."

잠시 그와 나 사이에 진공과도 같은 침묵이 흘렀다. 확실히 그건 준비하지 않았던 내용이 맞았다. 내가 속한 사회에서는 미디어에서만 이런 이야기를 할 뿐, 좀처럼 사람들 앞에서는 꺼내지도 않고 꺼낼 수도 없는 이야기인데, 여기는 다른 사회이기 때문일까. 그 이야기가 어쩌다 나의 혀에서 빠져 나온 건지 나 자신도 알 수 없었다. 그리고 그가 길을 잠시 잃거나 길을 찾고 있는 사람들을 다시 살아가게끔 하는 선생님이라는 사실이 나의 깊은 과거를 아주 낮지만 또렷한 목소리로 꺼내놓게 한 듯했다. 이내 클라우스 선생님이 그 진공상태에 숨을 불어넣어 적막을 깨뜨렸다.

"오… 그런 일이…. 정말… 아픈 시간들을 보냈겠어요."

"네… 아주 많이요. 스스로 하늘나라 티켓을 끊는 사람들에게는 하늘의 별만큼이나 다양한 이유가 있겠지요. 그런데 이 경우에는 자신의 불안한 미래를 두려워하거나 경쟁에서 이길 자신이 없거나 혹은 무엇을 할지 몰라서 포기했다기보다는… 음… 그것을 보듬어주고 이끌어줄 사람이, 사랑이, 그리고 기다림이 없어서 그랬다는 걸 깨달은 거 같아요. 그것만 있었다면 그들은 분명히 다시 살아갈 수 있었을 거라는 생각이 들었거든요. 그러니 선생님께서는 정말 고귀한 일을 하고 계신 거랍니다. 그들의 멘토가 되어주고 가족이 되어주고 사랑을 나누어 주고 계시잖아요. 여기까지 짐을 싸 들고 공부를 하러 올 만큼 그들에게는 그걸 찾고 싶은 강렬한 꿈과 의지가 있는 거니까요."

"그런가요. 우리와 같은 학교가 덴마크에서 시작되어 북유럽 전역에 있는데, 이곳을 졸업한 학생들은 취업을 할 때도 좋은 플러스 요인이 되기도 해요. 단순히 취업만을 위해 급하게 문을 두드린 것이 아니라 충분히 자신과 미래의 방향에 대해 생각하는 시간을 가진 후에 왔다는 것이니까요. 혹은 온전히 자기 자신이 되어 떠나는 사람들도 많고요."

나 역시 자기답게 살아가는 것, 자신이 하고 싶은 일을 하며 살아가는 것보다 나의 이름 앞에 좋은 학교, 좋은 기업, 전문직종의 이름을 다는 것에 집중하라는, 보이지 않는 압박 속에서 살아왔다. 그리고 다시 그것을 다음 세대에도 똑같이 되풀이하는 시대에 살고 있는 나에게 이곳은 묶여 있던 끈이 스르르 풀리는 듯한 느낌을 주었다. 자기답게 사는 법을 찾고 실행하는 능력을 갖출 수만 있다면 경쟁에서 이겨야 한다는 부담감도 훨씬 줄어들 수 있을 것이다. 그와 대화를 하면서 성공에 대한 재정의를 내릴 수 있었고 나의 아이들에 대해서도 그랬다. 그들이 나의 아이들이기 이전에 한 명의 인간으로서 존재하는 이유를 생각하고 그들의 특별한 기쁨을 함께 찾고 성취하는 여정에 초점을 두고 키운다면, 아이의 앞에 붙는 이름에 대해서는 더 자유로워질 수 있을 것 같았다.

"네, 클라우스 선생님. 정말 그럴 수 있겠어요. 모두 스스로의 삶을 위한 리더가 되는 거니까요. 자신이 있어야 할 곳을 찾아가는 것은 정말 중요하죠. 기업도 단순히 부품으로 쓸 사람을 고르는 것이 아니라 서로 존중하며 사람을 뽑을 수 있다면 더욱 좋을 텐데, 현실이 꼭 그렇지만은 않지요. 제가 존경하는 예전 저의 보스가 그랬거든요. 제가 얼마나 꼭 필요한 사람인지 시시때때로 상기시켜주었고, 앞으로 저의 꿈에 자신과 기관은 어떻게 도움을 줄 수 있을지, 그 다음에 생각하는 인생의 로드맵은 어떤 것인지를 끊임없이 물어봐 주었어요. 필요하다 싶은 것들은 즉시 찾아서 알려주기도 했고요. 어떤 부정적인 상황이 벌어지더라도 우리를 보호해주기 위해 자신의 몸을 던지곤 했죠. 그러니까 최고의 일터가 저절로 되었어요. 서로에게 어떻게든 더 도움이 되려고 자발적으로, 열정적으로 노력하고 있었거든요."

"행운의 시간이었겠어요. 자신을 일깨운 후 다시 사회로 돌아가게끔 돕는 시간은 이 학교에서 끝나는 것은 아니고 살아가면서 끊임없이 다양한 것을 보고 체험하며 영감을 얻고 또 새로운 것을 시도하게 하죠. 그렇게 해나갈 수 있는 기초적인 생각의 체력과 용기를 제공해 주는 일을 여기서 하는 거지요."

"대단한 것 같아요. 그런 생각을 그렇게 일찍 할 수 있었다는 게 말이에요. 핀란드나 스웨덴, 다른 북유럽 국가들에서도 같은 철학을 가지고 기업교육을 함께 진행하며 저마다의 비전을 실천하고 있는 학교들을 보았어요. 그게 좀 더 성숙한 사람들이 많아지는 원동력이 되는 거군요. 평생에 걸쳐서 배우고 생각하는 시간을 갖는 것 말이죠. 저도 이번에 기업교육을 받으러 이곳에 오긴 했지만 마켓 점유율을 놓고 하는, 주로 이기기 위한 게임이었어요. 같은 나라 안인데 여기는 완전히 딴 세상이군요."

내 머릿속에서 왜 이 학교가 그토록 오랜 시간 동안 머물러 있었는지 이날 알 수 있을 것만 같았다. 그리고 나의 남은 날들에 나는 무엇을 하고 싶은 지도, 그동안의 긴 커리어 생활에서 왜 그리 수많은 점을 찍고 있었는지도, 그 점들은 무슨 그림을 향해가고 있는지도 말이다. 삶의 길이 참으로 구불구불하여 걸어가며 보이는 시야가 예측할 수 없이 짧기만 하고, 운명은 비 온 뒤의 땅처럼 느껴져 혼자서 걷기 버거운 순간이 올 때 떠올릴 수 있는 충전의 시간이 있다면 얼마나 힘이 날까 하는 생각이 들었다. 그리고 내가 누구인지를 알고 세상에 나가려고 하는 순간, 어느 날 갑자기 내 마음의 목소리가 들려와 그 목소리에 귀를 기울여야 하는 시점에 도착했을 때, 다시 살아가게 하는 시간을 행복 쇼핑백에 담아 선물하며 살 수 있다면 기뻐서 달에 도달할 것 같은 삶이 되지 않을까 하는 생각이 그날 들었다. 지금 걷고 있는 그곳에 꿈이 들어있고, 길이 끝나는 곳에는 또 길이 생겨난다.

"알죠? 덴마크에서는 꼭 이렇게 하고서 헤어진다는 것을 말이죠."
우리는 이 고장 사람들이 늘 그렇게 하듯이, 하지만 심장을 꺼내놓는 깊은 이야기를 나눈 후의 그 특별함으로 서로를 다독이는 포옹을 나누고 헤어졌다. 빵을 벌러 갔다가 꿈을 다시 안고 돌아온 날, 글로벌 전략과 글로벌 평화를 한꺼번에 넣어 온 여행, 이 짧은 반나절이 나에게는 잊지 못할 시간이 되었다. 어느 일터에서든지 머리로만 일하기보다 마음을 다해 일하면 뜻밖의 선물로 얻어지는 것이 있다는 사실을 나는 그 순간 가슴으로 깨닫고 있었다.

사랑할 수 있을 때 사랑하고

그날은 난데없이 지독한 감기에 걸려 사경을 헤매고 있었다. 온몸이 낱낱이 흩어져버린 듯 제 기능을 하지 못하고 침대에 나를 묶어둘 수밖에 없었는데, 몸이 아프면 사람은 쓸데없이 부정적인 생각에 사로잡히게 되고 내 앞에 놓인 일들을 왠지 잘 해내지 못할 것 같은 연약한 생각이 들어 세상 모든 것들이 힘들게 보이는 착각에 빠져 우울한 한때를 보내게 된다. 그때 집 앞에 따끈한 닭죽이 배달되었다. 그리고 나는 혼미한 정신으로 겨우 그 닭죽을 먹으면서도 '이건 정말이지 영혼을 위한 닭고기 수프 같은 거구나'라고 생각하고 있었는데, 불현듯 머릿속에 오래 전에 읽었던 책『영혼을 위한 닭고기 수프』가 떠올랐다. 그리고 그 책의 저자 잭 캔필드(Jack Canfield)가 내 마음의 어느 한구석에 코펜하겐의 학교처럼 오랫동안 자리하고 있었다는 사실이, 뇌 속에 전등불이 번쩍 켜진 듯 생각났다. 잭 캔필드의『영혼을 위한 닭고기 수프』는 사람을 위로하고 꿈을 이루게끔 응원해주던 책이었는데, 읽으면서 '나도 언젠가는 이런 책을 써야지'라고 마음 먹게 한 책이기도 하다. 오래 전 다녔던 첫 직장의 건물 지하에는 서점이 있었다. 나는 일주일에 한 번은 요일을 정해놓고 점심시간을 혼자 그곳에서 보냈는데, 말하자면 밥보다는 책을 먹는 시간이었다.『영혼을 위한 닭고기 수프』는 그 서점에서 스치듯 읽었고, 나중에 어느 도서관에서도 또 한 번 스치듯 읽었던 책이었기 때문에 소장하고 있지는 않았다. 그런데 아파서 정신이 또렷하지 않은 와중에도 무슨 일인지 다시 읽고 싶은 마음이 들어 바로 책을 주문했다. 그리고 그 책을 손에 받아 들고는 인터넷에 그의 이름을 검색하기 시작했다. 가장 먼저 그의 홈페이지가 보였고, 클릭해서 들어가니 생각지 못했던 그의 교육 프로그램을 보게 되었다. 그는 전 세계 출판계의 거장일 뿐만 아니라 기업교육과 평생교육의 대부 같은 분이다. 그의 명성에 걸맞게 교육비가 저렴하지는 않았지만, 나는 며칠 고민한 끝에 은행 잔고를 털어서라도 그의 프로그램에 등록하기로 했다. 쉽지 않은 결정이었지만 내 마음의 소리에 귀를 기울이기로 단단히 마음 먹었던 터라 용기를 낼 수 있었다. 그렇게 나의 배움은 시작되었고 매일 온라인을 통해 교육을 받았다.

거의 20여년 만의 폭염이라는 숨을 쉬기 어려울 만큼 더웠던 8월, 나는 지난 몇 개월 동안의 온라인 교육을 마치고 7일간 실제로 잭 캔필드를 만나 교육을 받기 위해 섭씨 40도는 가뿐히 넘나드는 미국 애리조나의 한 사막도시로 향했다. 한국에서의 폭염은 그저 가벼운 워밍업 같은 것이었고 온라인에서의 교육도 그 7일간에 벌어질 일들에 비하면 또 다른 차원의 위밍업이었다. 시애틀을 거쳐서 피닉스로 가는 여정이었는데, 비행기를 갈아타는 입국 수속에서 이렇게 많은 줄이 늘어선 것은 그동안의 많은 비행 여정 중에서도 처음이었다. 이렇게 속절없이 기다리다가는 피닉스로 가는 비행기를 놓칠 것 같았다. 시간이 똑딱똑딱 흐르는 것을 맥박으로마저 느끼며 마음이 초조했는데, 그 순간까지도 나는 내가 지금 옳은 일을 하고 있는 것인지, 내 마음의 소리를 따라 제대로 행동하고 있는 것인지 일말의 의심이 있는 상태였다. 하지만 그렇다고 비행기를 놓쳐서는 안 되었다. 도저히 더 이상 기다리고만 있어서는 안 되겠다는 생각에 나는 사람이 지나갈 공간조차 없이 빽빽하게 늘어선 긴 줄을 하나둘 힘겹게 헤치고 성큼성큼 앞으로 나아가 카리스마 있게 사람들을 지키고 서있는 공항 안전요원에게 물었다.

"저는 지금 피닉스로 가는 비행기로 갈아 타야 하거든요. 시간이 얼마 없는데 이렇게 계속 하염없이 기다리다가는 비행기를 놓칠 것 같아요. 그런 사람들은 먼저 앞으로 빠져나오게 해주시면 안 되나요?"

그러자 이런 답변이 돌아왔다.

"아니요. 모두가 다 같은 상황이에요. 제자리에 다시 돌아가 있어야만 해요. 당신이 비행기를 놓치게 된다면 그 다음엔 어떻게 해야 하는지 직원이 알아서 안내해줄 거예요."

　로봇같이 규칙을 지키는 직원이 야속했지만, 그녀를 탓할 수는 없었다. 그녀는 지금 자신의 임무를 잘 수행하고 있는 중이다. 하지만 나는 물러설 수가 없었다. 여기서 비행기를 놓친다는 것은 있을 수도 없는 일이기에 직원의 말대로 다시 제자리로 돌아갈 수는 없었다. 나는 기다리는 사람들에게 엉거주춤 양해를 구하고 맨 앞에 섰다. 다들 밤 비행기에 지쳐있었고 줄어들지 않는 긴 줄에 서서 고단해 보였지만, 다행히 나를 나무라는 사람은 아무도 없었다. 규칙보다는 인정이 통하는 순간이었다. 모두가 나에게 '다음 비행기 시간이 촉박하다면 여기에 서셔야죠'라는 눈빛을 보내주었다. 긴장했던 숨소리가 제자리로 돌아간 듯 안정을 찾았고 나는 '정말 감사합니다'라는 눈빛을 보내며 주변 사람들을 바라보았다. 다행히 나는 아슬아슬하게 그 비행기의 마지막 승객으로 탑승할 수 있었다. 바로 그 시간에 사람들의 눈총을 뒤로 하고 용기를 내서 앞으로 뛰어나가지 않았다면 결코 피닉스로 가는 비행기를 탈 수 없었을 만큼 간발의 차이로 말이다. 안도의 한숨, 나는 드디어 나의 목적지로 가게 된 것이다.

　작고 호젓해서 여기가 미국이 맞나 싶을 만큼 평화로운 피닉스 공항에 도착했다. 미지의 세계에 혼자 발을 내딛는 것이 한두 번 있는 일도 아닌데, 이번에는 보이는 모든 것이 낯설었다. 피닉스라는 도시는 잘 들어보지 못했던 동네이기도 했고, 그곳에 아는 고객사 직원이나 동료, 친구가 있는 것도 아니었기에 어색하고 낯선 공기가 내 주변을 가득 메우는 듯했다. 파란색 셔틀버스를 타고 창밖을 내다보니 만화에서나 보던 사막의 선인장들만 띄엄띄엄 보일 뿐이고 도시는 온통 조용한 듯 보였다. 밤을 꼬박 새우고 비행기를 놓칠세라 마음을 졸였던 시간이 지나니 졸음이 쏟아졌다. 셔틀버스 안에는 몇 명의 사람들이 타고 내렸는데 마지막에는 한 남자와 나만 둘이 남아서 끝까지 동행을 했다. 눈을 겨우 반쯤 뜨고 있는 나에게 그 남자 승객이 물었다.

"저… 혹시… 스콧데일에는 무슨 일로 가는 건가요?"

나는 짧은 단답형으로 대답했다.

"네, 세미나가 있어서요."

그가 다시 물었다.

"혹시, 잭 캔필드의 세미나인가요?"

나는 반쯤 감겨있던 눈을 크게 뜨고 대답했다.

"네, 맞아요. 혹시 당신도?"

"하하. 만나서 반가워요. 나는 호주의 브리스번에서 온 브랜든이예요."

"어머나, 저는 한국의 서울에서 온 데비라고 합니다. 작년 봄에 저도 브리스번에 있었죠."

이렇게 해서 우리는 만나자마자 공중에 하이파이브를 건넸고, 자리가 너무 멀리 떨어져있어서 닿지는 않았지만 서로 리모콘 악수도 나눴다. 어떤 미지의 세계를 가더라도 따뜻한 사람들이 존재한다는 것을 다시 기억함으로써 나는 낯선 곳에서의 모든 긴장을 한순간에 풀 수 있었다.

8월의 애리조나는 건식사우나에 발을 들여놓는 것과 같은 느낌을 주는 곳이었다. 그 뜨거움 속에서 "다른 사람을 돕고자 하는 소명을 당신이 가졌다면(If you have a calling to help others)"라는 말과 함께 세미나가 시작됐고, 나의 가슴도 살짝 뜨거워지면서 두근거렸다. 심장은 두 가지 방식으로 우리에게 말을 건네는데, 하나는 자신이 하고 싶은 일을 말로 들을 때 부푸는 기대감에 두근거리는 현상이고, 또 하나는 부정적인 말을 들을 때 미주신경계가 반응하여 심장이 뛰는 현상이다. 그래서 심장의 말에 귀를 잘 기울이면 내가 무엇을 하며 살아야 하는지, 어디에 있어야 하는지, 누구를 만나야 하는지를 알 수 있다. 지금 나에게는 첫 번째의 현상이 일어나고 있었으니 그 어느 때보다도 반가운 두근거림이었다. 세미나에는 기업교육가들이나 평생교육가들이 많이 모일 줄 알았는데, 놀랍게도 다양한 배경의 사람들이 모여있었다. 27개국에서 모인 약 240명의 사람들은 작가를 비롯해서 핀란드의 치과 의사, 캐나다의 건설회사 사장, 샌디에고의 전자공학도, 홍콩의 비즈니스 우먼, 이집트의 호텔경영인, 호주의 애니메이션 제작자, 영국의 엔젤 투자자 등등 모두 열거할 수도 없을 만큼 다양한 직업을 가진 이들로 이루어져 있었다. 그저 7일 동안 이들과 이야기를 나누는 것만으로도 나의 영혼이 콩나물처럼 쑥쑥 자랄 것만 같았다. 그렇게 나는 앞으로 일어날 놀라운 일들에 대해서는 짐작하지도 하지 못한 채 첫날을 시작했다. 그리고 겉으로는 이미 성공적인 인생을 살고 있는 듯 보이는 이 사람들에게 숨겨져 있는 이야기들 또한 상상도 하지 못한 채 말이다.

세미나가 시작되면서 '왜 책을 쓰고 교육을 하며 사람을 돕고 싶은가'에 대한 질문이 우리에게 주어졌다. 두 명씩 짝을 지어 그 답을 나누었는데 유고슬라비아의 보스니아에서 온 은행원인 스네자나는 나에게 이런 이야기를 들려주었다.

"나는 1992년부터 1997년까지 내가 나고 자란 보스니아 내전을 피해서 독일로 건너가 5년 동안 난민 생활을 한 적이 있거든요. 가족이 함께 머무를 수 없어서 모두 뿔뿔이 흩어졌었어요. 아빠와는 아예 소식이 단절되어 생사를 알 수도 없었고요. 내게는 정말 끔찍한 시간이었답니다. 그런데 그 시간을 통해서 이 삶이 얼마나, 얼마나 소중한지를 뼈저리게 깨닫게 된 거예요. 그래서 그걸 알지 못한 채 아무 생각 없이 시간을 보내고 있는 사람들에게 알려주고 싶었어요. 우리의 살아있는 시간이 얼마나 소중한지를 말이죠. 당신은 자신의 열정을 따라 살아야 하고 그 열정을 성공으로 바꾸면서 살아야 한다고요. 그래야 또 다른 사람들을 도울 수 있는 여지가 생겨나니까요."

마치 빅터 프랭클린의 『죽음의 수용소에서』와 같은 이야기를 실제로 듣는 듯한 느낌이었다. 그녀가 5년 동안 난민생활을 하면서 어떤 삶을 살

앉는지 아주 자세히 듣지 않았다 할지라도, 그녀가 회상하는 진지하고 복잡한 눈빛에서 나는 평범한 사람이 설명하기 어려운 느낌을 읽어낼 수 있었다. 가장 극한의 경험을 한 적이 있는 사람은 보통의 사람들과는 다른 차원의 삶을 살 수밖에 없는지도 모른다. 우리는 그 외에도 개인적인 경험들을 나누었는데 비슷한 부분들이 있어 서로 '찌찌뽕'을 외치는 일이 있었다. 그녀의 얼굴을 본다면 그 어느 누구도 그녀가 내전을 겪었는지, 난민이 되어 그렇게 오랜 시간을 보냈는지 알 수 없을 것이다. 고난의 시간을 이겨낸 스토리가 고스란히 담긴 투명하고 환한 웃음과 지치지 않는 열정의 매력만이 그녀의 얼굴을 온전히 채우고 있었으니 말이다.

다른 쪽 옆에 앉았던 래리는 자신의 상사가 생일 선물로 이 세미나 티켓을 주었다며 이야기를 시작했다. 영민한 눈빛과 유려한 말솜씨를 가진 그에게는 대학을 갓 졸업한 젊은 나이에 온 가족을 부양해야 하는 무거운 짐이 놓여져 있었다. 처음에는 전혀 느껴지지 않았지만 이야기를 나누면서 나의 눈에만 그것이 보이기 시작했다. 하지만 그는 인생의 상사를 만났다고 했다. 그 상사는 어려움 가득한 그의 가족사를 모두 끌어안고 그를 더 높은 곳으로 이끌기 위해 애썼고 덕분에 그는 무럭무럭 자라고 있었다.

"이렇게 긴 시간의 세미나를 연속해서 듣는 것, 그리고 매일 엄청나게 쏟아지는 분량의 지혜와 스토리가 저에게는 무척이나 압도적이라 감당하기 힘들 정도예요. 세미나가 끝나면 에너지가 다 떨어져 바로 침대에 눕고 싶을 뿐이랍니다. 하지만 이상한 건 '좀 더 했으면…' 하는 생각이 드는 거예요. 이건 제 생애 최고의 사람에게 받은 최고의 생일 선물 같아요."

기억해야 한다. 우리를 힘들게 하는 많은 일들 속에도 진주 같은 사람들은 항상 숨겨져 있어 나를 도와줄 것이라는 사실을 말이다.

매일 아침 교육 세미나가 시작될 때 특이한 점은 어디서도 해 보지 못한 '조용한 포옹(silent hug)'의 시간을 갖는 것이었다. 심지어 포옹하는 방법까지 배웠는데, 잘못된 포옹의 예를 알려주고 제대로 된 포옹을 하도록 안내해주었다. 그 방법이란 왼쪽으로 서로를 감싸 안아 몇 초간 체온의 따뜻함을 느끼며 포근하게 포옹하는 것인데, 그래야 서로의 심장과 심장이 맞닿아 연결되기 때문이란다. 미국의 저명한 가족 테라피스트인 버지니아 새터(Virginia Satir)는 생존을 위해 하루에 4번 포옹을 해야 하고, 삶을 유지하기 위해 하루에 8번의 포옹이 필요하며, 성장을 위해서는 하루에 12번의 포옹이 필요하다고 말했다. 240명의 사람들과 매일 아침 포옹을 하고 서로의 눈을 바라보는 일을 일주일 동안 한다고 생각해 보라. 그것만으로도 나의 성장은 보장이 되고도 남는 일이었다. 이 고요한 시간에 놀라운 일들이 벌어졌다. 초이성적인 직업을 가진 사람들이 소리 없이 눈물을 흘리는 것이 아닌가. 이야기 한 번 나눠 보지 않은 사람들끼리 서로를 바라보고 하나 같이 다른 색의 눈동자에 투명한 눈물이 차오르는 모습은 마치 보석을 보고 있는 것과 같은 신비로운 느낌을 주었다. 이렇게 많은 사람들의 눈을 깊이 마주치면서 포옹을 한 일은 내 생애를 통틀어서 없었다. 21세기 들어 나의 눈동자를 다 가져간 것은 주로 컴퓨터나 핸드폰이었기에 이 시간은 더욱 특별했다. 포옹의 시간이 끝날 때쯤이면 사람들이 "더 해요!"라고 외쳤는데 어떤 이들은 이런 사람 간의 따스함을 오랜만에 느낀다고 고백하기도 했다. 관계에 있어서 이것이 비즈니스의 관계인지 아니면 사적인 친구 관계인지를 알게 되는 아주 명백한 의식이 있는데 그것은 인사를 하는 방법일 것이다. 악수를 하면서 시작하는 것은 보통 비즈니스 관계나 처음 만나는 사이일 것이고, 포옹을 하며 시작하거나 끝나는 것은 친구 관계이다. 이것은 어느 문화를 막론하고 비슷한데, 악수를 하며 시작했지만 포옹을 하는 관계로 발전했다면 참으로 성공한 일이라고 생각한다. 전략, 매출, 성과, 변화관리, 인사고과와 같은 단어들은 익숙하지만, 자존감이나 연결, 공감, 연민, 용기, 사랑… 이런 단어들은 그리 익숙하지 않은 사람들이 이 시간을 통해 본성으로 돌아가고 있는 것 같았다. 일터로 가면 우리는 보통 '인간(human being)'이기보다는 '인적 자원(human resource)'이 되는데, 여기서는 모두 다시 진짜 '인간'이 되고 있었다. 나도 히잡을 쓴 무슬림 여성이 다정한 미소로 나를 바라보며 포옹을 할 때, 양팔이 없는 친구가 안아줄 팔은 없지만 '나를 안아주세요'라는 눈빛과 세상을 다 용서한 듯한 부드럽고 큰 미소를 보내며 내 앞에 서있을 때, 그리고 그런 그녀를 힘껏 껴안을 때, 매일 교육을 받으며 사람들에게 감춰져 있는 아픔들을 하나씩 알아갈 때, 나의 눈에서는 양파 수프를 만들기 위해 양파를 썰 때만큼이나 설명되지 않는 눈물이 소리 없이 흘렀다.

객이 말했다.

"100% 유기농이며, 자연적으로 달콤하며, 어떠한 첨가제나 방부제도 없고, 배터리도 필요 없으며, 에너지도 들지 않으며, 보험을 들 필요도 없고, 돈이 들지도 않습니다. 도둑이 훔쳐갈 수도 없고, 나눌수록 더 커지지요. 최고의 처방전, 바로 포옹이랍니다."

객의 말은 호주의 어느 작가가 예전에 나에게 해준 이야기와 똑같았다. 그녀는 이것의 답이 바로 '스토리'라고 말했었는데, '스토리'와 '포옹'은 일맥상통하는 것이 있었다. 사랑이 결핍되면, 특히 스킨십이 결핍되면 사람은 온갖 좋지 못한 중독에 빠질 가능성이 높아진다고 한다. 그런데 아쉽게도 우리에게는 모두 결핍이 있다. 하지만 설령 그렇다 하더라도, 사랑받는 것에 결핍이 있다면 그것을 채우는 방법이 있다. 그건 내가 사랑을 많이 나누어주면 되는 것이다.

"미디어에서 보는 세계는 참혹하지만 여기 모인 전 세계의 사람들은 너무나 선하고 따뜻하지 않나요? 이 얼마나 아름다운 세상인가요."

나의 옆에 앉은 누군가가 나의 귀에 대고 이렇게 속삭였다. 나는 내가 할 수 있는 최대한의 공감을 표시하고 있었는데, 그 순간 독일에서 온 치과 의사이자 교수님인 조지가 손을 들고 말했다.

"제 평생에 이렇게 긍정적이고 인간적이며 따뜻한 기운을 가진 사람들로 가득 차있는 시간은 처음인 것 같습니다. 여기 모인 모든 분들께 먼저 감사의 말씀을 드리고 싶습니다. 저는 여기에서 지식이 아닌 지혜를 배워갑니다. 실은 여기에 오기 몇 주 전 제가 사는 뮌헨에서는 충격 사건이 있었습니다. 그 현장에 저의 아내가 있었는데, 몇 시간 동안 아내와 연락이 되지 않았습니다. 저는 극도로 초조했고, 걱정이 돼서 하루 종일 아무것도 할 수 없었지요. 다행히 아내는 아무 탈 없이 돌아오기는 했지만, 한동안 그 충격 속에서 벗어나기가 어려웠어요. 지금 세상에는 이해하기 어려운 참담한 비극이 여기저기서 벌어지고 있습니다. 여기서 배운 사랑과 이 소중한 삶에 대한 가치를 세상에 전달하는 데에 제 남은 인생의 반을 헌신하고 싶다는 생각을 했습니다. 그리고 여기 모인 모두가 그랬으면 합니다."

그는 나와 같은 생각을 하고 있었다. 아니, 어쩌면 모두가 그런 생각을 하며 한자리에 앉아 있는지도 모른다. 하지만 세상에는 긍정적인 말에 대해 불편함을 느끼고, 긍정적인 상황에서 에너지를 잃는 사람들이 존재한다는 것을 리서치의 수치를 통해 알게 되었다. 부정적인 말을 할 때 편안한 사람들, 다른 사람들에게 고통을 줄 때 편안한 사람들, 그런 상황에서 오히려 힘을 얻는 사람들이 있다는 사실을 알게 된 순간, 그동안 내가 갖고 있던 많은 의문의 실마리가 풀려나갔다. 지금까지 나를 괴롭게 했던 내 인생의 몇몇 사람들은 바로 그런 통계자료 속에 있는 사람들일 수 있다. 그래서 지구 상에 부정적인 말과 행동은 지속되고 있다는 사실을 알고 있는 것만으로도 상황을 컨트롤할 수 있고 받아들일 수 있게 되는 것이다. 다만, 그들에게는 자신을 거꾸로 돌려 긍정적인 포인트로 가는 심리적 전

환이 필요할 뿐이었다.

　자신이 생각하는 이상적인 삶의 모습은 어떤 것일까를 써서 서로에게 읽어주는 시간이 있었다. 그건 사실 꿈에 관한 이야기이다. 나의 짝꿍은 긴 금발 머리를 늘어뜨린, 작고 동그란 얼굴을 가진 할머니 같은 분이었다. 나는 내가 생각한 열 가지의 이상적인 삶의 모습 중 첫 번째 꼭지를 천천히 읽고는 그녀의 반응과 피드백을 얻기 위해서 눈을 종이에서 떼고 그녀의 얼굴을 바라보았다. 그런데 순식간에 그녀의 눈에 눈물이 차오르더니 뭔가 말을 하려고 했지만 목이 메어 말을 잇지 못했는데, 입가에는 미소를 한가득 머금고 있었다. 이 완전히 상반되는 미묘하고도 장엄한, 좀처럼 볼 수도 없고 하기도 어려운 표정을 짓고 있다니, 이건 영화배우에게서나 볼 수 있는 어떤 격정적 순간의 얼굴이었다. 그리고 그녀는 나를 사랑스러움이 가득한 눈동자로 다시 바라보며 말했다.

　"그럼 그럼. 할 수 있지."

　띄엄띄엄, 벅찬 듯한 억양으로 말하며, 자신의 명함을 꺼내 나에게 건네주었다.

　"내가 바로 그 일을 지금 하고 있거든요."

　작가이자 후생유전학 박사님인 리즈. 왠지 우리는 괜히 옆자리에 앉게 된 것이 아닌 듯했고, 꿈은 그저 들려주는 것만으로도 누군가의 얼굴에 이런 표정을 짓게 할 수 있다는 것을 그때 처음 알았다. '스토리를 나누는 것은 서로 연결되기 위함'이라고 메릴린 선생님이 말씀하시지 않았던가. 그렇지 않다면 스토리는 허공에 대고 외치는 단어 조각들의 울림에 불과하다. 그리고 연결될 때의 느낌은 우리에게 탄산수와 같은 에너지를 주고 얼굴에는 여지없는 미소를 가져다 준다. 쉬는 시간마다 자리를 옮겨 다니며 새로운 사람과 대화하는 것이 규칙이었기에 리즈와 나는 다시 인파 속으로 들어가 헤어졌다. 그런데 며칠 뒤 복도에서 그녀를 우연히 마주쳤고, 우리는 교육의 한 타임을 빠지기로 하고는 그곳에 앉아 대화를 시작했다.

"나는 후생유전학을 공부했어요. 아주 늦은 나이에 박사 학위를 땄지요. 하지만 뭐, 결코 늦은 나이란 없는 거니까요. 어떤 가정에는 대대로 악순환이 되어 온, 사람들에게 고통을 주는 DNA가 있기도 해요."

대체 리즈 박사님은 무슨 이야기를 나에게 하려고 하는 걸까. '행복한 가정의 사정은 비슷비슷하지만 불행한 가정의 사정은 저마다 다른 이유를 가진다'라고 시작하는 톨스토이의 서문만큼이나 리즈 박사님의 서문이 의미심장하게 느껴졌다.

"데비, 미국에도 그런 예는 수도 없이 많아요. 사실 보통 그런 일을 겪은 사람은 자라서 부스러지게 마련이에요. 어린 시절에 경험하고 들었던 것들이 무의식 속에서 평생을 따라다니고 심지어 건강에까지 영향을 미치니까요. 그래서 내가 그 공부를 한 거예요. 이러한 비극의 원인은 무엇인지, 바꿀 수는 없는지 밝혀보고 싶었거든요."

"그럼 리즈 박사님도 그런 경험을 가지고 있다는 말씀이신가요?"

"그렇죠. 그 경험이 나를 연구하게끔 만든 거지, 무엇이 나를 그 연구로 이끌었겠어요. 나의 박사 논문도 그에 관한 것이고요. 세상에는 정신이 건강하지 못한 사람들이 정말로 많아요. 그러니 그런 사람을 부모나 리더로 두는 것이 그리 희귀한 일도 아니라는 것을 이제는 알죠. 하지만 고통스러운 일이에요."

그녀는 모든 것을 이겨낸, 초탈하고 담담한 상태로 그간의 이야기들을 나에게 잔잔히 들려주었다.

"그리고 마침내 나는 알아낸 거예요. 고통을 주는 그 유전자는 반드시 끊어낼 수 있고 고칠 수 있다는 사실을 말이에요! 그리고 유전이나 부모가 준 나쁜 환경, 그 어떤 것과도 상관없이 나는 독립된 인간으로 행복하게 살아갈 수 있다는 사실도요."

그리고 이번엔 리즈 박사님이 아니라 나의 눈에 눈물이 차올랐다. 그녀가 행복한 삶에 도달하기 위해 헤쳐왔던 그 순간순간들이 영화처럼 내 볼을 타고 내렸다.

"당신을 한 번 꽉 안아줘도 될까요? 그동안 정말 잘 살아냈다고…."

우리는 마치 양쪽에서 100미터 달리기를 해서 서로 만나 끌어안듯 세차고도 벅찬 포옹을 했다. 왼쪽 가슴을 맞대어 심장과 심장을 연결하는 포옹을 말이다.

"데비, 우리는 세상에 할 일이 있는 거예요. 오전 교육 때 두바이에서 온 기업가와 파트너를 했는데, 두바이의 폭탄 테러 때 가족을 세 명이나 잃었다고 해요. 그 사건으로 300명이 희생되었다고 하는군요. 남은 사람들의 정신 치료를 위해서 내가 할 수 있는 일에 대해 이야기했어요. 직접 가서 그들을 도울 수 있는 일을 하려고요. 세상에는 역사적으로, 사회적으로, 개인적으로 감당할 수 없는 일을 당하는 사람들이 정말 많아요."

상처와 아픔을 주는 사람들은 우리를 파괴하는 그 어떤 것이 아니라 우리에게 연구과제를 던져주는 사람들일 뿐이다. 그 사실을 리즈 박사님은 그의 나이 오십을 훌쩍 넘어, 그리고 나는 그런 그녀를 만났기에 조금 더 이른 나이에 알게 되었다. 그녀는 그 시간 동안 결코 지지 않았고 자신의 어느 한 곳도 어그러뜨리지 않았다. 그리고 우리에게는 세상에 할 일이 있음을 알려주었다. 꿈의 원동력은 사랑이 되어야지 분노가 되어서는 안 된다고 우리는 마치 합의서에 도장을 찍듯 동의했다. 분노가 주는 꿈이 있었다면 그것을 사랑으로 변환시키는 긍정 변화의 단계가 하나 더 필요하다.

때로는 무심코 앉은 자리조차 의미를 가질 때가 있다는 것을 이 7일간의 여정에서 알게 되었다. 쉬는 시간마다 자리를 옮겨 다니며 새로운 사람을 만나야 하는 것이 미션이었지만, 사람들은 그 불편함을 쉬이 감수하지 못하고 한곳에 앉아 있으려고 했다. 우리는 모두 편안한 안전지대를 떠나 불편해지는 것을 배우러 온 것인데도 그러하니, 우리의 본성은 얼마나 익숙한 것을 떠나지 않으려는 성향을 가졌는지…. 나 또한 그런 성향이지만 다행히 새로운 사람들이 내 옆에 와서 기꺼이 앉아주기에 예상하지 못한 나눔이 이루어진다. 그때는 공교롭게도 자신의 라이프 스토리를 2분씩 나누는 시간이었다.

'세상에 이 짧지 않았던 인생의 이야기를 단 2분 만에 나누라니!'

참으로 어려운 일이라는 생각이 들었다. 잭이 먼저 시범을 보였다. 그는 교육하는 사람이 보여주는 나눔의 깊이에 따라서 교육을 받는 사람들이 나누는 삶의 깊이가 달라진다고 설명했다. 그리고 그는 70년 넘는 생애의 아픔과 기쁨을 모두 털어서 단 몇 분 안에 들려주었다. 잭은 자신의 약한 부분도 감추지 않았고 무언가를 숨기거나 애써 포장하지도 않았다. 그 짧은 이야기에 삶의 궤적이 압축되어 있었다. 그것은 자신을 뽑아달라고 늘어놓는 입시나 취업 면접에서의 자기소개와 달리 진정한 자신의 인생 이야기였다. 그런데 놀라운 것은 그의 스토리 속에 나의 스토리가 투영되어 있다는 사실이었다. 멀리 무대에 서있는 그가 급격히 가까워진 느낌이었다.

그의 이야기를 들은 후 4명이 한 조가 되어 한 사람씩 자신의 스토리를 말하기 시작했다. 베르나르 베르베르의 단편소설 「투명 피부」의 주인공처럼 우리 자신을 투명하게 모두 드러내 보이는 일은 실로 두려운 일이다. 소설에도 '진실보다 사람들을 더 불안하게 만드는 것은 없다'라고 나와있듯 말이다. 투명 피부가 아니라 불투명 피부를 가지고 있는 것은 고도로 정교하게 디자인된 조물주의 선물과도 같은 것이다. 우리의 과거와 스토리도 마찬가지다. 온통 불투명 피부로 덮여 있어 내보여주지 않으면 결코 알 수 없고 그것을 알지 못하면 우리는 그 사람에 대해 백 만분의 일도 모르는 것이 된다. 그것이 가려져 있기 때문에 세상은 아무 일 없는 듯 돌아가고 있지만, 투명 피부가 되어서 안에 있는 것을 보여줄 때 우리에게는 상상하지 못한 공감과 연민이 일어난다. '과연 2분 안에 이 사람들의 스토리를 알 수 있을까' 하는 마음으로 시작했는데, 또 다시 믿을 수 없는 일이 벌어졌다. 다들 자신의 가장 밑바닥에 있는 아픈 이야기들부터 성공한 이야기들까지 모두 단 2분 안에 말하고 있는 게 아닌가. 그리고 한 사람 한 사람 이야기가 진행될 때 단 몇 초 만에 말하는 사람의 목소리는 투명 피부의 안쪽에 흐르는 눈물과 하나가 되었고, 함께 듣고 있는 사람들도 그 회상 속으로 빠져들어갔다. 이제 내 차례가 되었다. 나는 용기를 내서 나의 인생 이야기를 나누려고 했지만 양파 껍질만큼의 표면적인 이야기만 하고 말았다. 하지만 모든 이들이 나눔을 마치고 난 뒤에는, 나에게도 어디에선가 용기가 불쑥 튀어나와 심연에 묻혀있는 이야기를 단 한 마디로 꺼내어 보여주었다.

"저도 사실은 여러분과 같은 경험을 가지고 있답니다."

뒤늦은 고백과도 같은 나의 말에 눈물로 붉어진 세 명의 눈동자가 세 배는 더 커져서 나를 쳐다보았다. 그리고 동시에 나에게 외쳤다.

"정말로?"

그 순간 우리는 다시 완벽히 서로에게 연결되는 상태를 경험했다. 스토리가 사람과 사람들, 그리고 심장과 심장을 깊게 연결하는 것이다. 세 명의 사람들이 2분 안에 말했던 그 스토리 안에는 내가 겪었던 일들이 교집합처럼 겹쳐있었다. 신기한 일은 덴버에 사는 작가이자 사업가, 런던에 사는 필리핀계 엔젤투자가, 앨버커키에 사는 스페인계 한의사, 도무지 일치하는 점이라곤 없는 그들과 나의 경험이 꼭 닮아있다는 사실이었다. 국적이나 직업 따위는 이제 더 이상 무의미해졌다. 우리는 피할 수 없는 일을 방어막도 없이 경험해야 했던 한 인간으로 돌아갔을 뿐이었다. 그러니 앉은 자리마저도 의미가 있다는 것이 증명될 수밖에, 2분이 낳은 기적이라고 할 수밖에, 그리고 '연약함을 드러내는 것의 힘(the power of vulnerability)'이라고밖에 설명할 수 없을 것 같았다. 대부분의 사람들은 내면의 고통을 웃음 뒤에, 그리고 프로페셔널한 행동 안에 감추고 산다. 하지만 이곳에는 '그럼에도 불구하고' 삶에서 성공을 이룬 사람들, 자신의 아픔을 열정과 꿈으로 바꾼 사람들, 자신의 지식과 경험 그리고 깊은 상처까지도 세상에 아름답고 강력한 메시지로 전하려는 사람들로 가득 차있었다. 나는 또 한 번 생각했다.

'사람이 예술이구나!'

예술작품이 가득한 갤러리의 한복판에 서있을 때처럼 황홀한 행복감이 충만하게 전해져 왔다.

같은 마음의 온도를 가진 사람들은 서로를 끌어당긴다. 그렇게 만난 스페인계 한의사인 진렌과 호주에서 온 디지털 노마드인 린은 그 짧은 일정

속에서도 나에게 자매와 같은 존재가 되었다. 진렌은 천진난만한 웃음을, 린은 어디서도 보기 힘들 만큼 호탕한 웃음을 가진 친구였다. 그리고 큰 덩치와 전혀 어울리지 않게 사랑스럽고도 귀여운 진렌의 남편 제이콥도 우리와 함께 했는데, 그들과 보낸 시간은 10년치 웃음을 다 웃고 온 것만큼 행복한 에너지로 꽉 찬 시간이었다. 함께 저녁을 먹던 날, 린은 홈메이드 딸기 에이드를 주문했는데, 나는 하노이에서의 기억이 떠올라 이렇게 말했다.

"다 큰 어른이 저녁 식사에 홈메이드 딸기 에이드라니. 그건 비즈니스 미팅에서 초콜릿 밀크셰이크를 시키는 거나 다름 없다고요!"

그런데 딸기 에이드가 너무나 먹음직스럽게 나오는 걸 보고는 결국 나도 딸기 에이드를 주문하고 말았으니 역시 어른인 척 하는 것은 나에게 잘 통하지 않는다. 그런 나를 보고 모두가 배꼽을 잡고 웃었다. 린은 오래전 타이페이의 야시장에서 먹었던 것을 연상시키는 커다란 패스트리빵으로 그릇의 뚜껑을 감싸 덮은 닭고기 수프를, 나는 예전에 인도 친구들과 함께 자주 먹었던 병아리콩을 곁들인 매콤한 브리야니를, 진렌과 제이콥은 랍스터 크림 그라탕과 바게트빵을 주문했다. 그러고는 편안한 자세로 제이콥의 이야기를 듣기 시작했다. 그는 인테리어 비즈니스를 하는 사업가지만 어린이들을 위한 책을 내는 꿈을 갖고 있는 예비 작가이기도 하다. 그래서인지 그의 눈은 항상 악의 없는 장난기로 가득하고 사람들을 순식간에 순수하게 만드는 매력이 있어 함께 있으면 끊임없이 웃게 된다. 거기다 진렌과의 찰떡궁합은 보는 사람을 내내 흐뭇하게 만들기도 한다.

"내가 사는 뉴멕시코는 홈리스들로 가득 차서 말이에요. 나의 동화책에는 홈리스가 등장하지 않을 수가 없어요."

제이콥은 이렇게 말하기 시작하며 지금 쓰고 있는 책의 내용을 우리에게 열심히 들려주었다. 소년 같은 순수한 스토리가 어찌나 흥미진진하던지 누구라도 빠져들지 않을 수 없을 것 같았다. 가만히 스토리를 듣고 있던 애니메이션 제작자 린은 벌써 그의 이야기로 애니메이션과 게임을 구상했고 그들의 꿈은 이미 오스카상에 도착해있었다. 그들의 상상토크가 어찌나 대담하고 재미있던지 정신을 차리지 못하고 웃는 틈에 어느새 대화는 반려동물에 관한 이야기로 넘어갔다.

"그거 알아요? 요즘 고양이를 유리병 안에 넣어서 동그랗게도 만들고, 네모 낳게도 만드는 취미를 가진 사람들이 있다는 거 말이에요."

제이콥이 말했다.

"네? 설마… 그런 잔인한 일을…. 말도 안 돼요."

내가 믿을 수 없다는 듯 말하자 그는 인터넷을 뒤져서 실제 사진들을 보여주기 시작했다. 세상에나, 정말로 그런 사진들이 잔뜩 올라와 있었다.

"옛날 중국에는 그런 일이 있었잖아요. 작은 발이 예쁘다고 해서 발이 더 자라지 못하게 꽁꽁 묶어놓는 일 말이에요."

진렌이 이야기했다. 진렌의 말처럼 전족(纏足)도 어쩌면 생명체를 가두는 일이다. 더 이상 성장하지 못하게 말이다.

"한국에서는 수박을 상자에 넣어서 하트 모양이나 네모난 모양으로 자라게끔 하는 건 본 적이 있어요. 이건 식물이니까 고양이나 사람의 발보다는 낫지 않아요?"

수박 이야기는 다들 처음 들어보는 거라며 신기해했다.

"그럼 밸런타인데이에 초콜릿 대신 하트 모양의 수박을 선물하라는 건가요? 아니면 네모난 수박을 식빵처럼 잘라 먹는다는 뜻이에요?"

다들 금시초문이라는 듯 서로를 보며 다시 웃기 시작했다. 우리는 웃음 바이러스에 전염된 듯 한동안 음식을 제대로 먹지 못할 정도로 웃었다.

"그리고 옛날 중국에서는 납작하고 네모난 뒤통수를 예쁘다고 여겼대요. 우리 엄마는 정말 납작하고 네모난 뒤통수를 갖고 있는데, 그게 설마 수박처럼 네모난 상자에 넣어서 그런 건 아니겠죠?"

진렌의 장난 섞인 말에 우리는 또 한 번 웃음이 터졌고, 그녀의 말을 받아 내가 말했다.

"어머나, 그럴 리가요. 한국에서는 동그란 짱구 머리를 최고라고 여겨요. 그래서 갓 태어난 아이들에게는 꼭 '짱구베개'라는 것을 사용하고, 머리를 동그랗게 만들기 위해서 자고 있는 아이의 머리도 한쪽으로 치우치지 않게 공을 들여 이리저리 뒤집어주기도 하죠. 아가의 머리는 아직 말랑말랑하잖아요. 어떻게든 만들어주는 대로 되거든요. 한국에서는 다들 그러는데…."

그랬더니 진렌이 도넛을 빚는 흉내를 내며 말했다.

"진짜요? 그런 이야기는 미국에서는 들어본 적이 없어요. 이렇게 말이에요? 아기의 머리를 도넛처럼 이쪽으로 뒤집고 저쪽으로 뒤집어서 동그랗게 만든다는 말이죠?"

이제 우리는 아기가 아니라서 어떤 부위도 말랑말랑하지 않고 변화하기 힘들게 딱딱하게 굳어 있는 것은 아닐까. 더 이상 성장하거나 옆으로 튀어나가지 못하도록 네모난 혹은 동그란 모양의 상자를 스스로에게 씌우면서 말이다. 그것을 사진으로 보면 불쌍하게 느껴지지만 우리는 인식하지도 못한 채 계속 자신에게 그런 고정관념과 편견을 씌워놓고 살아가고 있는지도 모른다. 우리는 여기에 그 상자를 벗기 위해 온 것 같았다. 다시 아기의 상태로 말랑말랑하게 돌아가 원하는 모양으로 삶을 빚어갈 수 있기를 바라면서 말이다. 식사를 마치고 레스토랑을 나와서는 다 함께 사진을 찍었다. 내가 준비해 온 셀카봉을 이용해서 말이다.

"와, 이건 정말 아시아적인 준비물이군요!"

제이콥이 말했다. 셀카봉이 없었다면 그날의 단체사진은 불가능했을 테니 아시아적인 것이 때때로 도움이 된다. 셀카봉에 익숙하지 않은 제이콥이 팔이 길다는 이유만으로 셔터를 눌렀는데 모두의 얼굴이 뭉크의 〈절규〉처럼 찍힌 사진이 나왔다. 그 사진을 보고 다시 한 번 다같이 주저앉을 만큼 큰 폭소를 터뜨렸다.

"이건 아시아인인 내가 찍을게요."

결국 내가 다시 셀카봉을 들었고, 우리는 그렇게 얼굴을 맞대고 사진을 찍으며 사막의 밤을 잊을 수 없는 추억으로 마음에 새겼다.

우리는 매우 다양한 이유들로 큰 꿈을 꾸지 못한다. 그것은 나만 그런 것이 아니라 여기에 모인 전 세계인들이 모두 그랬다. 우리는 왜 그런지에 대해 이야기하는 시간을 가졌다. 그 이유는 칠판이 가득 차고도 넘칠 정도로 끝도 없이 펼쳐진다. 결국 꿈도 유리병에 넣어서 가둬두는 것이다. 더 자라지 못하도록 말이다. '송충이는 솔잎을 먹어야 한다'는 고정관념의 유리병을 꽉 씌워서 송충이 이상의 상태를 꿈꾸는 것을 송구스러워 한다. 나 자신에게 그리고 주변의 사람들에게까지도 말이다. 나도 지금껏 그랬고, 국적을 초월하여 그곳에 있는 사람들 모두가 그랬다. 그런데 이번 세미나의 다양한 활동들이 우리의 꿈을 유리병에서 꺼내주고 늘려주고 키워준 덕분에 첫날의 꿈과 일곱 번째 날의 꿈은 그 크기가 상상하지 못할 만큼 커져 있었다. 그리고 우리는 세미나가 끝나고 방에 돌아가서도 밤마다 졸면서 101가지 버킷리스트를 적는 숙제를 했다. 꿈은 크게, 그리고 지금의 현실에 감사한다는 조건을 달고, 그 꿈은 꼭 인류의 어느 모퉁이에 빛을 비추어야 한다는 두 번째 조건을 달고는 말이다. 큰 꿈이든, 작은 꿈이든 꾸는 데에 드는 에너지는 똑같아서 꿈을 크게 꾼다고 해서 힘이 더 드는 것은 아닌데, 우리는 왜 그 사실을 잊고 사는 걸까.

나는 그 여정에서 게트루드라는 짐바브웨의 여성을 만나게 되었다. 누군가가 내 꿈을 이루는 데에 도움을 주고 협력할 만한 사람이라며 그녀를 내게 데려다 주었기 때문이다. 그녀는 전형적인 아프리카의 것으로 보이는 기하학적 패턴의 옷을 입고 아프리카 특유의 대담한 장신구를 하고 있었다. 그녀는 매우 편안하게 느껴지는 또렷한 발음으로 자신을 소개했다. 짐바브웨라는 나라는 들어보기는 했어도 가본 적도, 그곳 출신의 사람들을 만나본 적도 없었기에 그녀가 자리를 비운 틈에 핸드폰으로 잠시 검색을 해야 했다. 심각한 인플레이션, 독재, 낮은 임금 등의 단어가 등장했다.

"나는 2001년에 짐바브웨를 탈출해서 뉴질랜드로 이주했어요. 그리고 지금은 미국의 뉴멕시코에 살고 있지요. 나는 책을 써서 에이즈로 부모를 잃어 고아가 되었거나 에이즈에 걸린 아프리카 아이들을 돕고 있어요. 책 한 권을 내서 52명의 아이들을 도울 수 있게 되었답니다. 그리고 다른 사람들도 그렇게 할 수 있도록 돕고 있지요. 전 세계에 책을 판매할 수 있도록 모든 프로세스를 돕는 거예요. 이쑤시개 하나를 팔아도 전 세계에 하면 큰 일이 되고, 한 나라에 지진이 나도 전 세계인이 1달러씩만 기부를 하면 다시 재건할 수 있거든요. 나의 아이 셋조차도 먹여 살리기 힘든 나라에서 태어난 내가 더 많은 아이들을 돕는다는 것은 상상할 수 없는 일이었어요. 하지만 나는 꿈을 꿨고, 이제 이루어져가고 있어요. 책을 쓸 뿐만 아니라 전 세계를 다니며 교육을 하고, 그 스토리 콘텐츠로 어플리케이션과 게임, 영화도 만들어요. 얼마 전 있었던 나의 워크숍에는 36개국의 사람들이 등록했지요."

그녀는 보통의 아프리카 여인이 아닌 것이 분명했다. 우리는 점심을 함께 먹고 복도를 걸으며 이야기를 계속했다. 그녀는 어떤 일이든지 비즈니스로 연결해내는 독창적인 기업가적 실행력을 갖고 있었고 여러 장르의 비즈니스를 성공적으로 일구어냈다. 그동안 다양한 역할에 도전하며 살아온 그녀에겐 그 안에 묻혀있는 이야기들이 많았다. 그녀는 자신이 스피커로 섰던 TEDx의 영상을 나에게 보여주었다.

"그날, 저는 깨달은 거예요. 나의 목소리, 나의 몸, 나의 생애… 이 모든 것은 더 아름다운 세상을 위해 사람들을 일깨우는 데에 사용되는, 그저 통로일 뿐이라는 사실을…."

하지만 그것을 깨닫기까지 그녀의 생애는 온통 눈물로 가득 차있었다.

"아프리카의 여인들은 대개 음식을 제일 마지막에 먹을 수 있어요. 직접 곡식을 뿌리고, 거두고, 불을 피워 그 많은 가족들의 음식을 만들어내지만, 그 지친 하루의 끝에 가장 마지막으로 음식을 먹는 건 바로 여자들이거든요. 전쟁 중에는 또 어떤가요. 몇 명의 남자들에게 한꺼번에 성폭행을 당하기도 하지요…."

똑같은 21세기의 시간을 어떤 사람들은 이렇게 다르게 살고 있는 것이었다. 그것을 미디어로 보면 남의 일처럼 느껴지지만, 직접 만나서 들으면 그 일이 마치 나의 일처럼 느껴지는 '거울 현상'을 또 한 번 겪게 된다. 그녀는 지금 그동안 자신을 짓누르던 모든 것에서 용감하게 벗어나 누구보다도 자신감 넘치게 자신의 길을 가고 있다. '슬픔에서 성장으로(grief to growth)'라는 문구가 저절로 머릿속에 떠올랐다.

"내가 나를 찾지 않은 채 주부로 짐바브웨에 살고 있을 때는 나의 아이들 셋을 먹여 살리는 것도 버거웠는데, 모든 두려움을 이기고 책을 쓰면서 세상으로 나와 사람들을 돕기 시작하니 기적 같은 일들이 매일 일어났어요. 얼마 전에는 짐바브웨의 한 초등학교를 인수해서 580명 아이들의 학비를 지원할 수 있게 되었고요."

아프리카를 변화시키기 위해, 그리고 제2의 넬슨 만델라를 키우기 위해 그녀가 진행하고 있는 글로벌 프로젝트들이 끝도 없이 쏟아져 나왔다.

"나누는 기쁨을 모른다면 그건 뭔가 단단히 빠져있는 인생이죠."

그러면서 그녀는 자신에게 '용기'라는 선물을 전해 준 사람이 다름 아닌 에이즈로 고통 받다가 생을 마감한 그녀의 남동생이라고 말하며 그녀가 왜 이 일들을 하는지에 대해 설명했다.

"아프리카에서 에이즈에 걸리는 것은 마치 '러시안 룰렛 게임'과도 같아요. 누가 그 화살을 맞게 될지는 아무도 모르는 거예요. 나는 다행히 그 화살을 피해 살아남았으니 그것을 피해가지 못한 사람들을 위해 마땅히 이 일들을 해야 하는 거지요."

그녀는 이렇게 나에게 또 한 명의 스승이 되어주었고, 함께 도울 일들을 상의하기로 했다. 고통은 비전이 우리를 완전히 끌어당길 때까지 우리를 끝까지 밀어붙인다는 사실을 이곳에서 발견한다.

교육이 끝나가는 무렵 가장 중요한 미션은 서로의 꿈을 평생 응원해 주고 실제적인 도움을 주는 응원단을 조직하는 일이었다. 응원단은 매주 서로의 행동 계획을 점검해서 목표에 이르게끔 활력을 주고 도움이 될 사람들은 지구를 다 뒤져서라도 연결해주는 것이다. 그리고 뒤처지지 않게끔 서로를 격려하고 힘들 때는 업고 같이 달려주기로 약속하는 사이가 되는 것이었다. 나에게도 글로벌 응원단이 생겼고, 이렇게 세상은 꿈을 이루어가고 있었다. 성공은 팀 스포츠이니 말이다. 잭이 말했다.

"나는 이 그룹 미팅을 지난 45년간 해왔어요. 이것이 내가 말할 수 있는 최고의 성공 비결이랍니다."

우리는 서로 돕기 위해 존재한다. 경쟁하기 위해 존재하는 것이 아니라…. 이 단출한 응원단의 힘이 얼마나 큰지, 마치 바다 위에 디딤돌을 놓고 서있는 것처럼 세상이 광활하게 보이고 든든하게 느껴졌다. 게트루드가 알려준 아프리카의 철학 우분투(Ubuntu)의 '나는 당신이 있기 때문에 존재한다(I am because you are)'라는 말이 떠올랐다. 세미나의 마지막에서는 '가위바위보 응원 게임'을 했는데, 두 명씩 짝을 지어 가위바위보를 해서 이긴 사람들끼리 계속 다시 붙는 게임이었다. 이때 진 사람은 진 순간부터 이긴 사람의 응원자가 되어 이긴 사람의 이름을 부르며 응원을 하는 것이다. 이렇게 하니 점점 더 거대한 응원단이 만들어졌다. 그리고 마지막 승자인 단 두 사람이 붙었을 때는 전체가 두 팀으로 나뉘어 크게 소리를 지르며 응원을 하는데, 마치 올림픽 경기라도 보는 듯 열렬하고도 흥미진진했다. 알고 보면 우리는 단지 가위바위보를 하고 있을 뿐인데 말이다.

"운동선수에게만 응원이 필요한 게 아니에요. 우리 모두에게도 삶을 위한 응원단이 필요하답니다."

잭이 말했다. 모든 사람들에게 그 응원단이 있다면 스스로 하늘나라 티켓을 끊는 일 따위는 일어나지 않을 것만 같았다.

이윽고 우리는 마지막 날 밤의 파티장으로 함께 향했다. 평소에 입던 청바지와 티셔츠가 아니라 제법 옷을 차려입고 '미래의 파티'에 도착했다. '미래의 파티'는 그간의 꿈과 도전이 모두 이루어졌다고 가정하고 열리는 파티인데, 여기저기서 축하의 소리가 끊이지 않고 들렸다. 엄마가 되는 것을 간절히 꿈꾸던 사람은 아이 인형을 안고 나타났고, 아프리카에 학교를 짓겠다던 사람은 그 학교의 사진을 실제인 것처럼 우리에게 보여주며 자세하게 설명했으며, 그래미상을 꿈꾸는 가수는 그래미상 트로피를 손에 들고 나와 사람들을 놀라게 했고, 자신의 이상형 배우자를 만나고 싶어 했던 사람은 아직 존재하지 않지만 상상 속에 있는 그에 대해 끝없는 자랑을 늘어놓았다. 미래의 어느 날이기 때문에 머리를 은발로 만들어서 그럴 듯하게 분장을 하고 나온 친구도 있었다. 가장 자기다운 모습으로 우리가 상상하는 그런 인생을 살고 있다면 얼마나 멋질까. 5년 후가 된 그 자리에서 우리는 모두 자신의 인생에 최고로 의미 있는 일을 하며 살고 있었고, 자신이 이루어낸 세계, 비즈니스, 가족, 사랑, 건강에 대한 감사함으로 가득 차있었다. 마치 영화 〈Back to the future〉를 찍기라도 하듯 그 짧은 한 시간은 정말 영화의 한 장면이 되어 나의 머릿속에 또렷이 남았다.

다시 현실의 시간으로 돌아온 우리들은 마지막 만찬을 함께 하고 밤이 늦도록 댄스 파티를 했다. 중간에 난데없이 싸이의 〈강남스타일〉이 울려 퍼졌던 순간에는, 그 첫 소절이 울림과 동시에 사람들이 일제히 한국에서 온 "데비!"를 외쳤다. 나는 저항할 시간도 없이 끌려나가 연습한 적도 없는 말춤을 신나게 추었고, 제이콥과 진렌, 그리고 린은 나의 옆에 서서 익살스러운 웃음을 띠고 〈강남스타일〉에 맞춰 함께 춤을 추었다. 어쩌면 20년 전 호주 기숙사의 모닥불 댄스 파티 이후 처음 있었던, 몸으로 표현을 하는 시간이었다. 헤어질 시간이 다가오고 있다는 사실을 똑딱똑딱 피부로 느끼고 있어서 그런지 서로가 1분, 1초를 아까워했다. 한정된 시간이 주어지면 관계는 이렇게 서로에게 애틋해지는 것이다. 린은 요즘 자신이 시작한 VR(가상현실) 비즈니스를 자신이 왜 하고자 하는 건지, 그 일의 목적을 명확히 알아내는 것에 몰두하고 있었는데, 우리는 그 이야기들을 함께 나누기도 했다. 린이 이야기를 시작했다.

"나는 정말 이 시간을 통해서 내가 태어난 목적이 무엇인지, 내가 살아가는 이유는 무엇인지를 생각해봤어요. 그리고 새로운 목적을 알아내었죠. 내가 VR 애니메이션을 왜 만들고 싶어하는지, 이 비즈니스를 왜 시작해야 하는지 말이에요. 그게 명확해야 적합한 사람들이 모이고 비즈니스가 시작될 수 있거든요. 내가 발견한 목적은 바로 어른들 안에 잊혀진 아이의 본성, 그것을 스토리텔링과 놀이를 통해서 일깨우고 영감을 주는 일이라는 거예요. 난 이번에 알게 되었거든요. 내 마음 안에는 아직도 꺼지지 않는 아이가 한 명 살고 있다는 것을 말이에요. 모든 어른들의 가슴 속에 살아있는 아이에게 기쁨과 재미를 다시 안겨주고 그것을 다시 찾도록 돕는 일을 하는 것이 나의 진정한 목적인 거예요!"

우리는 그녀의 이야기를 들으며 함께 전율하고 환호성을 지르며 즐거워했다.

"우리도 함께 도울게요. 맞아요. 내 안에도 그 내면의 아이가 있거든요! 함께 더 춤추고 더 많이 웃으며 살아요."

우리는 삶의 목적을 찾아야 하는데, 바로 '선한 목적'을, 다른 이들에게 도움이 되는 목적을 찾는 것이 미션이었던 것이다. 어느덧 자정이 되었다. 댄스 파티에서 신데렐라가 자정이 되면 집으로 돌아가야 하듯이 우리도 이제 헤어질 시간이 된 것이다. 진정으로 소망하던 모든 것을 이루어낸 신데렐라가 되었던 순간이었다. 현실 속의 집이 우리를 기다리고 있고 돌아가면 다시 하녀복으로 갈아입은 뒤 빗자루를 들어야 하는 것도 알고 있지만, 우리에겐 더 당당히 빗자루를 쥘 수 있는 힘이 생기고 있었다. 우리는 다같이 마지막 포옹을, 최선을 다해서 한 명 한 명 오래도록 했다. 그리고 서로에게 엄지 손가락을 치켜들었다.

"당신이 최고예요. 당신의 아름다움 속에 싸여있는 친절함, 배려심, 자상함, 변하지 않는 가치, 그 어떤 세상의 좋은 말로도 당신을 표현하기 어려워요. 우리의 스토리는 계속 연결될 거죠? 꿈은 이루어낼 거죠? 그리고 다시 만나요."

우리는 서로에게 이렇게 말하며 7일간의 만남을 마무리했다. 언제 우리가 다시 만날 수 있을지…. 우리는 애써 아쉬운 마음을 달래며 '우리가 다시 만나는 것'을 꿈의 목록에 추가했다. 그리고 재빨리 그 꿈을 구체적으로 꾸기 시작했다. 진렌이 머릿속에서 유레카를 외친 듯한 아이디어를 꺼내었다.

"코스타리카는 어때요? 콜롬비아는? 그곳에서 많은 사람들이 다시 살아갈 수 있게 하는 재충전의 시간(retreat)을 기획하는 거예요. 그동안 살아온 날들을 디톡스하면서 자신감과 긍정성을 회복하게 돕고, 아트적인 요소들을 결합하는 거지요. 나는 한의사니까 과학으로 분석한 체질에 맞는 최고의 음식과 침을 놓는 서비스를 하면 되고, 데비는 시와 노래가 있는 스토리텔링을 들려주면서 교육 워크숍을 진행하고요. 참, 책도 나눠 주어야죠. 린은 곧 제작할 흥미진진한 VR 애니메이션을 한여름 밤 해변에서 상영하는 거예요. 제이콥이 그때쯤은 그의 동화를 완성하겠죠? 그럼 제이콥은 아이들에게 동화를 들려주면 돼요. 어때요? 어느 날 그렇게 인생의 무대에 함께 서서 우리의 스토리를 각기 다른 방식으로 말하는 날이 오지 않을까요? 모두가 강연자로 서서 사람들에게 용기를 주고 꿈을 이루어낼 수 있도록 도움을 주는 거지요. 이걸 실현할 수 있게 도와줄 사람을 알고 있어요. 당장 만나야겠어요!"

세상에, 이런 아이디어의 상상력은 어디에서 나오는 것일까. 완전히 다른 일들을 이렇게 조합하는 능력도 말이다. 진렌은 함께 하는 시간 내내

'어떻게 하면 더 나은 의사가 될 수 있을까, 어떻게 하면 더 나은 사람이 될 수 있을까'를 고민하고 이야기했다. 그녀의 근사한 아이디어 안에는 그동안 고민했던 그녀의 마음이 들어있었다. 우리의 꿈은 더 커진 것이 맞았다. 서로를 퍼즐처럼, 블록처럼 맞추면서 더 큰 그림을 그리고 쌓기 시작했으며 그 꿈은 듣기만 해도 우리를 또 한 번 힘내어 살아가게 했다. 그리고 현실로 돌아가도 다시 열심히 일하게 만드는 마약 같은 능력을 발휘하고 우리를 취하게 할 것이다. 그렇게 헤어짐은 기대감으로 바뀌고 있었다.

이곳에서 진렌의 이야기를 들으니, 왠지 내 안의 막연하고 오래된 꿈이 그리 멀지 않은 일처럼 느껴졌고 조금씩 그 문장에 가까워지고 있는 것만 같았다. 우리가 소명에 응답하기로 결정하는 순간, 편안한 지대의 벼랑 끝에 매달려 있을 때보다 훨씬 더 근사한 일이 벌어질지도 모른다는 생각이 들었다. 우리는 모두 규정되지 않은 미래의 어느 지점을 향해 살아가고 있지만, 그 불안감을 콩알만하게 축소시켜주는 것이 꿈의 능력이기도 하다. 희망, 감사, 사랑, 기쁨과 같은 긍정적인 정서를 경험하는 시간은 자기효능감을 강화시키고, 창조적인 솔루션을 제공하며 동기를 부여한다는 학설이 있는데, 그 학설의 명제가 여기서 이런 방식으로 증명되고 있었다. 꿈이 이루어지는 날이 중요한 것이 아니라 그것을 나누고 있는 이 순간이, 40대의 여자들이 각기 다른 나라에서 모여 들뜬 고등학생처럼 꿈을 이야기할 수 있는 것 자체가 우리에게는 큰 의미가 있었고, 새로운 종류의 행복을 배달해주었다.

애리조나 사막 위에 당당하고 위용 있게 서있는 키가 크고 푸른 선인장처럼, 내 마음의 황량했던 사막에도 푸른 선인장이 돋아나기 시작했다. 주변 환경이 아무리 사막의 모래 같아도 푸르름과 자신감으로 굳게 서있는 선인장들, 그 거대한 존재감을 보여준 선인장들이 왠지 이번 교육의 목적과도 어울려 나에게는 상징과도 같은 영감을 주기도 했다. 나는 이번 교육과 책과의 만남을 통해서 그리고 코펜하겐의 학교에서, 내가 무엇을 하고 싶은지, 왜 그 '무엇'을 하고 싶은 건지, 어떤 사람이 되고 싶은지에 관한 청사진을 실제로 보게 되면서 나를 찾아가는 여정에서 가장 높은 꼭짓점의 순간을 맞았다. 아기의 시절로 돌아가 나의 머리를 말랑말랑하게 되돌려 다시 원하는 모양으로 빚어갈 수 있게 만들어주는 그 어떤 깨달음을 얻을 수 있었다. 무엇을 하고 싶은지보다 왜 하고 싶은지를 아는 것이 중요하고, 이 두 개를 합친 것보다 어떤 사람이 되고 싶은지를 아는 것이 모든 것을 투명하리만치 명확하게 만들어주는 발견이다. 그것은 꿈을 입체적으로 만질 수 있게 해주고 그 롤모델은 '왜'와 '무엇'을 이루어가는 데에 나침반이 되어준다. 영국의 작가 윌리엄 바클레이(William Barclay)가 말했던 것처럼 삶에는 위대한 이틀이 있는데, 하나는 우리가 태어나는 날이고 또 하나는 왜 태어났는지를 발견하는 날이니 말이다.

언젠가 초대받아 갔던 덴마크 친구의 딸아이 돌잔치에서는 덴마크식 '돌잡이'가 인상적이었다. 그것은 아이가 나중에 어떤 직업을 가질지, 어

떤 것을 누릴지를 예측해보는 놀이가 아니라 '어떤 사람이 되면 좋을지'를 초대된 손님들이 적어서 풍선에 매달아주는 놀이였다. 그날 친구는 손님들에게 이렇게 말했다.

"제가 아이의 첫 번째 생일파티를 한국에서 하니 돌잡이도 한국식으로 해야 하나 한참 고민했는데요. 아무리 생각해도 저희 부부에게 이 아이가 무슨 직업을 갖느냐 하는 것은 그다지 큰 의미가 있는 일이 아니라서 고민 끝에 그냥 덴마크식으로 하기로 결정했답니다. 이 아이가 '어떤 사람이 되면 좋을지'를 적어서 풍선에 매달아주세요."

그들은 아이의 미래를 점치기보다 아이가 어떤 사람이 되면 좋을지를 먼저 생각한 것이다. 초대받은 많은 이들은 종이에 아이가 어떤 사람이 되면 좋을지 소망하는 말들을 적었다. 그리고 그 무수한 덕담이 담긴 풍선들을 하늘 높이 띄워 보냈다.

예전에 어떤 동료들은 직장을 떠나면서 나에게 이런 이야기를 했었다.

"이곳에 계속 있으면 결국 나의 미래는 지금 저 상사들의 모습과 같을 텐데, 나는 그런 사람처럼 되고 싶지 않아서 떠나는 거예요."

그러니까 직장의 상사가 닮고 싶은, 혹은 되고 싶은 미래의 모습이 아니라는 뜻이었다. 이는 어떤 직업을 가질지는 고민했을지 몰라도 어떤 사람이 될지는 고민해보지 않은 사람들을 만날 때 벌어지는 일이다. 그래서 그들이 직장을 옮긴 뒤 좀 더 나은 상사, 자신의 미래가 될 만한 모습의 사람을 만났는지는 더 조사를 해본 적이 없어서 알 수는 없다. 그런데 나는 이번 세미나를 통해서 내가 되고 싶은 사람, 닮고 싶은 사람, 나의 나이 일흔 그리고 여든이 되었을 때 갖고 싶은 모습을 더욱 실제적으로 발견할 수 있었다. 지금까지 살아오며 무수히 만나고 보았던 그 어떤 누구보다 깊은 완성도를 가진, 빈티지 가구처럼 세월이 갈수록 가치가 높아지는 그런 사람을 말이다. 그것은 아무리 나이가 들어도 중요한 가치들을 놓지 않고 실천할 수 있는 것, 그리고 그것이 성품과 생활 속에 자연스럽게 배어들어 새벽부터 밤까지 내내 보아도 누구나 지혜와 사랑을 느낄 수 있는 사람이 되는 것을 의미했다. 성숙하고 지혜로우며 온유하고 따뜻한 사람, 하지만 강력하게 사람을 일으켜 세우는 그런 힘을 가진 사람이 되는 것. 어느 나라에서 온 어떤 사람이든지 여기 있는 모두가 나와 같은 것을 느끼고 있었으니 문화적인 경계 또한 없는 것 같다. 많은 지식으로 무장하여 비판적 사고를 더해 쏟아내는 말로 세상을 바꾸려고 하는 것은 똑똑해 보이기는 하나 감동을 주어 사람을 움직이기는 어렵다. 오히려 잭이 보여준 방식의 교육과 인품은 세상을 부드럽고도 아름다운 곳으로 변화시키고 사람들을 성장시킨다는 나의 믿음이 더욱 굳건해졌다. 우리는 모두 그 어떤 이성적인 직업과 커리어를 가진 사람도 이 따뜻함과 긍정성, 사랑이 넘치는 관계 속에서는 생각과 삶의 패턴에 변화가 일어나지 않을 수 없다고 시인하곤 했다. 세상에 부정적인 것과 긍정적인 것의 비율이 21 대 1이라는 심리학의 통계를 굳이 이용하지 않아도 긍정성을 포기하지 않고 살아가기란 쉽지 않은데, 그것을 지켜내 살아온 그의 삶은 말할 수 없는 안도감을 주었다. 내가 그의 나이에 이르러 새롭게 설정할 비전은 과연 무엇이 될까…. 또 한 번 큰 숨을 쉬게 되고 심장이 두근거렸다. 학교는 꼭 한곳에 정착해 있어야만 하는 것은 아니었다. 어디든 배움과 만남이 있다면 그곳이 움직이는 학교인 것이다. 수많은 온라인 교육이 존재하지만 실제로 서로 만나 얼굴을 맞대고 휴먼터치가 일어나는 일만큼은 대체가 불가능하다는 것을 다시 한 번 일깨워 주기도 했다. 그 때문에 나도 지금껏 한 줄의 이메일로 전달할 수 있는 내용을 직접 전달하기 위해 수없이 여러 번 비행기에 몸을 싣고 다니며 사람들을 만났다. 이메일이나 소셜미디어, 화상 플랫폼, VR이나 AR마저도 대체할 수 없는 인간과 인간 사이의 살을 부딪치는 만남이 여전히 존재하는 것이다.

1921년에 세워진 코펜하겐의 학교는 21세기에 이런 모습과 방식으로 미국의 어느 사막 위에서 또 다시 펼쳐지고 있는 듯했다. 코펜하겐의 학교와 잭의 세미나는 다른 곳의 다른 교육 같지만 관통하는 공통점이 있었고, 그와 같은 교육은 세계 곳곳에서 보이지 않게 세상을 이끌고 있었다. 그 교육은 모두 '편안한 지대를 떠나야 성장할 수 있다는 것'과 '내가 누구인지를 찾아야 행복이 온다는 것'을 말하고 있다. 삶을 위한 학교, 삶을 위한 교육, 그것은 국경과 문화를 넘어서 치유와 따뜻한 관계, 그리고 선한 성공으로 이끄는 새로운 디자인의 시간이다. 그럴 때 충만하다고 느껴지는 관계가 형성되었고, 충만하다고 느껴지는 성취가 만들어졌다. 스페인의 유명 건축가 안토니 가우디(Antoni Gaudi)는 '감정은 결코 실수하지 않는

다. 왜냐하면 그것은 인생이기 때문이다. 실수하는 것은 단지 제어 도구에 지나지 않는 머리이다'라고 했다. 행복한 정서가 가득했던 일주일이었다.

　죽을 만치 아팠던 날 먹은 닭고기 수프에서 얻은, 도저히 머리에서 나왔다고는 믿을 수 없는 영감으로 시작된 교육과 만남의 여정은 이렇게 7일간의 기적 같은 시간으로 마무리되었다. 인생의 어느 시점에, 계기가 없어 실행하지 못하고 오랫동안 마음 속에 넣어두었던 장소, 롤모델, 책, 멘토를 다시 찾아가고 꺼내어 보는 여행은 뜻하지도 않은 선물을 가져다주었다. 그리고 앞으로도 매일 가고 싶은 장소, 만나고 싶은 사람들이 나의 버킷리스트에 추가되고 있다. 이렇게 짧은 시간 동안 인생의 숙제와도 같았던 의문이 풀린 적도 없었고, 이렇게 운명적인 사람들을 압축적으로 많이 만난 적도 없었으며, 이만큼 나 자신을 왜곡되지 않은 마음으로 사랑하기 시작한 적도 없었다. 덕분에 나의 자존감은 건강한 모습으로 최소한 몇 인치는 자랐다. 이제 세상에 진정한 나의 몫을 하며 '다시 살아가는' 일만 남았다. 7일간의 여정이 끝나자 나는 마치 20년 전 대학을 졸업하고 처음 세상을 나갈 때와 같은 마음이 들었다. 다른 점이 있다면 그때는 부모와 환경이 원하는 일을 선택했고 지금은 나의 마음이 지시하는 일을 따라가고 있다는 것 정도가 아닐까. 사회가 요구하는 나, 서류가 요구하는 나, 가족이 요구하는 나로 살아내려고 애썼지만, 세월이 흘러 깨닫게 된 것은 아무도 나에 대해 그리 많이 생각하지 않으며 그리 많이 요구하지도 않는

다는 사실이다. 그러니 내가 원하는 나로 살아간다 해도 핀잔을 줄 사람은 아무도 없다. 그럼에도 불구하고 그 안에서의 경험과 연습이 그 다음에 살아갈 수 있는 시간을 준비시켜 주었고, 알랜이 나에게 알려준 'Love never fails(사랑은 결코 실패하지 않는다)'의 가르침이 디자이너와 제작자의 의도를 제대로 파악하지 못하는 시간 속에서도 소소한 지혜를 발휘하여 많은 산과 강을 건너며 소중한 것들을 배울 수 있었다. 안데르센(Andersen)이 말한 대로, 돌아보니 지금까지의 인생이 하나의 동화와도 같고, 가끔 등장하는 악역들도 있지만 나는 무사히 살아남았다. 그렇게 20년을 보내고, 이제 잭은 사랑은 결코 실패하지 않는 정도를 넘어서서 나에게 'Love achieves big(사랑은 큰 것을 성취한다)'을 가르쳐주고 있었다.

『너는 특별하단다』의 작가 맥스 루카도(Max Lucado)는 '당신은 우연이 아닙니다. 대량 생산되지도 않았고, 조립 라인의 부품도 아닙니다. 당신은 최고의 장인에 의해 의도적으로 계획되었고, 특별하게 재능을 부여받았으며, 사랑스럽게 지구에 안착했습니다'라고 설명한다. 안전지대에서 성실히 노를 저으며 일하는 사람이든, 혹은 일단 뛰어내리면서 비행기 부품을 조립하고 있는 사람이든 간에 참다운 모습으로 선한 세상의 퍼즐 한 조각을 얹으며 살아갈 수 있기를….

"이제는 굳건하게 발을 딛고 일어서서 당신 자신이 되어 원래 있던 자리로 되돌아가 세상 속으로 나아갈 시간입니다."

마지막으로 잭이 말했다. 나 자신으로 돌아가는 길이 조금 느린 듯해도 미래는 여전히 열려있고, 20년쯤 천천히 간다고 생각하면 간단히 해결되었다. 헨리 데이비드 소로가 『월든』에서 이렇게 노래했듯이 말이다.

'왜 우리는 성공하려고 그처럼 필사적으로 서두르며, 그처럼 무모하게 일을 추진하는 것일까? 어떤 사람이 자기의 또래들과 보조를 맞추지 않는다면, 그것은 아마 그가 그들과는 다른 고수의 북소리를 듣고 있기 때문일 것이다. 그 사람으로 하여금 자신이 듣는 음악에 맞추어 걸어가도록 내버려두라. 그 북소리의 박자가 어떻든, 또 그 소리가 얼마나 먼 곳에서 들리든 말이다. 그가 꼭 사과나무나 떡갈나무와 같은 속도로 성숙해야 한다는 법칙은 없다. 그가 남과 보조를 맞추기 위해 자신의 봄을 여름으로 바꾸어야 한단 말인가?'

다시 한국으로 돌아와 집 앞 낮은 동산 위에서 새벽을 맞았다. 거울 앞에는 애리조나에서 로리가 적어준 구절 '나는 내가 지구에 온 삶의 목적을 향해 걸어가고 있는가?'를 적어 넣었다. 옳은 방향의 길에 서서 걸어가고만 있다면 무엇을 하든지 괜찮다. 사랑할 수 있을 때 사랑하고, 기뻐할 수 있을 때 많이 웃고, 이루어낼 수 있는 시간이 주어질 때 이루어내는 삶이 아름답다고 스스로에게 이야기했다.

지구 반대편에서 보았던 해가 여기에도 똑같이 뜨고, 독일의 어느 골목에서 너무 아름답다 소리쳤던 오솔길이 여기에도 있어 혼자만 아는 미소를 짓는다. 어스름한 새벽녘에 솟아오른 황금빛 동그란 해가 강물에 비처 흔들리는 모습에 취해 눈동자가 같은 빛으로 물들고 있던 찰나, 친구로부터 사진 한 장이 날아들었다. 이런 기막힌 우연이 또 있을까. 친구가 보낸 사진은 바로, 모네의 〈인상, 해돋이〉 그림이었다. 판화를 찍어낸 듯 똑같은 풍경의 그림과 내 눈앞에 실제로 펼쳐져 있는 현실의 그림에 소름이 돋아 탄성을 지를 수밖에 없었다. 나의 삶에, 그리고 모든 이들의 삶에, 빛의 힘을 지닌 해는 다시 솟아 오른다. 어김없이 정확한 찰나에 말이다.

글을 쓰는 일이란 영혼이 쏟아져 내려야 할 수 있는 쉽지 않은 일이라는 걸 알면서도 다시 펜을 들었다. 글을 쓰는 일이 어떤 이에게는 그 안에 감춰둔 이야기가 그림이 되고, 음악이 되고, 영화가 되고, 글이 되는 자연스러운 순환 속에 놓여있다고 생각하면 어느 정도 설명이 되기도 하겠다. 단어로 그림을 그리는 것은 물감으로 그림을 그리는 것만큼이나 고독한 작업이고, 마음에 들지 않아 자꾸 덧칠을 하기도 하지만 '나는 하나님 손 안의 연필에 불과합니다'라는 마더 테레사의 말씀처럼 나 또한 작가가 아니라 그저 연필이라는 사실이 큰 안도감을 주었다.

건강과 마음에 노란 신호등이 켜지는 순간이 찾아와 삶의 속도를 극적으로 늦추고 매일 해오던 일터의 일들조차 잠시 내려놓아야 했던 1년여의 시간 동안 나는 난생 처음으로 내 마음의 소리를 제대로 들어보기 시작했다. 그 마음의 북소리가 울리는 곳을 향해 떠났고 그 소리는 온전한 나를 찾는 지점으로 데려다 주었으니, 그 삶이 정지된 듯한 시간은 나를 다시 살아가게 하는 시간이 되었다. 삶의 모든 이벤트가 나를 성장하게 하는 거름이 된다.

언제부턴가 '왜 인간은 서로에게 고통을 주며 살까'라는 질문이 머릿속에 늘 자리하고 있었다. 인생은 원래 아름다워야 하는데, 그리고 나 혼자 행복한 것이 아니라 나의 근처에 늘 있어주는 이들과 함께 행복해야 하는데, 왜 서로를 슬픔에, 분노에, 모멸감에 빠뜨리는 일들이 벌어져야 하는 걸까. 인간들이 만들어낸 고통을 받기 이전에 우리는 이미 불가항력적인 자연재해와 질병, 원치 않는 사건과 사고 등으로 충분히 그 슬픔을 감내하고 있는데 말이다. 내가 둥지를 틀고 있는 공동체 안에서, 가족 안에서, 사회 안에서 모두가 좀 더 친절한 영향력을 주어야 하지 않을까 생각했다. 엄격함보다 더 힘이 세다는 그 친절함 말이다. 그러다 나는 내면의 목소리를 듣는 여행을 통해 알게 되었다. 고통이 없으면 성장이 없다는 사실을, 그리고 그것은 우리를 성장시키려는 장치에 불과하다는 것을 말이다. 왜 우리가 늘 행복할 수 없는가 고민했었는데, 계속 행복하기만 하면 성장하지 못해 성숙하지 못한 인간으로 머물게 되고, 세상에 올 때 주어진 미션을 이루어내는 모멘텀을 가질 수 없게 된다는 사실 또한 깨닫게 되었다. 삶은 우리가 만나고 싶어하는 사람만 늘 소개하지는 않는다. 우리가 되어야 하는 모습에 이르게 하기 위해 우리를 돕는 사람, 상처 주는 사람, 안내하는 사람, 떠나는 사람, 사랑하는 사람, 그리고 우리를 서서히 강하게 만들어 주는 사람들을 때에 따라 만나게 된다.

이 책은 나를 다시 살아가게 했던 시간의 선물들을 고스란히 펼쳐 낸 '스토리 폴더'이다. 긍정심리학에서 말하는 긍정 포트폴리오(positivity portfolio)란 나의 첫 책인 『오픈 샌드위치』에서 언급한 '격려 폴더'와 비슷한 것인데, 긍정의 순간들을 잘 저축해두었다가 꺼내 보면 심리적 연금처럼 나를 다시 살아가게 만들어주는 것이다. '격려'는 외부에서 주어지는 것이고 '긍정'은 나의 내부에서 만들어내는 것인데, 긍정은 절망을 이기는 자기 격려이기도 하다. 돌아보면 나에게는 이 두 가지가 혼합된 수많은 시간의 선물들이 있었고, 그것은 때때로 다가오는 나의 슬프고 아픈 시간들을 눌러 이길 수 있는 힘을 가지고 있었다.

1979년에 하버드의 심리학자 엘렌 랭어(Ellen Langer)가 했던 '시계 거꾸로 돌리기 연구'는 사람들에게 20년 전의 생활환경을 그대로 재현해 놓고, 마치 그때로 돌아간 것처럼 생각하고 말하고 행동하며 살아보게 하는 실험이다. 실제로 70대의 노인들이 50대가 된 것처럼 일주일 동안 생활하자 시력, 청력, 기억력, 신체 나이 모두 50대로 돌아간 것처럼 젊어졌다는 놀라운 연구 결과가 있었다. 나 또한 이 글을 쓰면서 나의 과거로 돌아가는 체험 연구가 저절로 된 셈인데, 그냥 시간을 거슬러 가는 과거가 아니라 나를 다시 살아가게 했던 그 빛을 머금은 순간들, 심리적 어려움을 극복해냈던 순간들로 채워넣은 과거의 글을 쓰다 보니, 이 시간 자체가 또 다시 나를 살아가게 하는 시간이 되어주었고 새로운 것을 시작할 수 있는 에너지가 생겼다. 이러한 시간을 '갭이어(gap year)'라고 표현하기도 하는데, 세계 곳곳에는 이 시간을 보내고 나서 직업이나 소명을 찾아 인생을 다시 살아가는 사람들이 많았다. 덴마크와 같은 북유럽의 나라에는 애프터스콜레(Afterskole)라고 부르는, 학생들의 삶에 브레이크를 걸어 자신을 돌아볼 수 있게 도와주는 학교가 있고, 어른들의 삶에 브레이크를 걸어 재충전을 도와주는 호이스콜레(Højskole)라는 학교가 존재한다. 나는 그런 시간이 필요한지조차 모른 채 자란 것은 물론 환경적으로도 그런 시간을 갖는 것이 쉽지 않았을뿐더러 사회적 시계에 어찌나 잘 맞춰 살아온 답답한 사람이었는지 시간의 일탈을 할 엄두도 내지 못했다. 하지만 돌이켜보니 그런 시간이 나에게도 조금은 다른 모습으로 다양한 장소에서 주어지기도 했고, 일상 속에서 의식적으로 혹은 짧게 주어지는 떠남의 시간 속에서 찾아오기도 했다. 세상이 좌절로 가득 찼다고 생각될 때, 그 시간은 나에게 다시 희망으로 가득 차기도 한 것이 인생이라는 것을 일깨워주었다. 긍정심리학을 연구하는 바바라 프레드릭슨(Barbara Frederickson) 교수님은 이렇게 말한다. 긍정적인 정서가 셋이고 부정적인 정서가 하나 정도라면 매우 충만한 삶을 살고 있는 셈이라고 말이다. 그러면서 부정적인 일들은 내가 현실에 발을 딛고 살고 있다는 것을 일깨

위주는 어쩌면 또 하나의 긍정적인 차원의 사건이라 그것에 그리 많이 몰두하지 않아도 된다고 말했다.

시간의 선물을 차곡차곡 쌓아 넣어두는 '스토리 폴더'는 누구에게나 있고 또 누구나 만들 수 있다. 가슴 속에 꺼내지 못하고 넣어둔 나만의 소설 속 장면들이 있는데, 그것을 꺼내어 말로 그림을 그려두니 다시 저장 창고 속에서 살아 나와 상상 속에서 춤을 추다가 또 다시 내 영혼이 따뜻한 날의 한 장면을 만들어내기도 한다. 말하는 대로 이루어지는 비밀의 묘약을 사용해서 말이다. 삶의 스토리가 연결되는 것은 오랜 시간이 걸리고 그 점의 사이사이에는 다시 살아가게 하는 시간이 존재하는데, 그것은 바로 자신을 발견하고, 목적지를 찾고, 기름을 칠하고, 사랑을 확인하고, 용기를 충전하는 것이다. 그것은 완벽히 계획대로 이루어지지는 않지만, 옅은 색의 여백을 두면 마법이 작동할 공간이 생겨나고 과거에 내가 찍었던 점들 속에 나의 미래가 들어있기도 하다.

나의 20대에 주어진 한 줄기 섬광 같은 소중한 한때는 시간이 느리게 흐르는 호주의 한 작은 마을에 있었다. 그때 영어로 된 성경을 처음부터 끝까지 읽었는데 마지막 장을 덮으면서 나에게는 네 개의 짧은 문장이 포장을 뜯지 않은 선물 상자처럼 뇌리 안에 남았다. 그리고 20년이 지나도 그 문장들은 하나도 빛이 바래지 않고 여전히 가슴을 울려 여기 네 개의 장(chapter)이 되었고, 그렇게 포장지를 하나하나 뜯어 내면을 들여다보는 시간을 가졌다.

　세상에는 '독설가(毒舌家)'라는 단어는 있는데, 왜 '미설가(美舌家)'라는 단어는 없는지. 나에게는 그 단어가 어릴 적부터 지금까지 보이지 않는 생각 저 안쪽 끝에서 나를 향해있었다. 세상에는 '산소'가 되는 말, '이산화탄소'가 되는 말, 혹은 '독가스'가 되는 말이 있다. 아름다운 말은 왠지 약해 보이고, 부족해 보이고, 영향력이 없어 보여도 마지막 순간에 더 큰 힘을 뿜어낼 불씨를 안고 있다.

　감사할 겨를도 없이 그렇게 무심히 지나쳐 간 시간들을 단어들로 블록처럼 쌓아 붙잡아 두니 세상에서 가장 살아볼 만한 인생이 된 것처럼 벅차고 고마운 마음 속 '시간의 박물관'이 되었다. 나에게도 책으로 쓰면 한 질은 나올 법한, 어둡고 깊은 터널을 손전등도 들지 못한 채 지나던 시간들도 있었지만 그것만을 떠올리는 것은 나를 시름시름 앓게 할 뿐이다. 우리를 '살아가게 하는 것'은 우리에게 빵을 제공하는 일터, 경제, 기술 등이지만, 우리를 '다시 살아가게 하는 것'은 예술, 배움, 사랑, 쉼, 가족, 그리고 꿈이 존재하는 시간일 것이다. 그 여행 속에서 우리가 왜 이 땅에 태어났는지를 깨닫게 되기도 한다. 우리가 '태어나는 날'은 그저 영문을 모른 채 세상에 던져진 날인 듯해 오랫동안 의문을 안고 좌충우돌 살아가지만, 우리가 '왜 태어났는지를 깨닫는 날'은 다시 살아가게 하는 힘을 안고 세상에 우아하게 보냄을 받은 날이다. 생의 궁극적 지향점, 가치라는 초록빛

불을 발견하고 손에 쥐는 순간부터는 내게 어떤 일이 벌어지더라도 삶이 덜 흔들리게 된다. 삶을 유지하기 위해서는 꼭 하고 싶은 일만 하며 살 수는 없지만, 그때마저도 초록빛 불은 우리가 가야 할 방향을 비추어 그곳을 바라보며 일하게 한다. 소명의 영역이 서로 셀 수도 없이 달라서 우리의 매일은 다채로워지며, 지구가 주는 다양성의 문화로 인해 평생 지루하지 않을 수 있으니 나에게는 세계가 배움이기도, 스토리이기도, 친구이기도 하다. 또한 나의 연약함을 걸어 잠그지 않고 용감하게 드러내 진실한 이야기를 나누는 순간 벅차고 깊게 전 세계 누구와도 연결되는 체험을 하는 장이기도 하다. 독일 작가 에리히 캐스트너(Erich Kastner)의 책 제목을 빌리자면 '하늘을 나는 교실'과도 같다. 배움과 연결이 멈추는 순간 세포에는 갑자기 난데없는 주름이 지고 가슴 안의 성장은 물을 먹지 못해 쪼그라들고 만다.

우리에게 주어지는 소소하고도 작은 별 같은 순간들은 ― 책을 읽는 시간, 음악을 듣는 시간, 영화나 그림을 보는 시간, 친구와의 즐거운 대화 시간, 포근하게 맞아주는 집으로 가는 시간 등 ― '격려 산업'(heartening industry)을 이루며 세상을 끊임없이 다시 만들어간다. 우리는 밥을 좀 거르더라도, 잠을 좀 설치더라도 살아갈 수 있지만, 사랑이 없으면 살아갈 수 없는 이 삶의 진실과 그 안의 속살을 세상을 여행하며 여러 번 목격했다. 삶의 기적이 일어나기 전에는 항상 물러서는 쉼표의 시간이 있고, 그

쉼표 안에는 편안했던 삶과는 다른 불편함이 있지만, 편안함을 떠나 불편함을 느끼는 그 시간에는 내가 원하는 나로 발돋움할 수 있는 변화의 기회가 존재한다. 그 시간들은 그동안 사용하느라 다 떨어진 에너지를 충전하는 시간일 뿐만 아니라 생각의 화학적인 변화가 일어나는 시간이기도 하며 내적 성장에 연료를 넣으니 때로는 삶을 바꾸어 놓기도 한다. 그렇게 삶의 새로운 단계로 가는 시간을 거치며 실제로 많은 사람들이 새로운 삶의 차원을 맞이한다. 『성공의 새로운 심리학』의 저자인 캐롤 드웩(Carol Dweck)은 두 가지의 마인드셋에 대해 이야기하는데, 하나는 '고정 마인드셋(fixed mindset)'이며, 또 하나는 '성장 마인드셋(growth mindset)'이다. 나에게 일어나는 일, 세상에서 일어나는 일을 탓만 하며 살아가는 태도가 고정 마인드셋이며, 나에게 일어나는 일, 세상에서 일어나는 일을 통해서 배우고 긍정적으로 새로운 미래를 향해 나아가려는 태도가 바로 성장 마인드셋이다.

우리에게는 몇 가지 삶의 단계들이 있다. 모두 다 같은 단계를 거치는 것은 아니라 어떤 단계는 건너 뛰기도 하고 어떤 단계들은 결합되기도 하고 심지어 거꾸로 가기도 한다. 작가 로버트 기요사키(Robert Kiyosaki)도 설명했듯이 공부를 마치고 취업을 위해 사회로 나가는 단계, 피고용인에서 자기 고용의 세계로 가는 단계, 비즈니스를 시작하는 단계, 투자자로 여생을 보내는 단계 등이 그것이다. 그리고 그 먹고사는 일에서의 단계 변화뿐만이 아니라 내적으로 성장하는 데에도 단계가 생긴다. 마냥 행복하던 시간은 그 안에서 의미가 있지만, 가끔 그 단계를 벗어나 불편한 시기를 만나면 수평으로 머물러 있던 삶의 선이 급한 경사가 생기면서 성장하게 된다. 그 변화(transformation)의 시간에는 그 이전의 단계를 돌아보고 (relive) 다시 스토리화하여(restory), 마음을 회복하고(restore), 이후 단계를 위한 교육을 받는 시간(relearn)이 누구에게나 필요하다는 것을 나의 삶의 수직선 위에서 느낄 수 있었다. 그것이 우리를 다시 살아가게 하는 시간(re-live)이며 heartworking이 일어나는 시점이다. 매일 돌던 쳇바퀴의 삶에서 잠시 내려와 더 깊고 섬세한 시간으로 들어가는 이 상태를 아인슈타인은 '유일한 존재(only being)의 상태'라고 말했다. 그리고 그 시간을 사랑과 기쁨, 존중, 극복과 같이 우리가 미처 잘 의식하고 있지 않으나 우리 곁에 늘 존재하고 있는 이 모든 긍정의 언어로 채워나갈 때 다시 기적이 일어난다고 믿는다. '행복한 삶(happy life)'은 달콤하지만 '이루어내는 충만한 삶(fulfilling life)'은 심오하다는 사실을 기억하며….

애벌레가 세상이 끝났다고 생각하는 순간 나비로 변했다.
  - 이름을 알지 못하는 어느 마을의 속담 -

나의 마음별장이 되어 주는 이들이 있어 삶의 수많은 징검다리를 지날 때 물에 빠지지 않고 안전하게 지날 수 있었고, 지금 이 자리에 있을 수 있었다. 이 책에서는 주로 글로벌 세계의 소중한 인연들에 대해 이야기했지만, 그에 못지 않게 한국에서의 소중한 인연들도 너무나 많다. '나를 만드신 이가 나와 함께 할 사람들도 함께 생각하며 만드신 모양이다'라고 생각하면 지극히 자아 중심적인 발상일지라도 곁에 있는 모두가 예사로 보이지 않고 더욱 특별해진다. 우리는 모두 만나기 위해 태어났으므로. 그런 방식으로 세상은 연결되고 그 촘촘한 망 안에서 일어나는 작은 스토리들이 거대하거나 대단하지 않아도 소중하고 덕분에 현미경으로 보는 것처럼 작던 나의 세상은 망원경으로 보듯 넓어졌다. 그리고 그들과 함께 살아있기 때문에 스토리가 계속되고 있다는 감사함 또한 끊임없이 되새기고 있다. 그 스토리 안의 사람들이 나를 키웠고, 넘어질 때마다 일으켜 세웠고, 고전할 때 물을 주었으며, 성장시켰다. 그러니 '행복에 영향력을 미치는 가장 위대한 방법은 바로 관계에 투자하는 것'이라는 사실은 지구상에서 가장 오래된 연구(하버드대학 행복 연구팀의 75년에 걸친 연구) 끝에 과학으로 증명되었을 뿐만 아니라 삶으로도 증명된다. 그리고 그것은 관계의 양을 뜻하는 것이 아니라 한 사람이라도 진심을 다하는 관계를 뜻한다.

지치지 않는 열정으로 자신의 꿈을 좇아가고 이루어내는 사람들 뒤에는 반드시 무조건적인 사랑을 베푸는 대상이나, 무조건적인 사랑을 받는 대상, 그리고 그에 얽힌 스토리가 있었다. 지식이라는 단어보다 지혜라는 단어를 전하는 사람이 되고 싶어 세계의 여기저기를 뛰어다녔는데, 그러다 어느 때에 이르면, 나도 다른 사람의 마음별장이 되어줄 수 있는 사람이 되지 않겠는가 생각했다. 오랜 시간 동안 다른 나라들을 위해 일했고, 다른 기업들을 위해 일했는데, 그 경험의 시간들은 나에게 실로 많은 영감을 주었고 매번 신선하고 먼지가 쌓이지 않는 배움을 주었다. 그러다가 어느 순간 이제는 '나' 자신이 되어 일하며 다른 사람들을 돕고 싶은 열망이 마음에서 물결을 만들어냈고, 나는 꿈과 빵에 발을 하나씩 딛고 섰다. 그리고 실제로 그렇게 온전한 자신의 모습으로 살아가고 있는 사람들을 지구의 여러 곳에서 만났는데, 그들은 하나같이 나에게 '이제 진짜 자기 자신이 되세요'라는 메시지를 주었다. 누구 할 것 없이 진짜 자신의 모습으로 서야 하는 날이 인생에 꼭 한 번은 찾아온다. 오랜 시간을 평범한 직장인으로, 일하는 엄마로 살아온 나와 같은 사람들에게 덮어두었던 샌드위치의 뚜껑을 열어 자신의 스토리 재료를 보여주는 것이란 두려움을 동반하는 일이지만, 그 약함을 모두 이겨내고 이 시점에 이르기까지 나를 찾게끔 끊임없이 도와주고, 편안한 지대에 안주하지 못하도록 못살게 굴어준 고마운 사람들이 있어 이 모든 것이 가능했다. '자아'는 두려움을 느끼지만 '영혼'은 두려움을 느끼지 않으니 자아는 내려놓고 진심을 담은 영혼으로 사람을 대하면 두려움이 사라진다는 것을 가르쳐준 사람이 있어 용기가 생겨난 것인지도 모른다.

　나의 글이 인생의 목적, 자기 안에 이미 주어져있던 별, 걸어가야 할 방향의 화살표를 찾아 삶의 다음 단계로 나아가고 있는 사람들에게 영감을 줄 수 있다면 나에게는 더 없이 감사한 일이 될 것이다. 이 책은 머리보다는 마음으로 읽기(heartreading)를 바라고 그 독자들에게 미리 감사의 마음을 전한다. 다시 살아갈 수 없게 되는 날을 결국 맞이해야 하는 운명은 누구에게나 공평하니 살아있는 순간에 진지한 눈빛을 던져 성실을 다하는 것은 말할 나위 없이 소중하다. 이 책에 스토리를 싣는 것을 기쁘게 허락해준 세계 곳곳에 있는 스토리의 주인공들에게 한 사람 한 사람 감사의 마음을 전하고, 이 책이 나오는 이 순간까지 나와 함께 하고 있는 오랜 친구들, 내 삶의 반경에서 함께 길을 걷고 있는 모든 분들께 진심으로 감사의 마음을 전한다.

　어쩌면 이제 가장 나다운 모습으로 사람들과 기업들을 돕는 새로운 꿈을 꾸고 있다. 아니, 20년 전에 스스로에게 했던 막연한 약속, 20년쯤 세계를 돌아보고, 사람들을 만나고 배우면, 내가 가진 것을 세상과 나눌 만한 자격이 그제서야 생기지 않을까 생각했던 일이 스스로에게 자격증을 주는 것으로 현실이 되는 길목에 있다. 그런데 결국 낸다는 책의 이름이 'Heartworking: 우리를 다시 살아가게 하는 시간'이라니, 자신감 있게 외치는 자기계발서도 주목을 받을까 말까 하다며 몇몇 사람들은 걱정을 해주기도 했다. 그래서 망설이고 있을 때 책은 나에게 '자기 자신의 모습 그대로 살아가도 괜찮다는 것을, 그리고 믿는 바가 있으면 이루어진다는 것'을 가르쳐주었다. 나의 있는 모습 그대로를, 그리고 믿는 바를 함께 믿어주는 출판사 amStory의 모든 스태프들에게 늘 감사한 마음을 전한다.

이 책을 쓰는 동안 시어머니를 하늘나라로 보내드리는 날이 있었다. 평생 시장에서 혼자 과일노점상을 하시며 자식 셋을 키워 내셨는데, 우리 집에는 돈만 빼고는 다 있다고 의기양양하게 말씀하시던 그 분은 마지막 날까지도 자신이 해야 할 일이라고 여기시는 그 과일 바구니 앞을 지키셨고, 우리에게는 긍정의 의지가 가득 찬 과일 바구니가 덩그러니 남았다.

하루는 아들이 이런 질문을 했다.

"엄마, 모든 생명의 궁극적인 목적은 무엇이라고 생각하세요? 생물학적인 관점에서 말이에요."

생물학적인 관점에서? 아이는 동물과 식물에 지대한 관심을 가지고 있어서 나에게 가끔 자신만의 생각이 담긴 생물학 강의를 해주곤 하는데, 이건 또 무슨 심오한 질문인지, 나는 한참 생각해야만 했다. 머뭇거리고 있는 나에게 아이는 이렇게 대답했다.

"제가 생각하기에 모든 생명의 궁극적인 목적은 자식을 남기는 거예요. 모든 동물들과 식물들을 보세요. 동물들은 자식들을 위해서 자신을 희생하고, 식물들은 마침내 열매를 맺은 후에는 씨앗을 남겨서 세상에 계속 존속하도록 만들잖아요. 사람들은 후세를 위해서 더 좋은 세상을 만들려고 끊임없이 노력하고요."

남은 나의 인생에 가지고 가야 할 목적과 키워드는 무엇인지, 그 뚜껑을 열어 발견하고자 떠났던 지난 1년의 답을 아이는 이미 알고나 있었던 듯 이렇게 말했다. 어쩌면 아이들에게 좋은 엄마, 언제나 떠올려도 다시 살아갈 힘이 솟아나게 하는 엄마가 되고 싶기 때문에, 그리고 더 많은 이들에게 엄마가 되어주고 싶기 때문에, 나는 이 모든 일을 하고 있는지도 모른다. 늘 같은 자리에서 묵묵하게 나를 지지해 주는 남편, 이제는 친구가 되어버린 나의 딸과 아들, 그리고 나의 모든 가족들에게 감사의 마음을 전한다.

그리고 감사와 배려의 문화를 공유하는 공동체가 되어준 북유럽문화원 커뮤니티와, 나눔과 섬김의 정신으로 살아있는 기업가 정신을 전하고 계시는 CEO지식나눔, 어려움을 겪는 세계 곳곳의 여성들과 아이들을 돕는 일에 애쓰고 있는 YWCA와 국제협력팀에게 감사의 말씀을 전한다. 마지막으로 나의 꿈과 삶의 파트너가 되어주고 일상의 롤모델이 되어주시는 김진희, 김희진 두 분께 깊은 감사의 마음을 보낸다.

마지막 저자의 글

삶에 추운 겨울이 찾아와도

하늘은 여전히 푸르르며

거리는 다양하고 멋진 색상들로 가득합니다.

그 차가운 계절에

크리스마스의 축제가

펼쳐진다는 사실을 늘 기억하며,

인생의 배는 그 아름다운 길을 따라

다시 힘차게 노를 저어 갑니다.

우리를 다시 살아가게 하는 시간

Heartworking

초판 인쇄 | 2017년 5월 12일
초판 발행 | 2017년 5월 15일

지은이 | 이정민(데비 리)
펴낸이 | 김희연
펴낸곳 | 에이엠스토리(amStory)

책임편집 | 김승윤
편집 | 정지혜, 허윤선
그림 | 박지영
홍보 마케팅 | ㈜에이엠피알(amPR)
디자인 | studio 213ho
인쇄 | ㈜상지사P&B

출판 신고 | 2010년 1월 29일 제2011-000018호
주소 | (100-042) 서울특별시 중구 소파로 129(남산동 2가, 명지빌딩 신관 701호)
전화 | (02) 779-6319
팩스 | (02) 779-6317
전자우편 | amstory11@naver.com
홈페이지 | www.amstory.co.kr
ISBN | 979-11-85469-08-9 (03810)

• 파본은 본사 혹은 이 책을 구입하신 서점에서 바꾸어 드립니다.
• 이 책의 내용은 저작권법의 보호를 받는 저작물이므로 무단전재나 무단복제를 금합니다.